De verre voortijd

Ander werk van Sebastian Barry in Nederlandse vertaling

Een lange, lange weg (roman, 2006)
De geheime schrift (roman, 2008)
Annie Dunne (roman, 2010)
In het beloofde land (roman, 2011)
De tijdelijke gentleman (roman, 2014)
Dagen zonder eind (roman, 2016)
Duizend manen (roman, 2020)

Sebastian Barry

De verre voortijd

Vertaald door Jan Willem Reitsma

Amsterdam · Antwerpen
Em. Querido's Uitgeverij BV
2023

The publisher acknowledges the financial assistance of
Literature Ireland (translation fund), Dublin, Ireland.
www.literatureireland.com
info@literatureireland.com

LITERATURE IRELAND
Promoting and Translating Irish Writing

Eerste, tweede (e-book) en derde druk, 2023

Oorspronkelijke titel *Old God's Time*
Oorspronkelijke uitgever Faber & Faber, Londen

Omslag Brigitte Slangen
Omslagbeeld Christophe Dessaigne/Trevillion Images
Foto auteur *The Irish Times*

ISBN 978 90 214 6852 5 / NUR 302
www.querido.nl

Zal de eenhoorn u willen dienen?
— Job 39:12

1

Ergens in de jaren zestig had de oude Mr Tomelty een detonerende aanbouw aan zijn victoriaanse kasteeltje laten toevoegen. Het was een oma-flat van bescheiden grootte, maar met een paar leuke details die bij een voorgewend familielid pasten. Het timmerwerk was in elk geval uitstekend en een van de muren was bekleed met iets wat 'beschot' werd genoemd, met fineer dat het licht vasthield en omvormde tot zachte bruine donkertes.

In deze woning, met haar galmende slaapkamertje, haar piepkleine halletje, een paar honderd boeken die nog in hun dozen zaten en twee oude geweerfoedralen uit zijn legertijd, was Tom Kettle, zoals hij dat zelf zou zeggen, 'aangespoeld'. De boeken onthielden zijn oudere interesses, ook al deed hij dat tegenwoordig soms niet. De geschiedenis van Palestina, van Maleisië, oude Ierse legenden, afgedankte goden, een tiental lukrake zaken waar hij op een of ander moment zijn onderzoekende neus in had gestoken. De opzwepende klank van de zee onder het grote panoramaraam had hem aanvankelijk aangetrokken, maar alles aan het huis plezierde hem: de nepgotische architectuur, inclusief de zinloze kantelen op de dakrand, het carré van heggen dat de tuin zowel een windscherm als een zonneterras bezorgde, de gebarsten granieten strekdammen langs de kustlijn, het eiland dat zich in de nabije verte verschool, zelfs de brokkelige rioolpijpen die tot in het water staken. De stille getijdenpoelen herinnerden hem aan het snel gefascineerde kind dat hij ooit was geweest, zestig jaar geleden, terwijl het geroep uit de verte van kinderen van tegenwoordig, die in hun onzichtbare tuinen speelden, een soort contrapunt bood dat vaag pijn deed. Vaag pijn lijden was zijn sterke kant, dacht hij. De stortregen, het neerstortende zonlicht, de arme helden van vissers die zwoegend hun roeiboten tegen de woeste stroom in terugbrachten naar het haventje van gehouwen steen, net zo keurig en lieflijk als alles in New Ross, waar hij als piepjonge politieagent had gewerkt: hij vond het allemaal zalig. Zelfs nu het winter was en de winter enkel interesse toonde voor zijn eigen onvriendelijke strengheid.

Hij hield ervan om op zijn door de zon gebleekte rieten stoel midden in zijn huiskamer te zitten, met zijn voeten naar het emotionerende ruisen van de zee, en zijn cigarillo's te roken. Om de aalscholvers op het kluitje zwarte rotsen links van het eiland te bekijken. Zijn buurman in de cottage naast hem had een geweerstatief op zijn balkon neergezet en schoot soms 's avonds op de aalscholvers en de zeemeeuwen die nietsvermoedend op de rotsen stonden, denkend dat ze ver van mensenproblemen verwijderd waren. Sommige kieperden om als eenden in een schiettent op de kermis. Zo vredig, zo stil als maar kan. Hij had het eiland niet bezocht, maar in de zomer had hij er groepjes mensen in roeiboten heen zien varen. De roeiers bogen zich over de riemen en de stroom streelde de kielen. Hij was er niet geweest, had geen behoefte om te gaan, vond het prima om gewoon naar buiten te turen. Om enkel dat te doen. Dat was volgens hem de hele zin van het pensioen, van het leven: om stationair, gelukkig en onnut te zijn.

Op die rustige februarimiddag werd hij in zijn nest gestoord door geklop op de deur. In al de negen maanden dat hij daar had gewoond, had geen mens hem lastiggevallen, uitgezonderd de postbode en bij één eigenaardige gelegenheid Mr Tomelty zelf, met zijn tuinmanskleren aan, die hem vroeg om een kopje suiker dat Tom niet had kunnen bieden. Hij gebruikte nooit suiker omdat hij een lichte vorm van diabetes had. Verder had hij zijn koninkrijk en zijn gedachten helemaal voor zichzelf gehad. Hoewel, waarom zei hij dat, terwijl zijn dochter een tiental maal was langsgekomen? Maar van Winnie kon je nooit zeggen dat ze hem stoorde, en het was sowieso zijn plicht haar te ontvangen. Zijn zoon kwam nooit, niet dat hele eind, niet omdat hij niet wilde, maar omdat hij in New Mexico woonde en werkte, helemaal bij de grens met Arizona. Hij was waarnemend arts in een van de pueblo's.

Mr Tomelty had zijn landhuis in segmenten opgedeeld: Toms woning, en het appartement met de salon, en zelfs het appartement in het torentje, dat momenteel – opeens – werd bewoond door een jonge moeder en haar kind, die in de donkere midwinter voor Kerstmis waren gearriveerd tijdens een zeldzame sneeuwbui. Dat Mr Tomelty een efficiënte huisbaas was, leed geen twijfel. Hij was beslist welgesteld, als eigenaar van dit pand, Queenstown Castle, plus een indrukwekkend hotel aan zee in Dunleary, The Tomelty Arms, een nogal aristocratische naam. Maar zijn gebruikelijke verschijning, in elk geval in Toms ervaring, was die van een tuinman die van ouderdom was kromgetrokken en als een sprookjesfiguur met een piepende kruiwagen over het pad onder het panoramaraam liep. De hele zomer en de hele herfst lang had de oude Mr Tomelty onkruid gezocht en gevonden en afgevoerd naar zijn aanzwellende mesthoop. Alleen de winter had zijn werkzaamheden onderbroken.

Het kloppen keerde genadeloos terug. Nu de bel erbovenop. Nog een keer. Tom hees zijn omvangrijke, stevige gestalte van de stoel, behoorlijk fluks, alsof hij reageerde vanuit een soort plichtsgevoel, of misschien uit pure menselijkheid. Maar hij ervoer het ook als een obscure ergernis. Ja, hij was op dit interessante nietsdoen en deze privacy gesteld geraakt – misschien te zeer, dacht hij – en er huisde nog steeds plichtsgevoel in hem. De beverige plicht van veertig jaar bij de politie, ondanks alles.

Door de glazen deur heen ontwaarde hij de contouren van twee mannen, mogelijk met donkere pakken aan, maar dat was lastig te zeggen, aangezien de gigantische rododendron achter hen hun een inktzwart halo bezorgde en het daglicht sowieso zijn greep op alles aan het verliezen was. Dit waren de paar weken dat de rododendron van ganser harte bloeide, ondanks de wind en de kou en de regen. Zelfs door het matglas heen herkende Tom het geschuifel van de gestalten. Mensen die niet zeker wisten of ze welkom waren. Mormonen misschien.

Zijn voordeur hing niet goed in zijn scharnieren en de onderrand schraapte gruwelijk. Op de tegels zat een betreurenswaardige waaiervormige vlek. Hij opende de deur, die zijn kreetje slaakte, en tot zijn verbazing stonden daar twee jonge rechercheurs van zijn oude afdeling. Hij was verbluft en licht verontrust, maar herkende hen meteen. Niet helemaal bij naam, maar bijna. Hoe kon hij ook anders? Ze droegen van die onmiskenbare burgerkleren die luidkeels verkondigden dat ze geen burgers waren. Ze hadden de slecht geschoren gezichten van mannen die vroeg opstonden en er hing een air om hen heen dat hem, of hij dat nu leuk vond of niet, linea recta terugbracht naar zijn eigen begintijd bij de politie, en de onwaarschijnlijke onschuld daarvan.

'Hoe gaat het, Mr Kettle?' zei de ene op rechts, een

vriendelijke grote vetbobbel van een jongeman met een penseelstreek als snor, eerlijk gezegd een beetje hitleriaans. 'Ik hoop dat u geen bezwaar hebt dat we hiernaartoe zijn gekomen, dat we u storen?'

'Geen bezwaar, geen bezwaar, jullie storen niet, jullie storen niet,' zei Tom, die zijn best deed de leugen te verhullen. 'Wees welkom. Alles goed?' Zelf had hij vele malen ongewenst nieuws bij mensen thuis gebracht – bij mensen in hun eigen gedachten, in hun droomachtige privacy, waaraan hij louter ellende had toegevoegd. De hoopvolle, bezorgde gezichten, het verbijsterde luisteren, soms het hartverscheurende huilen. 'Komen jullie binnen?'

Dat deden ze. Eenmaal door de deuropening heen meldden ze hun namen – de brede man heette Wilson en de andere heette O'Casey –, die hij zich inderdaad vaag leek te herinneren, en ze wisselden beleefdheden uit over het vreselijke weer en de gezelligheid van zijn woning – 'heel knus,' zei Wilson –, en toen ging hij thee voor ze zetten in zijn kombuisachtige keuken. Die had inderdaad net zo goed op een schip kunnen zijn. Hij vroeg Wilson om de plafondlamp aan te doen, en na een paar tellen om zich heen kijken vond Wilson de schakelaar en gehoorzaamde hij. Het was een schamel peertje van maar veertig watt, daar moest hij iets aan doen. Hij wilde zich ervoor gaan excuseren dat de boeken nog in dozen zaten, maar hij zweeg. Toen namen de twee jonge kerels op uitnodiging plaats en schoten ze de beroepsmatige hartelijkheden heen en weer door het kralengordijn, met het opgewekte gemak van mannen die een gevaarlijk beroep uitoefenen. Politiewerk was altijd zilt van het gevaar, net als de zee. Ze waren redelijk op hun gemak met hem, maar ook respectvol, wat paste bij zijn voormalige rang, en misschien ook bij het verlies daarvan.

Zelfs terwijl ze kletsten voelde Tom zich verplicht aan de goden die over het nepkasteel heersten om af en toe naar buiten te turen, naar de koperdonkere zee, die juist op dat moment stukje bij beetje werd weggepoetst door diepere duisternis. Het was vier uur 's middags en de avond kwam eraan gekropen om alles weg te nemen tot alleen nog het zwakke licht van de lampen in Coliemore Harbour een paar meter het water op stuiterde en de verduisterende golven bespikkelde. Het lichtbaken op de Muglins achter het eiland zou weldra tot leven vonken en daar weer achter, verder dan hij wist, helemaal aan de horizon, zou zelfs de vuurtoren van Kish zijn zware licht gaan tonen, dat zwoegend de deinende diepten bestreek. Hij dacht aan de vissen daarin, rondhangend als straatjongens. Waren er bruinvissen in deze tijd van het jaar? Zeepaling kronkelde in de duisternis. Pollakken met hun looiige lijven en onverschilligheid als ze gevangen werden, als mislukte criminelen.

Algauw werden de theepot en de drie kopjes neergezet op een oud Indiaas bijzettafeltje, dat Tom lang geleden tijdens een golftoernooi had gewonnen. De echt goede spelers, Jimmy Benson, en hoe heette die vent ook weer, McCutcheon, waren afwezig geweest vanwege de griep die op dat moment heerste, en daarom had hij met zijn schamele talenten de overwinning behaald. Hij glimlachte altijd als hij daaraan dacht, maar daarnet glimlachte hij niet. Het nikkelen dienblad promoveerde in het licht tot zilver.

Het baarde hem wat zorgen dat hij hun geen suiker kon aanbieden.

Hij draaide de rieten stoel om zodat hij ze kon aankijken en, opnieuw met een beroep op zijn oude vriendelijke ik, waarvan hij niet zeker wist of hij dat nog bezat, liet hij zich zakken op het krakende riet en glimlachte hij breeduit. Hij voelde een slotje in zijn glimlach voordat die de volle breedte van vroeger bereikte. Een volledig welkom, volledig enthousiasme en volledige energie leken hem om een of andere reden riskant.

'De chef zei dat u ons misschien ergens mee kon helpen,' zei de tweede man, O'Casey, die schijnbaar alleen voor het contrast een lange dunne man was, met die ernstige magerte waardoor waarschijnlijk al zijn kleren hem te ruim vielen, tot wanhoop van zijn vrouw, als hij die had. Op dit moment liet Tom de thee gewoon een tijdje trekken in de pot en zijn hoofd bewoog heen en weer. Toen zijn vriend inspecteur Butt in de jaren zeventig uit Bombay was gekomen om te proberen de vreemdheid van de Ierse politiemethoden te doorgronden – geen wapens, daar kon Ramesh maar niet bij –, had hij die charmante hoofdbeweging gezien en op raadselachtige wijze overgenomen. Die hoorde bij het tafeltje.

'Nou, best,' zei hij, 'ik ben altijd bereid om te helpen, dat heb ik Fleming gezegd.' Spijtig genoeg had hij dat inderdaad tegen hoofdrechercheur Fleming gezegd toen hij op de laatste dag in Harcourt Street de deur uit ging, met knallende koppijn na het afscheid van de vorige avond, niet van de drank, want hij was geheelonthouder, maar omdat hij zijn bed pas in de kleine uurtjes had bereikt. De 'moeder' van Toms vrouw June, de afgrijselijke Mrs Carr, had hen toen ze een jong stel met kinderen waren allebei gechoqueerd door te eisen dat diezelfde kinderen, Joe en Winnie, om zes uur in bed lagen, tot ze wel tien waren. Mrs Carr was een feeks, maar op dat punt had ze gelijk gehad. Slaap was de moeder van de gezondheid.

'Er is iets aan het licht gekomen en hij dacht, de chef dacht, dat het misschien nuttig zou zijn om uw gedachten daarover te horen,' zei de rechercheur, 'en, nou ja.'

'O, ja?' zei Tom, niet ongeïnteresseerd, maar desondanks met een vreemde oprisping van tegenzin en zelfs angst, diep, diep vanbinnen. 'Jullie moeten weten, jongens, dat ik geen gedachten heb – die probeer ik tenminste niet te hebben.'

Ze lachten allebei.

'Dat snappen we,' zei O'Casey. 'De chef zei al dat u zoiets zou zeggen.'

'Hoe gaat het met de chef?' vroeg Tom, op zoek naar een neutraal gespreksonderwerp.

'Jemig, kerngezond. Niet kapot te krijgen.'

'Nee.'

Dat was wellicht een verwijzing naar de dubbele longontsteking die de chef had opgelopen nadat hij door twee onverlaten was gekneveld en een nacht lang op een akker in Wicklow had gelegen. Ze hadden de arme man eerder dood dan levend aangetroffen. Wat ongeveer hetzelfde is als de toestand waarin diezelfde onverlaten verkeerden toen ze op het bureau klaar met ze waren, moge God hen vergeven.

Nu schonk hij de thee in en bood hun delicaat de kopjes aan, zijn grote handen vastbesloten om niets te morsen. Hij verbeeldde zich dat Wilson naar suikerklontjes zocht, maar helaas, helaas.

'Jullie zijn van ver gekomen, een lange reis, ja, dat weet ik wel. Maar,' zei hij. Hij ging nog iets zeggen, maar vond geen woorden in zijn mond. Het was tijd dat ze hem met rust lieten, wilde hij zeggen. Gepensioneerde mannen kon je met een gerust hart loslaten: laat de nieuwkomers hun hersenen maar gebruiken. Zijn hele werkzame leven had hij met schurken te maken gehad. Na een paar decennia daarvan ligt je vertrouwen in de menselijke natuur wel onder de grond. Het is een premature begrafenis, die aan de jouwe voorafgaat. Maar hij wilde opnieuw geloven, ergens in geloven. Hij wilde leven in zijn overvloed van minuten, of in elk geval de minuten die hem nog restten. Hij wilde een gezegende, een rustige tijd. Hij wilde...

Voor het raam viel een meeuw omlaag langs de volle hoogte van het raamkozijn, een plotseling wit ding in zijn ooghoek, in zo'n abrupte vrije val dat hij ervan opsprong. Natuurlijk stak in deze tijd van het jaar gewoonlijk de zeewind op na zonsondergang en geselde die de muren van het huis, wat zelfs meeuwen verraste. De meeuw was zo idioot wit, enkel verlicht door de lamp in de kamer, zo onbeheerst, als een zelfmoord of iets wat geëxecuteerd wordt, dat hij even van slag raakte. Maar Wilson noch O'Casey leek hem te hebben gezien, ook al zaten ze vrijwel recht voor het raam. Ze zagen alleen dat Tom opschrok. Tom kon zien dat Wilson intuïtief schakelde, van onderwerp besloot te veranderen. Om dit niet frontaal te benaderen, als een dol stiertje. Dat was zijn opleiding in het oude depot in Phoenix Park die in werking trad. De getuige niet laten schrikken. Maar Tom was toch geen getuige?

Wilson leunde achterover op zijn stoel en nam drie kleine slokjes uit zijn kopje. Hij houdt zeker niet van thee, dacht Tom. Niet lang genoeg getrokken voor een smeris. Niet koud of dood genoeg. Niet zoet genoeg.

'Weet u,' zei Wilson, 'u woont hier heel gezellig.'

'Ja,' zei Tom, met nog een restje schrik in zijn stem. 'Dat zei je.'

Wilson leek een poging tot intimiteit te doen. Een gok te wagen. Denkt zeker dat ik mal ben geworden, dacht Tom. Weinig meer omhanden dan het plastic van kaasplakjes pellen. O'Casey dronk zijn thee met één snelle slok op, als een cowboy die whiskey drinkt.

'Weet u,' zei Wilson, 'toen mijn moeder stierf – we waren nog maar ukkies, mijn zus en ik –, toen wilde mijn pa hierheen verhuizen. De huizen in het dorp waren goedkoop, maar er was geen ziekenhuis in de buurt. Het dichtstbijzijnde was in Loughlinstown, en mijn pa was nachtverpleegkundige, moet u weten, dus...'

'Jemig,' zei O'Casey, met de oprechtheid die alleen onder vrienden is toegestaan, 'wat verdrietig van je ma.'

'Nee, nee, dat geeft niet,' zei Wilson openhartig, gul. 'Ik was elf. Mijn zus, die was pas vijf. Voor haar was het klote.'

Wat Wilson ook met deze intimiteiten had gehoopt te bereiken, het werd enigszins belemmerd door de melancholie die van zijn gelaat afdroop, alsof hij ondanks zijn veerkracht als elfjarige nu het verdriet ervan doorvoelde, misschien zelfs voor het eerst. Geen van drieën zei iets. Er hing iets wat nog pikzwarter was rond het zwart van het raam. Tom dacht aan teer die in teertonnen werd gesmolten, wegwerkers. Hoe heerlijk bijtend dat stonk. Als hij gordijnen had gehad, had hij ze dichtgetrokken, dacht hij. Dat deden mensen in films. In plaats daarvan stond hij op, liep naar zijn tafeltje en knipte de lamp daar aan. Het was een bruin geval met een aan-en-uitknop op de verzwaarde voet. Hij had die lamp door een zestal huizen meegedragen. Toen Joe nog maar een baby was en moeilijk in slaap kon komen, ging Tom vaak met de baby op zijn borst op het logeerbed liggen, en Joe had er plezier in om op dat knopje te drukken, keer op keer, aan, uit, omdat hij de klik leuk vond. Tom trok van tevoren de stekker uit het stopcontact, hij had geen zin in een disco. Het was fijn om de lange, warme baby – voor een kind van één was hij al heel lang – op hem te hebben liggen, terwijl ze samen steeds doezeliger werden. Soms moest June binnenkomen om hem te wekken en Joe weer in de wieg te leggen. Het leek lang geleden, maar de vloeiende klik bezorgde hem nog steeds plezier. Bespottelijk. Hij hield van zijn weinige bezittingen, echt. Hij lachte min of meer, niet voluit, een soort besmuikt gegrinnik, want ook al moest hij om zichzelf lachen, hij dacht aan wat Wilson had gezegd. Wilson had zijn dode moeder daar zwevend in de kamer achtergelaten, en het oude verdriet dat zijn zus had gevoeld. Hij vroeg zich af hoe de zus eruitzag. Alweer zo'n stupide gedachte. Hij was zesenzestig. Hij was niet op zoek naar een vrouw. Hij was toch met een mooie meid getrouwd geweest? Dat kon niemand haar ontzeggen. Ze was even duister als Judy Garland. Dat was allemaal voorbij. Maar politiemannen, die lange dagen maakten en na zes uur doorgaans afgepeigerd waren, 's avonds hooguit goed voor een paar masculiene glazen bier, waren vroeger altijd op zoek naar de mooie zussen van hun collega's, je wist maar nooit. Alsof hij Toms gedachten kon lezen, zei Wilson:

'Mijn moeder was een grote schoonheid.' Hij zei het met een vlakke stem, niet langer door rouw gekleurd. Hij had zich snel hernomen.

'Dus jullie zijn niet verhuisd?' zei O'Casey.

'Nee, nee, we zijn toch in Monkstown gebleven. We zijn in Monkstown gebleven.'

Of dat een wijs of dom besluit was, daarover weidde Wilson niet uit. Tom had hem bijna gevraagd of zijn vader nog leefde, maar hij hield zich in. Waarom wilde hij dat weten? Dat wilde hij niet. Hij nam aan dat de zus inmiddels wel getrouwd zou zijn. Hij hoopte dat ze het goed maakte. Waarom in godsnaam? Hij wist niets van haar af. Haar moeder was mooi geweest en was doodgegaan. Hij nam aan dat de zus ook een schoonheid kon zijn. Best kans op. Hij leek de moeder in zijn geestesoog voor zich te zien, met een lichte zomerjurk aan, bruinverbrand maar onstoffelijk, als een spook. Nou ja, ze wás nu een spook. Hij rochelde wat slijm omhoog dat hem abrupt wilde verstikken, als om hem te straffen voor zijn miserabele gedachten. Hij lachte, en zij lachten. Toen weer even niets. Tom wist niet wat te doen. Moest hij aanbieden om eten voor ze te koken? Een tosti uit de oven, heren? Nee, niet echt. Of toch wel? Misschien lag er achter in de koelkast nog wat spek. Hij had kippenhachee van dinsdag, dat wist hij negenennegentig procent zeker.

Misschien gingen ze nu de reden voor hun komst vertellen. Het konden duizend dingen zijn. Een lange lijst misstanden. Hij liep terug naar zijn stoel, tilde automatisch zijn kopje naar zijn lippen en merkte dat de thee koud was. O, ja. Hij knikte naar Wilson, alsof hij kauwde op de informatie die hun was verstrekt. Daar kauwde hij op. Je moeder kwijtraken. Daar ga je kapot van, en dan moet je verder leven. Wilsons gezicht straalde, alsof hij op de drempel van de wijsheid stond, of van aanvullend commentaar dat alles zou ophelderen en zijn toehoorders zou bevrijden. Tom tuurde naar hem met de uitgevlakte blik die hij zich had aangeleerd, waardoor de geobserveerde persoon nauwelijks doorhad hoe nauwlettend hij bekeken werd. Als rechercheur in actieve dienst had hij altijd zijn oren gespitst voor terloopse opmerkingen. Als de verdachte tijdens een langdurig verhoor vermoeid raakte en misschien moedeloos begon te worden, begon te voelen dat de vuistjes van zijn schuldgevoel op zijn hoofd of wellicht zijn hart trommelden, werden er soms plotselinge of terloopse opmerkingen gemaakt, of schijnbaar onlogische conclusies getrokken, die uiteindelijk bespottelijk bruikbaar bleken. Toegangspoortjes of zelfs valluiken naar de gaandeweg steeds aanlokkelijker uitweg van een bekentenis. Aanlokkelijk voor de crimineel. Ook al zou een bekentenis pas het begin van zijn problemen zijn. Jawel. Je wilde zo graag iemand veroordeeld krijgen dat het pijn deed, als een reeks hartaanvalletjes.

Maar Wilson volhardde in zijn zwijgen. Hij brandde ervan, als een bescheiden kaars.

'Monkstown is vast net zo mooi,' zei O'Casey.

'De moeder van mijn vrouw is ook jong gestorven,' zei Tom peinzend. 'Net als de mijne, denk ik.' Hij geneerde zich opeens, omdat hij eigenlijk geen idee had, hij vermoedde het alleen, of hoopte het in zekere zin zelfs. 'Ja, ja, dat is heel zwaar.'

'Ach, jezus, ja,' zei Wilson. 'Hoe dan ook, Mr Kettle...'

'Tom,' zei Tom.

De drie dode moeders, mogelijk maar twee, zweefden een paar tellen tussen hen rond.

'Tom. Hoor eens, ik heb de rapporten op zak,' zei hij en hij schoof zijn rechterhand in zijn jas en haalde er een langwerpige envelop uit, die verrassend groezelig was voor een officieel document. Hij staarde even naar het vuile bruine papier, alsof hij stilviel om alleen met zichzelf te praten. Tom zag de lippen bewegen, als iemand in de kerk die de antwoorden prevelt. Wilson schoof op zijn harde keukenstoel, als om zich schrap te zetten, moed te verzamelen, maar daar momenteel niet in slaagde. O'Casey, mager, bedaard, met zijn linkerbeen min of meer vooruitgeworpen, weg van zijn lichaam, de schoen in een zo te zien pijnlijke hoek gedraaid, oogde erg opgelaten, alsof hij nu namens zijn collega leed. Tijdens deze korte momenten zag Tom dat hij een iets lagere rang had dan Wilson, hoewel het verschil niet groot kon zijn.

'Ik schaam me bijna om u deze rapporten te laten zien,' zei Wilson. 'Ik schaam me. Ik vind het een smerig zaakje.'

O ja, nu zakt Tom de moed in de schoenen. In zijn sloffen. Nu is hij zich bewust van zijn sloffen. Misschien had hij zijn schoenen kunnen aandoen voor hij de deur opendeed, dat was niet bij hem opgekomen. Hij zal ook wel een beetje onklaar hebben geoogd met zijn uitmonstering. In wat voor staat verkeerde zijn broek? Hij keek vlug omlaag en zag het oude bruine geval dat hij bij voorkeur droeg, en eerlijk gezegd had dat wel een rondje in de machine in de wasserette mogen draaien. Het oude ruitjesoverhemd, het vest met enige aanwijzingen, enige sporen van het avondeten van de afgelopen paar weken. Hij had zich wel bij de kapper laten knippen, dat was tenminste iets, en hij schoor zich elke ochtend trouw. Hij zong daar gewoontegetrouw 'Tipperary' bij, en hij waardeerde gewoonten boven alles, zolang ze de zijne en redelijk Iers waren.

Wilson haalde de rapporten uit hun verfomfaaide envelop en presenteerde ze aan Tom. Hij staarde naar de gekreukelde schoof en herkende maar al te goed de kleur van het papier, de getypte gedeelten, en de geprinte gedeelten, en het lange evangelie van alles wat ze behelsden, uitgevoerd in sobere zwarte inkt. Papierwerk, de boetedoening van de politieman. Hij had geen behoefte, echt geen enkele, om de documenten aan te pakken. Hij voelde de grote onbeschoftheid van zijn aarzeling. Het waren nog maar jongens. Nou ja, Wilson was iets van veertig. Een grauw gezicht eigenlijk, met een littekentje boven het linkeroog. Een wond uit zijn kindertijd wellicht. We hebben allemaal wonden uit onze kindertijd, dacht Tom.

Wilson schudde de papieren in zijn vuist, heel lichtjes. Een aanmoediging aan Tom om die stomme dingen aan te pakken. 'Het punt is dat we er nu iets aan kunnen doen. Het spel is uit voor die klojo's.'

Tom Kettles verlangen om hen de deur uit te werken putte hem uit. Hij vond ze niet onaardig, helemaal niet. Hij hoorde hoe de nachtwind zich samenbalde, zich samenbalde tegen de muur aan de zeezijde. Hij hoopte bij God dat het nu niet ging regenen. Die jongens hadden met zijn tweeën niet één paraplu. Misschien waren ze in een discrete auto uit de stad komen aanrijden? Lieve God, laat dat alstublieft zo zijn. Was hun functie te laag voor zulke luxe? Er was meer kans dat ze de trein van Westland Row naar station Dalkey hadden genomen en de paar kilometer naar het kasteel waren komen lopen. Onderweg misschien op de proef gesteld door de verleidelijkheid van een pint in het Dalkey Island Hotel? Het was laat om nog op pad te zijn. Was het eigenlijk wel een officiële zaak? Deden ze het voor eigen rekening, een gokje? Maar Fleming had hun gevraagd, zeiden ze. Hadden ze geen huis waar ze moesten zijn? Misschien wilde Fleming het buiten de officiële boeken houden. Twee onmiskenbare politiemannen in burger, donker gekleed. Die onderweg de mooie huizen opmerkten. Verontrust door die mysterieuze rijkdom. Misdaden vermoedden! Voortstapten tussen de chique muren, over de keurige, smalle weg. Een eind weg kletsten of zwijgzaam doorliepen. Wisten ze wel wat een voorrecht het was om jong te zijn? Niet nodig. En niemand beseft dat ooit op het moment zelf. De gedachte wekte een ander gevoel op. Jezusmina, hij stond op de drempel van plotse tranen. Hopelijk kon hij dat allemaal binnenhouden. Het gevoel leek vloeiend door hem heen te vallen, als een otter in een beek. Een soort meeleven met hen, deze harde, jonge, stellige mannen, die hun prioriteiten ongetwijfeld op orde hadden. Goed en kwaad. Boeven vangen. O, tot elke prijs een veroordeling voor elkaar krijgen. Naar huis gaan, naar hun vrouw en hun kinderen. Het leven waar nooit een eind aan komt. Alles in orde. En niets, niets. Akelige lotsbestemmingen. Nee, nee, dat was zijn eigen stommiteit. Hij had behoorlijk veel van haar gehouden, zoveel als hij kon. Wie wilde er nou de vrouw van een politieman zijn? Maar ach, wat een eigenaardige treurnis, de heerlijke lichtheid van deze jongemannen, met hun pakken die hen verrieden. Nee, maar hij wilde van ze af, hij wilde zijn beetje rust terug. Negen maanden, als een zwangerschap. Nooit zo gelukkig. O, jezus, hij snakte er nu naar, dat die twee jongens opstonden en met een paar laatste kwinkslagen en zelfs aansporingen weer buiten op het aangeharkte grind van Mr Tomelty belandden en stilletjes ophoepelden.

'Ik weet niet eens zeker of het in uw tijd wel als misdrijf gold,' zei O'Casey met een air van brede deskundigheid, een connaisseur der wetboeken, iemand die ze van haver tot gort kende. Vraag me wat u maar wilt over de wetboeken, leek zijn gelaatsuitdrukking te zeggen. Kom maar op. Toms vreemde tranen deinsden terug omdat hij nu gefascineerd was. Intelligentie was zoiets aantrekkelijks. Het licht van het inzicht. Hij wilde zo graag voluit lachen, maar dat zou hij nooit doen, dat kon hij niet. Hij leek zich een anekdote over Wilson te herinneren, die dwarrelde naar hem terug, iets over het aftuigen van een verdachte tot hij eerder dood dan levend was. Erger dan de kerels die de chef hadden afgetuigd, veel erger. Was hij daarna niet naar de county's aan de grens gestuurd om leiding te geven aan een speciale eenheid? Daar zou hij nu van terug zijn. Wilson. Of had hij zich dat ingebeeld? Te lang alleen geweest? 'Ik waag te zeggen van niet.'

'Wat niet?' zei Tom met tegenzin.

'We weten dat u het in de jaren zestig flink aan de stok hebt gehad met de priesters. Ik bedoel, in die tijd...'

O'Casey was van plan geweest om aan te dringen, maar Tom trapte meteen op de rem.

'Ach, nee, jezus, nee, jongens, niet die klotepriesters, nee.'

En hij schoot verrassend vlot en lenig overeind. 'Nee, nee,' zei hij.

Het zal er komisch uit hebben gezien, want O'Casey

schoot onwillekeurig in de lach. Maar die wist hij vrij soepel om te zetten in spreken, en Tom Kettle was sowieso niet iemand die zich snel beledigd voelde. Hij wist dat er haast altijd humor in de boezem der menselijke aangelegenheden stak, trillend als een mes.

'We weten... nou ja, ons is verteld, we hebben alle info van Fleming gekregen, zeker weten, en jemig, jemig, Mr Kettle... Maar natuurlijk liggen de zaken nu anders. Snapt u?'

'Ik geloof dat zelfs God niet...' zei Tom aarzelend, met een 'raar klein stemmetje', zoals O'Casey later vertelde. 'Het onafzienbare leed. Er was niemand om mij te helpen.'

Hé, dat had hij helemaal niet willen zeggen. Wat wilde hij eigenlijk? Niemand om hem te helpen. Nee, hij had niet 'mij' willen zeggen, hij had 'hen' willen zeggen. Jemig, ga toch naar huis, jongens. Jullie slepen me terug naar ik-weet-niet-waar. De ellendigheid van alles. De smerige duisternis, het geweld. Priesterhanden. Het zwijgen. Dat is Tom Kettle maar, let niet op hem, die beleeft alles te intens. Moorden, je zou kunnen moorden, je zou kunnen slaan, je zou kunnen steken, schieten, verminken, snijden, door dat zwijgen. Je kon het maar beter doen, vermoorden, doodmaken. Hij voelde het nu. Het brandde. Voelde die vernedering opnieuw in volle omvang. Nog steeds aanwezig en correct, na al die jaren.

Nu stond hij daar te trillen. Was hij een beroerte aan het krijgen? Wilson en O'Casey, allebei met open mond, keken naar hem omhoog. Bijna lachte hij nogmaals. Hij wilde geen beroerte krijgen, maar anderzijds zou hij dat ongerief wellicht verwelkomen als het deze mannen kon wegjagen. Wat zei hij nou? Wat een rotavond. Ja hoor, hij hoorde de zware wind buiten spoken. Die had ongetwijfeld de roestplaatsen van de aalscholvers verstoord, daarbuiten op de koude, zwarte rotsen. Hij hield van die aalscholvers, dacht hij. Die moordenaar van hiernaast. Met zijn scherpschuttersgeweer van Remington, als hij het goed had, anders dan de oude Lee-Enfield die hij in Maleisië had gekregen om nietsvermoedende mensen van veraf om te leggen. Als een dood die door de goden zelf werd toegemeten. En toch was hij een aardige man, een cellist. Hij kon op elk moment losbarsten in een stukje Bach. Alsjeblieft, zeg. Ongetwijfeld had de wind pret gehad op het eiland, had hij drukte makend zijn weg over de wateren gevonden en keilde hij nu complete emmers, watertanks en reservoirs aan zilte regen tegen de kantelen. Lieve god. Het was regelrecht noodweer. Bestond er dan geen genade?

'Ik ga wel wat oventosti's voor ons maken,' zei Tom vreugdeloos.

2

Er zat dus niets anders op. Juist toen de tosti's werden geopperd, met een verrassend positieve respons – 'Dat zou godverdomme heerlijk zijn,' zei Wilson, 'excusez le mot' –, verhevigde het noodweer zijn vermaledijde vurigheid in een poging de kust van Dalkey te veranderen in de voet van Kaap Hoorn. Wilson zei er niet direct iets over, maar het noodweer was qua geluid in de kamer aanwezig. Hij staarde met de grote, vochtige ogen van een kind. Staarde niet náár iets, staarde gewoon. Alsof het noodweer hem bang maakte. Tom had opeens vaderlijke gevoelens jegens hem. Hogere functie. Hij had het gevoel dat hij verplicht was – en dat was hij natuurlijk, hoewel hij er misschien spijt van zou krijgen – om hen vannacht te laten logeren.

Terwijl hij de kaas op de tosti's liet smelten, vond hij het wel best dat geen van beide mannen hem kwam helpen. De oven was een mysterie op zich. Als een klamme, boosaardige grot. Hij was altijd van plan om door de knieën te gaan en hem met een doek en een sopje te lijf te gaan, maar misschien kon je die gruwelen na al die tijd beter met rust laten. Jaren geleden had hij misschien gedachteloos wat van het vet met een mes opgetild en op zijn brood gesmeerd, maar nu nooit meer, want hij had geen zin om nog een maagzweer te doen ontwaken. Geen slapende maagzweren wakker maken met vet dat ze tot leven wekt. Het gebrek aan ovenreiniging was slechts een van de doodzonden die hem als een onderstroom stoorden tijdens zijn odyssees door de keuken. Hij had het gevoel dat hij dat op een of andere manier verplicht was tegenover Mr Tomelty, maar dat was geen heldere gedachte. En Winnie kon hem bovendien vies aankijken om zulke dingen. Inclusief 'de toestand van het gemak', zoals zij dat noemde. Kun je er geen fles bleekmiddel naast zetten, zei ze dan, op haar hopeloze, liefdevolle toon. Hij wist echter maar al te goed hoe weinig prijs de pollakken, de palingen en de zandscharren zouden stellen op bleekmiddel, en liep niet elk beetje vocht dat hij in het appartement produceerde door de pijpen omlaag en onder de tuin door rechtstreeks naar buiten, naar de moorddadige wateren aan de achterzijde? Het was al erg genoeg dat ze door de rest heen moesten zwemmen. Drollen en wat al niet, God mag het weten. Als Winnie bij het betonnen steigertje zwom, de enkele keer dat dat gebeurde, noemde ze dat 'baantjes doortrekken'. O, ze was gevat, ze was slim. Universiteit. Graad in de rechtsgeleerdheid. Zijn grote trots. Ze vloog door het eerste jaar heen, haar moeder stierf, ze liep helemaal leeg, ze zwoegde innerlijk leeg voort, ze studeerde af, met haar mooiste kleren aan, in de rouw. Het leek destijds of ze niets nodig had, omdat ze niets had. Niets behalve hem en Joseph, en diezelfde Joseph zou binnenkort ver weg zijn. Het enige wat ze daarna ooit noemde was een echtgenoot, in de zin dat ze die niet had. Misschien was dat bijzaak.

Wilson at zijn tosti met het vertrouwen van een man die nooit in de oven had gekeken. O'Casey benaderde de zijne omzichtiger. Zijn intuïtie was scherper afgesteld, dacht Tom, terwijl hij hem bezag met een gevoel dat aan genegenheid grensde. Medeleven zelfs. De jongere man snoof er voorzichtig aan en glimlachte om de kok niet te beledigen.

'Aha,' zei hij, 'niet verkeerd, Mr Kettle...'

Hij trok enigszins wit weg, maar hapte manhaftig toe.

Winnie had nooit een echt compliment over zijn kookkunsten kunnen opbrengen omdat het eerlijk gezegd geen kookkunsten waren. In het beste geval leeftocht, overleving. Hij vroeg zich even af of ze net zo vriendelijk zouden zijn geweest over de klomp koude hachee in de bedauwde pan – de winter condenseerde, interessant genoeg, vanuit een wetenschappelijke optiek, op de aluminium buitenwanden ervan. Lofprijzingen wekten in hem altijd een onhandige ambitie om grotere hoogten te bereiken. Zelfs als die lof met ironie was doorspekt. Bespottelijk. De tosti was een kinderlijk gerecht, hoewel in zijn eigen jeugd de losse kaasplakjes nog niet waren uitgevonden, laat staan de futloze vierkantjes brood waarop de gele vierkantjes braaf waren gesmolten. Het was eerlijk gezegd een zeer onkazig geel. Niet heel lang geleden was hij moedig doorgedrongen tot de National Gallery. Hij vond dat gepensioneerde mannen, danig verkalkt door beperkte werkzaamheden en algehele krimp, moesten proberen hun geest te verruimen. Hoe dan ook, hij had een pasje voor vrij reizen en het leek hem onbeleefd dat niet af en toe te gebruiken. Daarom reed hij soms met bus 8 naar de stad, zijn eenzaamheid achterlatend, op zoek naar het volle leven, naar genezing zelfs. Hij had gedwaald door het labyrint van sombere schilderijen, door de uitgestorven marmeren zalen, geïmponeerd, kleingemaakt en tot zwijgen gebracht – hij moest zich na een broodje rosbief in Bewley's discreet in een alkoof afzonderen om een boer te laten –, en stuitte ten slotte bij toeval op een klein schilderijtje. Alle goede dingen ontdekte je bij toeval. Hij vond het mooi vanwege zijn bescheidenheid tussen de grotere werken. Zoals een menselijke ziel op de wereld zou moeten zijn te midden van olifanten, melkwegstelsels. Een 'landschappelijk tafereel' in miniatuur. PISSARRO stond er op het bordje. En hij tuurde ernaar, voelde een plotse, razende dankbaarheid terwijl zijn hoofd volstroomde met gedachten aan Frankrijk en het Franse platteland, waar hij nooit was geweest, en hij zich afvroeg waar het eigenaardige gesmolten geel van een vierkant tarweveldje hem aan deed denken. Het schoot hem pas te binnen toen hij weer buiten op Merrion Square stond. Kaasplakjes. Hij achtte zijn geest naar behoren verruimd.

O, dan door naar zijn echte favoriet, het Natural History Museum verderop op het plein. De ribben en botten van het reuzenhert, dat niet langer door Ierland zwierf, de blauwe vinvis, hoog opgehangen in zijn eigen grote bottenkorset, met het ijzerwerk van de trappen en bovengalerijen als het omvangrijke skelet van een nog grotere walvis helemaal om en over hem heen, een walvis in een walvis dus, waarmee hij een dubbele Jona werd – o gezegend, heilig oord.

O'Casey biechtte op dat hij zelf een maagzweer had, stond onmiddellijk na het opeten van de tosti op en ging bij het beschot staan, leunde er verontrust tegenaan – je kon het een beetje zien doorbuigen –, zijn gezicht afgewend alsof hij uit de gratie was gevallen, als een leerling die straf kreeg. Zijn rechterhand bewoog zich naar zijn voorhoofd en hij leek te zweten. 'Wat krijg, wat krijgen we nou?' mompelde hij in een orgie van escalerend lijden. En hij klapwiekte met zijn rechterhand tegen zijn voorhoofd, een langdurige vertoning, alsof zijn hand op rampzalige wijze zou opstijgen, als een duif met één vleugel. Het daaropvolgende halfuur zat hij op het gemak, wat eigenlijk heel lang is op andermans wc. Aangezien Mr Tomelty's bouwlieden niet bepaald hadden uitgepakt met dikke muren, waren zijn nood en gevechtsposities voortdurend evident. Er weerklonken kreunen en bijna woeste vertogen, en O'Caseys god werd aangeroepen om hem bij te staan. Terwijl de winden tijdens dit halfuur op het kasteel inbeukten en de regen horizontaal tegen de ruiten kletterde, glimlachte en neuriede Wilson, en lachte hij af en toe hardop, volkomen op zijn gemak met zijn gevulde maag. Opnieuw was Tom gefascineerd, hij vond het fijn als vriendschap openlijk werd geuit. Ze waren als soldaten in een loopgraaf, dacht hij, alles rauw en blootgelegd, kale menselijkheid. Ja, dat vond hij opwindend. Hij verheugde zich opeens weer in de aanwezigheid van deze jongemannen, ook al vreesde hij hen en hun woorden. De kameraadschap van Wilson en O'Casey, inmiddels bewezen in de hogedrukketel, of beter gezegd de krater, van de nood van een van hen, terwijl de lava van de tosti door de darmen van die arme man stroomde, maakte Tom opnieuw bijna aan het huilen. Mocht hij van liefde spreken, mocht hij spreken van de alles goedmakende eigenschappen van mannen? Nee, aan oreren werd niet, of nooit, of zelden, gedaan op het moment dat mannen onder elkaar waren. Dat moest hij accepteren, met tegenzin. In plaats daarvan pakte hij een oud blikje met maagpoeder dat hij zelf in zulke noodsituaties gebruikte en reikte dat aan, waarbij hij alleen zijn ene hand en het blikje door de deur stak, zonder O'Caseys gewichtige privacy te schenden. Het blik werd voorzichtig aangenomen, niet met geweld, als een goed afgerichte hond die een hapje uit mensenvingers aanneemt.

Iets later klonk een laatste explosie, daarna een dramatische schreeuw, daarna stilte, daarna de ketting waarmee plechtig werd doorgespoeld. O'Casey, bleek, veranderd, trillend door zijn blijde verlossing van de pijn, kwam langzaam weer de kamer binnenlopen, terwijl Wilson straalde en knikte, en O'Casey het hele voorval nederig en elegant van zich afschudde. En Tom, die opeens wat afstand voelde tot hun prettige gelijkgestemdheid, misschien als gevolg van zijn leeftijd, verdween naar zijn slaapkamer om het luchtbed uit het kastje te halen. Dit meubelstuk had gehoord bij een eenvoudig huisje, dat wist hij zeker, een ruw, plaatselijk maaksel dat nooit in een winkel had gestaan. Op de binnenkant van de deurtjes was krantenpapier uit augustus 1942 geplakt, met advertenties voor dameshoedjes en gleufhoeden en oorlogsberichten in gelijk verdeelde en inmiddels achterhaalde hoofdrollen. Alleen de passerende spinnen en kledingmotten en zijn afgeleide blik konden die nu lezen. Winnie sliep op het luchtbed als ze op bezoek kwam en hij was er helemaal aan gewend om het te voorzien van haar ingekorte lakens en een verenkussen in een imposant geborduurde kussensloop, het werk van weer andere onbekende provinciale handen. De beste dingen in Ierland waren het werk van onbekende handen. En de ergste misdaden vaak ook.

Hij wist niet precies wat O'Casey en Wilson met maar één luchtbed aan konden, maar indien nodig was daar altijd nog de korte bank, en omdat hij daar inderdaad enige paniek over voelde, en een gevoel van crisis als gastheer, vormde hij het luchtbed en de lakens en het kussen tot een hoopje en knikte hij met de wijsheid van Archimedes, alsof het allen duidelijk was dat iedereen was voorzien, hoewel hij niet geloofde dat het waar was. Maar hij had zijn best gedaan, zijn best, en hij had ze te eten gegeven, en nu was hij moe, moe geworden, en met een paar laatste woorden zo simpel en sleets als oude centen kroop hij zijn nest in. Hij moest er 's nachts een paar keer uit vanwege zijn onbetrouwbare blaas, maar verder sliep hij als Dracula in de aarde uit zijn vaderland.

Toen hij rond zes uur door de stommelende duisternis weer verscheen, klaar voor de dag, trof hij het luchtbed leeggelopen en opgerold als een grote tong – hij dacht aan gekko's, maar gekko's hadden toch lange smalle tongen? – en het beddengoed extreem netjes opgevouwen, zonder één spoor van de mannen. Hij ging pissen in die ernstige stilte van het alleenstaande leven, en schudde zijn hoofd een beetje om de gebeurtenissen van de vorige avond. Hij kon op dat moment zijn tandenborstel niet vinden, en daarom reinigde hij zijn gebit met een in Colgate gedoopte vinger. Scheerkwast in de zeep gezet en veiligheidsscheermes. Dus toen zong hij dat oude liedje, zoals het scheerders betaamt. Plukte haren uit zijn neusgaten. Zag er patent uit. Hij nam aan dat ze zich in de lichtarme ochtend hadden begeven om de vroege bus naar de stad te halen, zodat er geen hiaat in hun politiewerk ontstond, als het ware, en wellicht om zichzelf te behoeden voor een eventuele inhouding op hun loon. Wie had het luchtbed gehad, en wie de rottige bank? Dat zou hij waarschijnlijk nooit weten. Hadden ze de rapporten meegenomen? Ja. Halleluja. Nou ja, die konden ze ook niet achterlaten. Opeens was hij bedremmeld, beschaamd. Hij had ze teleurgesteld, wist hij. Hij had de rol van oude man volmaakt gespeeld. Nu voelde hij zich als een moordenaar die louter vanwege een vormfout was vrijgekomen. Nu voelde hij zich net zo rottig als de bank. Nu huilde hij echte, hartverschroeiende, schuldige tranen, de tranen van een lafaard, dacht hij, die op zijn lafheid is betrapt. Hij had hun niet de genade van zijn mening over de inhoud geschonken. Hij had de moeite die zij zich hadden getroost om hem te raadplegen niet met gelijke munt terugbetaald. O, maar, wijze Tom Kettle. Ja, wijze. Weg met jullie drukdoenerige schrijfsels, jullie gebruikelijke politiemannenproza.

Maar hij miste hen ook, merkte hij tot zijn verbijstering, miste hen als zijn eigen kinderen, een enorme pijn van rouw, wat helemaal niet logisch was. Ze hadden het samen gezellig gehad, ondanks alles, niet meer dan dat. Maar hij ervoer het als een gemis. Hij had genoten van de gesprekken. Echt waar. Een raadsel. Hun hartelijkheid en vriendelijkheid. Hij vroeg zich af of hij dat vaker moest doen. Contact met mensen. Hij twijfelde. Ergens was dat een verontrustende gedachte, alsof hij iemands vertrouwen schond, iemands geheim, maar wiens?

En die hele dag zat niets hem lekker. Hij kon geen rust vinden. Hij kon niet 'nergens aan denken', wat zijn enige ambitie was. De rapporten zweefden door zijn gedachten als duivenkuikens die met hun vleugels klapperden, om aandacht bedelden. Voer ons, voer ons, breng ons wurmen. Hij zou vast een hoop te melden hebben gehad over die rapporten, vermoedde hij, hij hoefde ze niet eens open te slaan om te weten wat erin stond. Akelige verslagen van ellendige aantijgingen. Waartegen zijn hart en ziel heel waarschijnlijk in opstand zouden zijn gekomen, onschuldig, hartstochtelijk, stompzinnig, alsof een van O'Connells lijvige engelen op zijn standbeeld in O'Connell Street opeens haar metalen vleugels had bewogen. Met rampzalige gretigheid en kracht. Een sombere figuur die zich geen honderd jaar had verroerd. Zelfs toen die arme Nelson op zijn zeegrijze zuil op 8 maart 1966 (de datum was in zijn politiehoofd blijven steken, hij had er nótie van genomen) aan gruzelementen werd geblazen, had dat die engelen niet verstoord.

Nadat hij zijn paar kamers had opgeruimd in een dappere poging alle sporen van zijn gasten uit te wissen, alsof hij hen daarmee domweg kon vergeten, merkte hij dat hij zijn uitgeputte geest niet op kon ruimen. Hij was de wees van zijn voormalige geluk. Maar was het geluk geweest, of alleen twijfelachtig geluk? Nee, dacht hij, het was wel degelijk echt geluk geweest, met een belofte van bestendigheid, en nu had iets, een ongenadig gebaar van het noodlot, dat van hem afgepakt. Hij deed zijn zware jas aan en trok de riem aan en drukte zijn pet haast met geweld op zijn hoofd, trok zijn krijsende deur open, wierp een verwijtende blik op de fraaie rododendron – hoe waag je het om zo tevreden te kijken? – en stampte de poort uit en linksaf de heuvel op. Zonder de twee mannen bij zich voelde hij zich alleen. Hij was alleen. Kromzwaarden van botte wind flitsten overal rond, haalden uit naar zijn pet, zijn haren, zijn hart. Het staartje van het onweer speelde de duvel op de weg, er was in de naburige tuin een es geveld, de meeuwen offreerden hun schreeuwen om genade. Donkere, hoge wolken begaven zich in een sombere, zwijgende menigte naar Engeland.

Kille regen begon te vallen, speciaal voor hem, dacht hij, o, reken maar, en die werd algauw vrijpostig met de kraag van zijn jas, zonder permissie, en maakte zijn nek net nat genoeg om hem doodsangst voor longontsteking te bezorgen. Maar toen hij de helft van de route naar het park op de heuveltop had afgelegd, was daar opeens het heerlijke zonlicht, de verlegen zus van de regen, die geen warmte bevatte, maar wel wat aangename hoop. Hij dacht aan de weinige zomerdagen dat de hele streek ovenwarm was, elke kloof en elk wijd uitzicht volgepropt met heerlijke, krijgshaftige hitte. Nou, hij was er nog niet. Daarna kon hij schuin omlaag Dillon's Park doorkruisen en stilletjes zijn bejaardenkleren uitdoen, zijn 'nieuwe' zwembroek ophijsen onder de wapperende handdoek, op de Ierse wijze, en zich dan uitleveren aan de diepten en uitbundig zwemmen, zij het niet al te ver uit de kust vanwege de vermaledijde stroming.

Die zwembroek. Afgelopen juni, geïnspireerd door

de strandsfeer van zijn nieuwe huis, ook al woonde hij er nog geen week, was hij het dorp Dalkey in gelopen om twee dingen te doen. Het eerste was om zijn haar te laten knippen, waarvan hij zich voorstelde dat het hem een zomers uiterlijk zou bezorgen, wat een pijnlijke vergissing bleek te zijn. De kapper, een jongen van pas zeventien, noemde het veelzeggend een korte coupe, alsof hij vlug een staatsgreep ging plegen. Toen de jongen zijn werkzaamheden met het elektrische scheerapparaat – zo'n ding dat je bij een ooi zou gebruiken – had afgerond, aanschouwde Tom diep verontrust het resultaat. Hij zag er afzichtelijk uit, zelfs volgens hemzelf, terwijl hij doorgaans geen mening over zijn uiterlijk had. Hij had geen jukbeenderen, dat was duidelijk, en zijn gezicht leek gewoon een plat, mislukt brood met vieze mesgaten erin. Hij vond het eruitzien alsof hij zijn hoofd had laten kaalscheren vanuit een soort onbewust gebaar van boetedoening. Ik ga een wandeltocht door heel Ierland maken en kom pas terug als het is aangegroeid, dacht hij. Niemand mag me zo zien. Toen bedacht hij dat er sowieso niemand was om hem te zien, dat hij met pensioen was, en met bewonderenswaardige elegantie liet hij zijn trauma van zich afglijden.

Toen liep hij door naar de duistere herenmodezaak en informeerde bij de intimiderende dame daar naar zwembroeken. Ze had hem aangestaard, beoordeeld op zijn korte coupe, waarvoor alleen luizen of dakloosheid de reden konden zijn, zijn wezenlijke liquiditeit met kilometers afstand gemist – zijn pensioen was een bron van echte trots – en toen gezegd dat ze 'wel een tweedehands zwembroek had, als hij die wilde zien'. Ze gedroeg zich humaan, behulpzaam, genadig, scherpzinnig. Hij had niet de woorden kunnen vinden om haar terecht te wijzen, en durfde dat niet eens te proberen, en daarom had hij het aangeboden kledingstuk, met een vreemde kleur geel die zelfs Pissarro niet zou hebben gebruikt, aangenomen. Hij had de stof tussen zijn twee handen laten knallen, eenmaal, tweemaal, en met een soort werveling omhooggegooid, alsof hij plotseling, op mysterieuze wijze, verstand had van zwembroeken, de stevigheid van de stof en het juiste soort knal, en zijn innige goedkeuring geknikt. Hij gaf haar de twee pond die ze ervoor vroeg en verdroeg dat de zwembroek in camouflerend papier werd verpakt, als een fles whiskey waarmee je over straat moest. En toen liep hij weer de deur uit, de zon in, als een man die na een langdurige gevangenisstraf was vrijgelaten, maar hoewel hij in het verborgene was vernederd, verkeerde hij ook in een jubelstemming terwijl hij terug naar huis liep.

Ooien scheren. Voor zijn geestesoog zag hij weer hoe de broeder uit Tipperary elke tegenspartelende ooi tussen zijn benen zette, haar redelijk behendig vastklemde en de ratelende schaar omlaag, omlaag, omlaag over het lijf van de ooi haalde, terwijl de koude, vuile wol in stevige plakken losliet, als iets wat al gebreid was. Gepeld als een sinaasappelschil. Daar de hele dag mee in de weer terwijl de jongens hem roepend en schreeuwend de ooien toestopten, voor de nieuwe schuur, en het druipende zweet op het gezicht en de armen van de broeder uit Tipperary, en de kampeerpannetjes met warme thee die hem elk uur werden gebracht om zijn grote dorst te lessen. Hij herinnerde zich hoe hij daar aan het eind van de dag stond terwijl de zon als een kooltje de verre heide op de zeeweide in lichterlaaie zette en de jongens op de grond lagen, naast de enorme berg wol, en de broeder uit Tipperary lachte om zijn triomf.

Het huidige zonlicht was maar een verre neef van dat uit de zomer, maar het was troostrijk, het was een heraut, het was een genot. Nu grinnikte hij bij zichzelf, hij was verzadigd, hij zat vol, de zwakke vingers van dit licht waren genoeg, voldoende. De tijd voor de zwembroek lag nog ver voor hem, maar die zou komen, die zou komen.

De regen die de boomtakken had doordrenkt, was de moed verloren, maar de wind rukte nog steeds gretig aan wat er al was, zorgde dat de druppels op hem afvlogen, op alles afvlogen, terwijl het zonlicht er glanzen en glinsteringen tussen stak, als een miljoen zilveren sprotjes. Opeens begon hij te twijfelen. Hij was heel even woedend, alsof hij slechts iemand was die de leiding over hem had, en niet hem wás. Die hufter van een broeder uit Tipperary. Alsof hij een patiënt was, een krankzinnige die naar buiten mocht voor een gezonde wandeling. Toen was hij mismoedig, zijn schoenen werden zwaarder. Zijn ziel zo zwaar als een handicap van loden gewichten aan een racepaard. Ach, hemel. Was hij gelukkig of ellendig? Was hij verloren of gered? Hij had geen idee. Wat moest er van hem worden? Wat voor nut had hij? Wat voor nut had hij voor Winnie of Joseph, wat voor nut voor de lijdende mensheid? Toen bleef hij stilstaan op de kletsnatte stoep, sloeg zijn handen voor zijn gezicht en huilde nog eens, met snikken en rillingen, in het verdunde zonlicht.

Zijn onbekende buren keken misschien op hem neer, een dikke man met een zwarte jas aan. Ergens daarbinnen zat een beroemd culinair journalist, ergens daarbinnen de 'architect van het moderne Ierland'. Dat had de postmeesteres in het dorp hem gezegd. Was híj geen capabele rechercheur geweest, was híj niet gewaardeerd om zijn deductievermogen, zijn intuïtie, zijn plotselinge invallen? Jawel. Hij dácht althans dat hij dat was geweest, dat dacht hij echt. Niemand gaat op pad om de eerste de beste gepensioneerde man op te zoeken. Gepensioneerde mannen kunnen naar de duvel lopen – de laatste duisternis in, de wateren boven hun hoofd laten sluiten –, tenzij ze eigenaardige talenten bezitten. Zeldzame talenten. Hij hoopte dat het zo zat. Zelfs terwijl hij huilde, hoopte hij dat het zo zat. Maar hij had Wilson en O'Casey afgewezen, hij had hun verfrissende nieuwsgierigheid, hun vragen, hun moeite om hem al wandelend te bereiken versmaad. Om die verdomde kluizenaar te bereiken, gezeten op zijn rieten stoel, de favoriete rieten stoel. De vreugden van Dalkey. Op een dag kwamen er dolfijnen naar boven. Op een dag zag het hele stuk tussen zijn toevluchtsoord en het eiland zilver van de visjes die makrelen koste wat kost willen verslinden. Biljoenen, biljoenen. Het duister van Dalkey, dat zelfs in zijn pikzwartheid een eigenaardige schittering had, een schijnend aura, als basalt. O, o, de wereld was te moeilijk voor hem. Echt waar. Nee. Ellendige leugen. Hij loog tegen zichzelf, als een dolleman, als een schimmige crimineel met misdaden die te ellendig waren om op te biechten, zelfs aan zichzelf. Hij had hun belangstelling naar hen teruggeworpen, had zich gedragen als een gezouten slak, dat had hij gedaan, dat was niet professioneel, dat was niet eens menselijk of bewonderenswaardig. Maar wat had hij dan moeten doen? Hun komst had hem ontmeerd, ontregeld, opgeschrikt, ja, opgeschrikt. Hun komst hierheen was een terreurdaad, maar hoe hadden zij dat kunnen weten, hun bedoelingen waren zo zuiver dat ze daar godsamme een medaille voor verdienden. Wat een onschuld, wat een pure goedheid van ze, van die chef, hoe heet hij ook weer, Fleming, die ellendige Fleming. Ik stuur jullie wel naar Tom Kettle, die goeie, verstandige, helder denkende Tom, met een hele citadel, een heel museum aan ervaring in zijn kop, die zal dit rechtzetten, ons de goede weg wijzen, een uitweg bieden, een duw in de goede richting geven, de helpende hand bieden. Die zeer uitmuntende, hogelijk gewaardeerde rechercheur

Thomas Kettle, de beste der blauwen, het neusje van de zalm. Wat een grensoverschrijding. Wat een verraad. Het was niet goed. Nu moest hij huilen, omstandig huilen, in de vliegende regendruppels, in het heensnellende zonlicht.

Hij had zich voorgenomen naar Sorrento Park te gaan, om zijn zinnen te verzetten tussen de wonderlijke keien en de bomen die door de zilte wind klein en krom werden gehouden. Er waren twee parken op de heuveltop, Dillon's en Sorrento, en beide waren bruikbaar. Als medicijn. Doorgaan zoals vroeger, zijn vaste gewoonte, de vaste gewoonte van een gepensioneerd man. Dat had hij gedacht te zullen doen. Maar nu, geschokt, geschokt, gekwétst, helemaal niet gekalmeerd, keerde hij weer terug, haastte hij zich, en nam hij in verwarring en paniek zijn toevlucht tot zijn woning.

Daar stond hij in zijn huiskamer te druipen. Alsof hij er voor het eerst stond. In zekere zin als een vreemde, onbekende. Als een dier. Zijn dingen en spullen weigerden met hem te praten. Hem te vertellen dat hij thuis was. Hij wist niet wat hij moest. Hij wou dat Winnie... Maar Winnie was dood. Waarom praatte hij alsof ze nog leefde? Winnie was dood. Joseph vermoord in Albuquerque. Zijn vrouw June dood, dood. Wat was er mis met hem dat hij zijn doden niet kon erkennen? Wilson en O'Casey niet met een ontspannen, volwassen stem de verhaaltjes over hun lot kon vertellen? Niet kon zeggen waarom de inhoud van die rapporten hem naar de keel vloog, nog voor hij ze kon lezen? Ze niet kon lezen, ze in geen enkel opzicht kon lezen. Ze onder welke omstandigheden dan ook lezen.

Hij sleurde zijn jas uit alsof die een mentaal beletsel was en liet hem vallen op de vloer. Het leek wel of Winnies vermanende stem uit het beschot lekte. Hij liep naar achteren, naar de rustieke kast waarin hij een eind touw wist te liggen. Iedereen kon een strop knopen, het was de makkelijkste knoop die er bestond. Toen merkte hij dat hij onnozel door het appartement zwierf, op zoek naar iets om het touw aan vast te maken. In de keuken was er een haak, waar het plafond de muur ontmoette, geen idee waarvoor die had gediend. Uien misschien, of een verdwenen keukenmachine. Of de speld die de kosmos op zijn plaats hield? Maar hij dacht niet dat die zijn gewicht zou houden. Voor zover hij kon zien, was er verder niets. De strop hing om zijn hals, hij sleepte het touw als een navelstreng achter zich aan en liep zoekend rond. Hij schaamde zich tegenover zichzelf. Hij ging voor het panoramaraam staan en de zee daarbeneden was een miljoen grijze eetborden die in het kanaal deinden. Ze draaiden en doken, elk een circuskunstje, een clownsact. Een bord op een stok laten rondtollen. Duffy's Circus, rond negentienhoeveel? Was dat een herinnering? Eetborden, eetborden, precies zo. Het eigenaardige effect trok zijn aandacht, een paar tellen maar.

Toen zag hij het jongetje dat met Kerstmis met zijn moeder in het appartement in het torentje was komen wonen zijn blikveld in rennen. Hij hield een soort ongewone stok vast. Een zwarte wandelstok met een zilveren knop, zo een die Fred Astaire bij het dansen zou gebruiken. Hij zwiepte ermee rond in de wind. Het carré van heggen rond de beschutte plek, een schepping van Mr Tomelty of een eerdere eigenaar, boog en schudde als een cirkel krachtige paarden. Die het bittere graan van het leven aan het dorsen waren. Het jongetje was geluidloos omdat het raam dichtzat, maar Tom schatte dat hij zong. Nu draaide het kind zichzelf helemaal in het rond, alsof alleen de wandelstok ronddraaien niet genoeg was, met zijn korte broek aan, blij in de wind, de kou, nergens aan denkend.

Tom liep terug de keuken in, nog steeds met dat stomme touw achter zich aan. Hij voelde een absolute opwelling van innerlijk geweld, van het soort, zo wist hij, dat verantwoordelijk was voor zware misdaden. Maar hij had geen behoefte om zware misdaden te plegen. In plaats daarvan beukte en beukte hij op de tafel, mishandelde hij het grijsgroene formica alsof het hem iets gruwelijks had misdaan. Hij sloeg erop, hij sloeg erop – maar stopte vlak voordat hij op het punt stond het te breken. Daar zweefde hij, met een inspanning om zich te beheersen die zeer deed. Hij mocht Mr Tomelty niet vergeten, dacht hij. Je moet iemands eigendommen respecteren. Dat was een gouden regel. Dat was de maatstaf van de Garda Síochána, de Ierse politie, zoals hij twintig jaar eerder aan Ramesh had getracht uit te leggen. Terwijl hij zichzelf op zijn kop gaf, droop hij van het zweet. De vrede in het land, de veiligheid van de burger, de onschendbaarheid van het bezit. Deze formica tafel, die Mr Tomelty bij Woolworths zes of zeven pond zou hebben gekost, was heilig. Die mocht hij geen onherstelbare schade toebrengen. Een armzalig product, gemaakt in een fabriek, maar het was niet van hem. Zweet gutste langs zijn gezicht omlaag, prikte in zijn ogen, verblindde hem. Hij snakte ernaar zijn vuisten te laten neerdalen en het tafeltje te verwoesten, zoals Samson met een ezelskinnebak een Filistijn had gedood.

Hij stond daar met zijn opgeheven vuisten, met zelfs iets van het lijden van Samson in zich, terwijl hij dit dacht, onbeweeglijk, met de strop om zijn hals, toen de bel weer ging.

3

Wat moest Tom doen? Zou dit de eerste keer in de geschiedenis zijn dat iemand die troost zocht in zelfmoord door een rinkelende voordeurbel werd gestoord? Nee. Alleen, hoeveel mensen hadden er de afgelopen negen maanden echt bij hem aangeklopt? En nu twee keer in vierentwintig uur? Alle vuur en boosheid sijpelde uit hem weg. Alle kracht. De wereld vroeg hem om weer in het leven te stappen. O, opnieuw, opnieuw. Hij had er geen weerstand tegen. Hij had het gevoel gehad dat hij beter dood kon zijn, echt waar, en als hij iets fatsoenlijks had gevonden om een touw aan vast te maken, dan was het een degelijk, ouderwets cowboyafscheid geweest.

Dat was niet zo, maar toch was het een gedachte die het denken waard was. In werkelijkheid had hij zichzelf doodsangst aangejaagd. Alleen al de handeling van het naarstig zoeken naar de haak was in zijn gedachten nu een grotere angst dan de feitelijke angst die hem daartoe had aangezet.

Dat lag allemaal achter hem. Zijn kiel stak nu recht in het water.

Lieve Maria, moeder van Jezus, hij hoopte dat hij nooit zo egocentrisch zou worden dat hij dat allemaal aan Winnie vertelde. Hengelend naar medeleven. Een kind moet geloven in de kracht van haar vader. Het ware vaccin van haar veiligheid.

Het enige probleem was de vloer oversteken tot de deur. Dat leek een heel, heel eind. Hij voelde zich als die jongen en die meid op de fiets in *Butch Cassidy and the Sundance Kid*, o, niet hun geluk, maar de slow motion van hun scène. Met het onnozele nummer dat June leuk had gevonden en een hele zomer had geneuried, keer op keer. 'Raindrops Keep Fallin' on My Head'. 1970? Grappig dat ze, na alles wat hun was overkomen, nog steeds in staat, goed in staat waren geweest om gewone dingen te doen, om van gewone dingen te genieten. Naar de bioscoop gaan. Heerlijkheid eigenlijk. De Pav, hun vaste kroeg. Met de bus uit Deansgrange. Haar grote tas, niks handtasje. Ze was een echte hippie, zei ze. Geen handtasjes, verdomme. Broeken met soulpijpen. Haar kinderen allebei geboren toen ze in de twintig was. Het figuur van een jonge meid. Toen hij na Joseph met haar vree, zag hij bij haar kruis een grappig litteken. De dokter had haar ingeknipt omdat Josephs hoofd te groot voor haar was. Nu zag het eruit als een handelsmerk of een brandmerkje. Ze straalde gewoon warmte uit, zittend in de bus, haar been tegen het zijne, de strakgespannen spijkerboek rond haar dij... Die zou een man van het slappe koord doen vallen. Ook zonder vangnet. Fléts, op de grond. Haar brandende liefde voor hem en de zijne voor haar. De belofte van liefde, altijd. O, ja, en zijn trots op haar, want zeg nou zelf, jongens, ze was heel ongewoon. Ze was veruit de mooiste mens die hij ooit had gezien. Leek ze in het duister van de bioscoop niet zelf een filmster? Dat was de ongelogen waarheid. Haar moeder was ook een schoonheid geweest, dat wist hij – net als Wilsons verhaal, ook een mooie moeder – omdat ze nog steeds een fototje in haar handtas had. Het had hem een vreemde pijn van herkenning bezorgd toen hij dat zag – toen ze het aan hem overhandigde, de gescheurde foto toevertrouwde aan zijn blik, gezeten onder een stenen boog in Dunleary. Ze hadden een paar maanden verkering, een paar duizelingwekkende maanden. Wat een mazzel. Er zat een streep van kleine bobbeltjes op omdat hij van een paspoort was afgepeld. Heilig spul. Een replica van haarzelf, eigenlijk. Schoonheid met een donkere huid. Ze liet hem de foto zien, hij hield haar in zijn armen, zij huilde in het katoen van zijn overhemd. Op dat moment waren ze toch zeker getrouwd? Zeer zelden toonde ze haar gevoelens zo. Het had hem stomgeslagen, geschokt, hoogst alert gemaakt om op dat moment precies het juiste te doen. Kon belangrijk zijn. Daarom pelde hij haar gezicht van zijn schouder – het liet twee ronde sporen van haar tranen achter – en hield hij haar warme gezicht in zijn twee handen. Zelfs in de donkere winter leek haar gezicht bruinverbrand. Hij kuste haar neus en ze lachte. 'Was ze niet mooi?' zei ze tegen hem, met het volle vertrouwen van een zesjarig kind in haar stem. Wat de leeftijd was waarop zij... 'Ze was een schoonheid,' zei hij, als een seminarist die de liturgie voor het eerst leest. De sigarettenhouder werd tevoorschijn gehaald, een Major erin gestoken. Waar is die houder, verdomme? O, ze rookte als een visschuur. Haar zoenen bevatten altijd de bittere smaak van tabak, die hij lekker vond. Met haar tong kon ze zijn mond op zo'n manier vullen dat hij helemaal wild werd. Als ze in de bioscoop zoenden, wat ze graag deden, deed zijn lul pijn in zijn broek. Godsamme. Het kwam doordat ze in haar hoofd een hele kosmos aan goede dingen naast de slechte meedroeg. Al haar geklets, haar stopwoordjes, haar lukrake citaten, haar zang – Cat Stevens, mijn god, *Oh baby, baby, it's a wild world*... Haar zachte bh onder het grootvaderoverhemd – o, en het ondergoed dat ze met zorg uitkoos bij Penneys, met hartjes erop. Hij verkeerde in een voortdurende staat van slappe knieën. Haar goudblonde haar, dat ze 'muisachtig' noemde. Nooit... Hij sleepte zich naar de deur, herinnerde zich net op tijd dat hij het touw nog steeds met zich meezeulde, en ontlassode zichzelf met een slingerende behendigheid waarvan hij niet wist dat hij die bezat. Hij bevrijdde zichzelf, ontdeed zichzelf, en liet het touw vallen in de paraplubak, die geen paraplu bevatte. Het was gewoon een lange bronzen granaathuls uit een van de wereldoorlogen. De deur krijste open en daar stond de chef, Fleming. In gala-uniform. Tom was verbijsterd. Het was een hele uitdossing, met tressen en zilver. Wat deed hij hier? Fleming was een ronde man, maar hij was lang, honderdveertig kilo massieve politieman. Met Fleming kreeg je waar voor je geld. De avond was inmiddels zwart. De hele heuvel boven Fleming zag eruit alsof hij onder water stond, compact en inktzwart, onderlopend, terwijl alleen de vage damp van ongeziene ramen achter hoge muren oprees. Tom was te moe om zijn verfomfaaide verschijning zelfs maar vluchtig te inspecteren. Fleming was zo schoongewassen, zijn overhemd zo wit, dat Tom vermoedde dat er hekserij in het spel was. Maar hoe laat was het nou? Zo-even stond hij toch nog uit het raam te kijken en zag hij die jongen in het daglicht, beneden in de tuin?

'Hallo, Tom,' zei hij. Zijn stem had een aangenaam brouwend accent uit de Midlands. 'Fijn dat ik je tref. Ik stoor toch niet?'

'Een gepensioneerd man kunt u niet storen, sir,' zei Tom, met echte warmte in zijn stem.

'Ik zit hier vlakbij, in het Dalkey Island Hotel. Er zitten daar tientallen mensen die je vast kent. Jaarlijks etentje. Net het voorgerecht op. Garnalencocktail. Walgelijk. Even naar buiten bij jou langs, dacht ik. Zou m'n leven kunnen redden. Straks kipfilet in roomsaus.'

'Chic, hoor,' zei Tom, ietwat gemaakt meelachend.

Waarom hadden Wilson en O'Casey niets gezegd over een jaarlijks diner, zo vlak bij waar hij woonde?

Hij was altijd op Fleming gesteld geweest. Hij wist dat hij hem moest vragen naar binnen te komen, maar hij maakte zich zorgen over de staat van het appartement.

Fleming en hij hadden jarenlang dezelfde rang gehad. Toen was Fleming tot boven hem bevorderd, ook al was hij tien jaar jonger.

'Sorry dat ik niet bij je langs ben geweest, Tom,' zei de chef, alsof hij instemde met die gedachte. 'We hebben een rotjaar... een chaotisch jaar achter de rug. Wat de Ierse burger allemaal uitvreet, geloof me, dat zou de duvel doen blozen.'

Dat was een grap, en Tom vond hem leuk. Hij voelde een nieuw zelfvertrouwen door zich heen stromen, een spoortje van zijn oude ik, dat deel van hem dat altijd klaarstond om 'dingen uit te vogelen'. Het was een interessante invasie van gevoelens.

'Hoor eens, sir,' zei hij, hiermee vers bewapend, 'zal ik een jas aanschieten en zullen we een eindje over de heuvel wandelen? Ik wil u iets vragen.'

Fleming zei niets, reageerde niet, knikte alleen.

'Pak jij je jas maar, jongen, ik wacht hier wel,' zei hij toen, terwijl Tom daar stond en zijn lippen als een vis open- en dichtdeed. 'Alle tijd. Ik heb sowieso een hekel aan kip.'

Tom liep terug het appartement in. Kip die van ouderdom was gestorven, aardappels met een schil als een telefoonboek. Hij had zijn klamme jas al snel van de vloer geraapt. Hij liep terug naar Fleming, die met een geduldige glimlach en een ontspannen lach stond te wachten, en de twee mannen liepen de poort van het kasteel uit en draaiden linksaf de heuvel op, waar Tom nog maar een paar uur geleden had gehuild. Ze waren aan elkaars tred gewend, als een getrouwd stel, en gingen gelijk op. Van Fleming was vaak gezegd dat hij geen vrouw had, dat hij een einzelgänger was, maar in werkelijkheid had hij een heel leger aan vrienden en kennissen, wist Tom, in Dublin en in Navan, waar zijn familie een tapijtfabriek had. Je kon een kerel als Fleming niets kwalijk nemen, nee. Je kon hem ook niet lezen, wat een voordeel was bij een hoofdrechercheur, of eigenlijk bij elke rechercheur.

'Hoe staan de zaken, Jack?' zei Tom, de voornaam riskerend.

'Ach, je weet wel, uit de kunst, Tom, uit de kunst. Afgelopen januari heeft Bríd een aanvaring met kanker gehad. Nou, daar is ze grandioos doorheen gekomen.'

Wie was Bríd? Hij had geen idee. Hij wilde het niet vragen vanwege het risico hun vlotte gesprek te verstoren.

Het was niet erg aangenaam daarbuiten, op de kletsnatte betonnen stoep en met de hard briesende zeewind. Het voelde alsof de grote huizen er hutjemutje met zijn allen wrokkig tegenin leunden. Geen avond om landloper te zijn. Het was nooit een avond om landloper te zijn in Ierland. Wat hij Fleming had willen vragen, dat leek hij nu domweg niet meer te kunnen. Misschien door iets met de wind.

'Hoe bevalt het pensioen je? Het is vast fijn om te kunnen uithijgen.'

'Dat is verdomde fijn,' zei Tom, en ze lachten allebei. 'Wilson en O'Casey hebben me gisteravond overvallen. Jemig, ik weet niet wat me bezielde. Ik neem aan dat ze alles verteld hebben.'

'Ze zeiden dat je ontzettend aardig was en tosti's voor ze hebt gemaakt, wat meer was dan wat die klojo's volgens mij verdienden. En een overnachting in Dalkey. Het leek wel of die kerels terugkwamen van vakantie toen ze vanochtend kwamen binnenlopen.'

'Dat doet me deugd,' zei Tom. 'Ik wist niet zeker of

ik... Ik wist niet zeker of ik... Zo lang geleden dat ik iemand heb gesproken, weet je, van het werk. Vreemde zaak. Het zijn goeie jongens.'

'Dat zijn het zeker.'

Nu draaide het tweetal zich om en begonnen ze weer terug te lopen. Ze konden allebei de drukte van autolampen beneden bij het hotel zien, ook al stond het voorbij het donkere dal van de vissershaven. Daar zou vrolijke opwinding heersen, met mannen die zich voornamen te veel te drinken en vrouwen die zich voornamen hen tegen te houden, in de hoop dat ze niet zo bezopen raakten dat de kans op dansen verkeken was. Je kon met een man in uniform trouwen, maar kon je hem ook overhalen om daarin te dansen? Tom glimlachte stilletjes. Ineens leek de wereld toch niet zo kaal en teleurstellend. Oude dingen kropen naar hem terug, kleine, oude dingen, zekerheden van lange duur die het pensioen had weggesnoeid. Hij had geen idee gehad dat hij iets daarvan miste, niet eens een vermoeden. Hij moest meer tegen zichzelf praten, dacht hij. Het probleem was dat hij altijd op Winnie wachtte, op Joseph wachtte. Was zijn leven van hem afgepakt? Hij was in zekere zin al dood, was dat het? Natuurlijk. Maar hij had iets geleerd, hij had de glorie van de rieten stoel begrepen. Hoewel diezelfde stoel maar een paar meter weg was, had dat nu evengoed duizend lichtjaren kunnen zijn.

Fleming ging proberen zich met een peuk te verwarmen, en met dat voornemen plukte hij een pakje Major tevoorschijn, zorgvuldig verborgen voor het weer. Mee naar buiten vielen een kam en een paar wedbriefjes, die vlug van de grond moesten worden geraapt – 'Het zijn oude weddenschappen,' zei Jack, met stem en gebaar beduidend dat de paarden hem hadden laten stikken –, en toen probeerde hij er een sigaret uit te halen en intussen het hele geval droog te houden.

Met een zwijgend gebaar bood hij er Tom een aan, maar Tom sloeg even zwijgzaam af.

'Rook je nog steeds van die cigarillo's?' zei Fleming.

'Ja.'

'Je zou de stank van die dingen op het hoofdbureau bijna missen.'

'Ongetwijfeld.'

'De cigarillo's van Kettle waren beroemd. De boeven noemden jou de cigarilloman.'

'Nou, nu genieten alleen de zeemeeuwen ervan.'

'Ik weet het niet, zou je het pensioen aanraden? Wilson zei dat het je goed leek te doen.'

'Het heeft z'n voordelen.'

'Ja,' zei Jack. 'Dat zal wel.'

'Voor jou duurt het nog een paar jaar,' zei Tom.

Toen waren ze weer bij Toms poort en Fleming nam drie grote hijsen van zijn sigaret. Major was een vrij kleine sigaret, en hij zou sowieso na nog een paar trekjes op zijn, maar Fleming, die pas halverwege de steel was, stootte een rookwolk uit, het regenduister in. De straatlantaarn een heel eind verderop voorzag die van een beetje tegenlicht, zodat Fleming één seconde de leiding had over een enorme kegel van witheid uit zijn mond, die prompt verdween. Het restant schoot hij omhoog de lucht in, alsof hij het achter de rook aan gooide. Hij rookte als een societyvrouw uit een film, dacht Tom. Losbandig. De Marx Brothers, zo'n vrouw met een forse boezem. *Duck Soup*. Daar moest hij om glimlachen.

Nu draaide Jack Fleming, zijn moed verzamelend – nu komt het, dacht Tom –, opeens zo ernstig als een politieagent, maar vriendelijk, in diepste vriendschap, zijn gezicht naar dat van Tom, en perste zijn grote gestalte op een of andere manier in een kleinere ruimte, maakte zich kleiner. Tom wist dat hij zijn vlieg in het water had geworpen en bad om het plotselinge gewicht van een zalm te voelen. Dat wist hij allemaal en hij was er niet afkerig van. Nee, opeens verwelkomde hij dat. Het leek beter dan de niet-bestaande haak aan de muur, aan het plafond. Het touw in de granaathuls, als de slang van een fakir.

Margaret Dumont! De naam gleed naar hem terug.

'Zou je misschien... zou je misschien willen overwegen bij me langs te komen, uit de goedheid van je hart? We hebben een vreselijke stinkzooi van een zaak om uit te zoeken, en ik weet dat je mij kunt helpen, dat weet ik zeker. De hoofdinspecteur heeft het groene licht gegeven, er is wat geld voor dit soort dingen, je mag in burger komen, je hoeft verdomme niet eens je schoenen te poetsen. Maar ik heb je nodig, verdomme. En Wilson en O'Casey hebben je nodig, die hebben geen flauw idee waar ze mee bezig zijn.'

Tom geneerde zich, maar waarvoor, daar kon hij de vinger niet op leggen. Voor zichzelf? Voor zijn eigen twijfels, zijn recente poging tot zelfmoord, potsierlijk en mislukt? Het was best ingewikkeld om uit het leven te stappen, dat klopte. Hij was er danig van geschrokken. Daarover voelde hij nu een rare schaamte. Maar hij handhaafde zijn pokerface, echt, hij glimlachte zelfs zijn oude Tom Kettle-glimlach, of wat hij zich daarbij voorstelde, en knikte, en schudde zijn hoofd à la Ramesh.

'Echt, Tom, je zou me er een grote gunst mee doen, dat mag je best weten.'

Ze keken elkaar aan. Tom dacht aan alle kipfilets op de borden – bloedbad in het kippenhok – in het oude hotel verderop, en het luidruchtige gepraat van de menigte, en de slechte moppen en zelfs de goeie moppen, en de wanhoop van de vrouwen, en gewoon de hele jolige gezelligheid van de hele avond, en hoe waanzinnig dat was. De onverklaarbare bezigheden van mensen, die plaatsten zelfs hun schepper voor een raadsel, dat wist hij zeker. En hij dacht eraan hoe June een tiental keren in haar mooiste jurk met hem dergelijke tenten in was gelopen, de ark van een oud hotel, waar de paren twee aan twee naar binnen gingen, en de vrijgezellen optimistisch ratelden in hun apenpakken.

'Denk erover na, mijn vriend,' zei Fleming. 'Doe dat. Geen ramp als je er geen kans toe ziet. Je weet me te vinden. Fijne avond nog.' Hij greep Toms rechterhand. 'Jemig, Tom Kettle, wat een groot genoegen om jou weer te zien. Echt waar.'

En met die speech was hij vertrokken.

Tom was zo ontroerd dat hij betwijfelde of zijn gefluisterde 'Insgelijks, insgelijks' de oren van zijn chef had bereikt.

Met sombere ogen zag Tom hem wegbenen. Een reus. Met sombere tred liep hij zijn appartement weer in, met rustige handen trok hij zijn jas uit en wierp hij die over de gebruikelijke stoel. Dezelfde twee handen stak hij even omhoog en hij onderzocht ze belangstellend, omdat hij onlangs had gemeend er een lichte beving in te bespeuren. Nu geen trillingen. Met dezelfde handen, die nu een bom uit de oorlog hadden kunnen demonteren, geen punt, smeerde hij meer Colgate op zijn resterende tanden, en borstelde hij zijn resterende haar voor het slapengaan zoals hij dat zijn hele leven had gedaan. De broeder had hem gezegd dat als hij zijn tanden tweemaal per dag poetste, hij ze op zijn vijftigste nog zou hebben – de enige waarheid die de man ooit had gesproken. Hij moest morgen een nieuwe tandenborstel kopen. In zijn slaapkamer, bij slechts het sinistere licht van de stormachtige maan, trok hij zijn kleren uit en vouwde hij ze stuk voor stuk op zoals hij dat als jonge rekruut in Phoenix Park had geleerd, kroop met een sombere geest onder de dekens, vouwde zijn oude handen over zijn borst, alsof een gewetensvolle begrafenisondernemer hem had gefatsoeneerd, en zocht met een vredig hart zijn welverdiende rust.

Niemand stoort zich aan het leven zolang hij het niet tracht te verlaten. Noch aan de dood, zolang hij niet op sterven ligt.

Natuurlijk ging zijn verhaal verder terwijl hij daar lag te slapen, en zijn hersenen gingen verder met het vertellen van een verhaal dat van zijn wakende ik was losgekoppeld. Per seconde vlogen honderd biljoen neutrino's door zijn lichaam. In de beleving van een neutrino was Tom Kettle gevuld met lege ruimte, als de afstand tussen zonnestelsels, en was hij zo groot dat hij er eigenlijk niet was, in elk geval niet om tegenaan te botsen. Boven op zijn gordijnen, bij het raampje dat uitzicht op de rododendron bood, zaten buiten zijn weten drie rood-met-zwarte vlinders te wachten tot de winter voorbij was. De warmte die hen in beweging had kunnen brengen was er 's winters nooit, omdat Tom niet geloofde in stoken op de slaapkamer. Hij geloofde in wollen sokken en de oude stenen kruik die sinds de dood van June zijn metgezel in bed was geweest, precies hetzelfde huwelijksbed, weliswaar in een ander huis, hun oude woning in Deansgrange, bij de befaamde begraafplaats. Hoog achter het hoofdeinde bevond zich een doolhofachtige menigte spinnenwebben, als bevroren rook, en daarin zat een grote dame van een spin die leefde van de stofmijten en houtluizen. Hij sliep in een bevolkte menagerie van vele dingen. Boven op de rustieke kast lagen alle dossiers en paperassen van zijn werk waarvan hij bij zijn pensionering vond dat hij ze niet kon weggooien, hoewel hij voor negenennegentig procent zeker wist dat hij ze nooit meer zou inkijken, en het pillendoosje voor zijn Scott-medaille wegens betoonde moed lag daar ook, hoewel de medaille zelf er niet meer in zat. Hij had zelfs geprofeteerd over de vuilniscontainer waar Mr Tomelty ze in zou gooien als hij dood was, zonder er één blik op te werpen, ook al kleefde er menig verhaal, menige kwetsing, menige misdaad aan – zijn zorgvuldig verzamelde persoonlijke aantekeningen over moorden en overvallen, die hem altijd hadden geholpen om tot zijn plotselinge inzichten te komen, die Fleming altijd zo had gewaardeerd. Waarover hij zich had verwonderd. Je schreef iets op zodat je het kon zien, zodat je het allemaal voor het eerst zag. Je schrijft het op en probeert het te vangen. Nu woonden die honderden pagina's boven op de ruwe kast. Neutrino's vlogen ook daardoorheen, biljoenen ervan, neutraal, onaangedaan, onderweg naar beneden de vloer in, de aarde in en bijna met lichtsnelheid door de aarde zelf heen. Ze vlogen door zijn tuimelende geest, alle kanalen en vonken daarvan, door Tom Kettles door ruis geplaagde radio, ze vlogen door zijn vingers, die wonderbaarlijk genoeg tot stilstand waren gekomen door Flemings bezoek. Ze vlogen door zijn kwetsbare ziel, die zelf zo'n groot object was dat ze er tegelijk niet was, in elk geval niet volgens een neutrino. Maar zei het eigenlijk wel iets over de onbeduidendheid van Tom Kettle dat hij er volgens een neutrino niet echt was? Misschien zag God hem? Hoe zat het met de vlinders, met de moederspin, met de mijten, die naar leven en nakomelingen streefden in het oude tapijt? Ja, ja, in menselijke aangelegenheden is alles haast en afscheid. Maar hier was een soort bewijs dat er van Tom Kettle was gehouden, ook al kon hij het niet zien, terwijl hij zich door de wereld heen had bewogen. Hij had geen idee hoeveel June van hem had gehouden, of Winnie, of Joe. Misschien wist zijn slapende ik meer, intuïtief, minder gecompliceerd door het wakende denken. De genegenheid die Fleming, terugkerend naar het Dalkey Island Hotel, voor hem voelde, misschien begreep hij die in zijn slaap beter. Misschien wist hij in zijn slaap echt waarom het trillen van zijn handen was gestaakt. Na negen maanden eenzaamheid belandde het beetje medicijn van terloopse menselijke genegenheid in zijn bloed, stroomde dat het reservoir van zijn verdriet en schuldgevoelens in.

Zijn blaas was de dief van de slaap. Driemaal werd hij 's nachts wakker en maakte hij de korte schuifelende pelgrimage naar de plee. Wat zag alles er in de kleine uurtjes anders uit. De dozen vol boeken, de oude foto's in hun lijstjes, verdwenen taferelen, verdwenen mensen, allemaal donker en gloeiend in de bleke maanlichtsoep. Hij knipte de lampen liever niet aan, omdat hij in het voorbijgaan de wrok van de voorwerpen voelde. Buiten was er iets verschoven in het weer, de dikke wolken waren weg, de wind was gaan liggen en een enorm blauw licht werd bekrast door scherven maanlicht en de gazen restanten van de wolk. Donker staalblauw licht. Het eiland en zijn school rotsen waren zwart en ongenaakbaar. De zee deinde zwijgend, de slapende buik van een enorme magere man. Hij vond het altijd vreemd, dit ongeplande ontwaken, deze inbreuk op de privacy van levenloze dingen, waar die zo naar verlangden. Stoel en tafel, tapijt en snuisterijen wilden met rust gelaten worden, net als Greta Garbo. Daarom nam hij er genoegen mee om tussen ze door te stommelen, een elleboog, een heup te stoten, en zo zijn zetel op de wc te bereiken. Hij kende alle kuren van de prostaat omdat zijn brave arts die had uitgelegd. Er was een vinger in zijn kont gestoken en de opgezette klier was onderzocht. Tijdens het verlenen van deze dienst had dokter Brownlee opgewekt gekletst over zijn paarden en zijn tuin. Tom twijfelde er niet aan dat hij in Dalkey een nieuwe huisarts moest zoeken, omdat dokter Brownlee nu ver weg in Deansgrange was, net als al het overige. Zijn oude leven. Om zes uur opstaan om de stad in te rijden. June destijds al bekaf van de baby's als ze ontwaakte op een nieuwe dag. In haar ogen de kleine gouden glinsteringen, als stofgoud in een rivier in Wicklow. Het gouden haar. Helemaal niet muisachtig, tenzij het een glorieuze gouden muis was. Haar goud was in zijn oude hoofd achtergelaten alsof zijn oude hoofd het vlies van Jason was. Uitgeputte jeugd is niet hetzelfde als uitgeputte ouderdom. Die is te verhelpen. Met vakanties in Bettystown, met uitslapen op zondag, wanneer hij het fort kon verdedigen. De troepen organiseren, zoals zij dat noemde. Zijn druistige baby's. Zachte, krachtige wezentjes. Die aan beide uiteinden leegliepen. Uitbundig als kleine dansers die alleen de intense stukjes van de dans dansten, keer op keer. Overlopend van het leven. Dol op hem. Die zijn benen omklemden als hij naar zijn werk moest, in een poging hun vader te vangen, hem de hele dag bij zich te houden. Wanneer je vader bent, klopt je hart voortdurend sneller, maar niet als je ziek bent. Hij had geen idee of hij nu ziek of gezond was, maar hij was soms vermoeid op een manier die niet viel te verhelpen. De tijd had hem een beetje kaal gehaald. Toch was hij vooralsnog in staat om te pissen, ook al was de frequentie te hoog. Het bruiste onzichtbaar weg in de pot. Charybdis. Zijn innerlijke verstopping zat niet in zijn pisbuis, dat was wel zeker. Telkens keerde hij terug naar bed, zich nog steeds bewust van de gevoelens van de dingen om hem heen die geen gevoelens hadden. Hij had ze gevoelens toegekend, de zegen van gevoelens, dat was wel het minste wat hij kon doen. Ze hadden hem gezelschap gehouden tijdens al deze maanden in Dalkey, ze hadden samengezworen om hem te plezieren, hem tevreden te stellen, zijn verliezen goed te maken. Misschien liep het laatste straaltje urine weg nadat hij zijn piemel weer in zijn pyjama had gebroekt. Dat was niet erg chic, maar wie was er om het erg te vinden? In de wasserette zou hij die misdrijven schoonwassen, zoals een kind dat in de biechtstoel deed met zijn pekelzonden.

Rond halfzes besloot hij zijn nest uit te kruipen omdat hij niet geloofde dat er nog veel kans op extra slaap was. Hij wist wat hem te doen stond, reken maar. Hij kon het een paar dagen uitstellen omdat hij niet al te gretig wilde overkomen, of bedoelde hij gewoon gehoorzaam? Hij was niemand iets verplicht, dat had hij verdiend. Zijn pensioen was zijn geweer, zijn wapen tegen werk. O, maar, hij zag de rechtvaardigheid in Flemings woorden en hij respecteerde Fleming sowieso. Dat soort vertrouwen was de bedding van hartelijkheid en vriendschap. Hij kon Flemings boeg natuurlijk niet in de wind laten dobberen. Hij zette zulke sterke thee dat die in zijn kopje de kleur van de hel aannam. Politiethee asfalteerde je hart, zeiden ze. Lieve hemel, wat was het een zachte ochtend, bijna een vals gemunte lente, en was het sowieso niet al lente, ruim voorbij de eerste van februari? Een geloofskwestie, die eerste voorjaarsdag, net als protestanten en katholieken die twistten over de Moeder Gods. De heidense lente, de eerste. De lente van June. 'In elk geval is het lente,' zei ze dan, in het roetzwarte donker van een februariochtend. Hij legde zijn billen op de rieten stoel en nu hij redelijk zeker was van zijn plan, van zijn volgende zet, had hij de neiging om geen vin te verroeren. Om niet eens de stoel te laten kraken, terwijl dat gekraak hem zo bekoorde. Verdorie, hij had zowaar met drie chocoladekoekjes ontbeten. De zee, het eiland, de rotsen, de vuurtoren zeiden hem goeiemorgen. Luisterrijke vreugde viel hem ten deel, wat kon het hem verdommen dat daar een eind aan kwam, zoals aan alle geneugten. Wat had hij toch van June gehouden. Toen ze nog leefde kon hij die gedachten tijdenlang niet hebben en dan opeens, zonder een reden die hij zich kon herinneren, ving hij kort een glimp van haar op, een gebaar, en had hij het weer zwaar te pakken. Slechts een uur lang, terwijl de ochtendzon zijn kamer binnenkwam en zijn gezicht waste, sloeg hij op niets en niemand acht. Hij wiegde de herinnering aan zijn vrouw alsof ze nog steeds een levend wezen was. Alsof er niemand was verpletterd, niemand schielijk weggevoerd uit de zalen van het leven, en de kracht van zijn liefde dat kon bewerkstelligen, haar veerkrachtig en eeuwig kon vasthouden in de omhelzing van een gewone dag. Het zonlicht stak zijn miljoen spelden in de pollakrijke zee, het hele wateroppervlak sprankelde en sprankelde alsof het op het punt stond te veranderen in een ware vlammenzee. Alleen, alleen, hij glimlachte en glimlachte. Hij sloot zijn ogen. Hij opende ze. De zee was er nog.

De brave dokter Brownlee had gewaarschuwd voor de cigarillo's. Tom had Fleming niet de hele waarheid – de waarheid, niets dan de waarheid – verteld. Zelfs je dierbaren hoeven niet altijd de waarheid te horen. Integendeel. Hij was de afgelopen paar maanden behoorlijk abstinent geweest. Het vierkante blikje zat onder hem, tussen het kussen en het stoelframe. Daar woonde het tegenwoordig, waarom niet? Dat was praktisch. Hij opende het bekoorlijke deksel. Het maakte zijn geluidje. Hamlet maar liefst. Haalde er een cigarillo uit. Een kort, dun ding met de kleur van turf. Hij streek een lucifer af en stak het uiteinde in de fik en toen was daar de opwindende luxe van de rook, de hitte in zijn longen, in zijn mond. De bittere smaak van tabak waar hij van hield.

4

Het vreemde weer bracht de zee en hem tot rust. Hij nam zich voor het appartement te gaan poetsen alsof hij een lange reis ging maken en zijn huis schoon wilde achterlaten, hoewel hij bij zijn weten nergens heen ging. Maar iets zette hem daartoe aan. Hij had geen trek in halve maatregelen, een beetje met een doekje over spullen vegen, de methode van de bewoner die permanent *in situ* is. Nee, hij ging het dorp in en rustte zich uit voor echte actie. In de winkel van Prendergast zweefde zijn hand boven de fles bleekmiddel, maar hij zag ervan af. Hij pakte een blik meubelwas en voor de goede orde zelfs een zeemlap. Hij kreeg de indruk dat de huisvrouwen in de winkel hem bewonderden. Was dat mogelijk? Het waren er drie: doodnormale vrouwen met normale jassen aan. Ze beloerden hem vanonder starre permanentjes. Zij bezaten natuurlijk de geheime kennis van bijvoorbeeld chirurgen of astronauten, het equivalent daarvan op huishoudelijk gebied. Het bezorgde hem een wonderlijk opgewekt gevoel, hij danste bijna langs de planken. Die blauwe doekjes en Dreft, dat zo zacht voor handen scheen te zijn. En nu hij was warmgedraaid kon hij geen weerstand bieden aan een boender met een gebrandmerkt zwijn in het handvat en een mooi stuk carbolzeep. Jemig, hij zou zijn huis eens grondig schoonschrobben. Mr Prendergast, een kleine, jichtige kerel met de dikke rode handen van een man die genoodzaakt is ze vaak te wassen, leek zich ongemakkelijk te voelen bij Toms inkopen, alsof Tom een grens tussen de geslachten had overschreden, en terwijl hij ze inpakte in waterafstotend bruin papier en niet-waterafstotend bruin papier, en dunne witte tissue voor het brood dat Tom had meegepakt, en een roze tandenborstel, zweeg Mr Prendergast, alsof het hem inspanning kostte om geen lucht te geven aan zijn ergernis. Dat verbeeldde Tom zich althans, terwijl hij de kleine gestalte probeerde te lezen. 'Je moet meer fruit eten, papa,' zei Winnies stem, maar hij had geen fruit gekocht. Onder zijn schort droeg Mr Prendergast een felgekleurd streepjesoverhemd. Een verdwaald kledingstuk van Carnaby Street. Het schort was op interessante wijze getekend door uiteenlopende natte producten in zijn winkel, in sommige opzichten niet heel anders dan een plaats delict. Tom had lang genoeg gewerkt om het tijdperk van de forensische wetenschap binnen te gaan. In de oude tijd had je meer kans om informatie te verkrijgen door het hoofd van een man tegen een muur te slaan. Of met een spervuur van vragen, hoe angstaanjagender, hoe beter. Angst maakte de tongen los. Maar de forensische wetenschap was onpartijdig, onpersoonlijk, elegant eigenlijk. Je kon iets te weten komen en vervolgens de beklaagde ernaar vragen terwijl je het juiste antwoord wist. Dat achter de hand houden, als een glorieus weerwoord tijdens een ruzie. Oude voorwerpen langdurig bewaard in bewijszakken, zelfs van twintig jaar geleden, konden daar weer uit worden opgevist en lichaamsvloeistoffen onderzocht. Het schort van Mr Prendergast sprak van gesneden ham – een potige dij daarvan hing roze aan de snijmachine, doorstoken met vastgrijpende pennen –, tomaten, de struif van een gebarsten ei, mysterieuze groene spetters, aarde van slakroppen en de sporen van dingen die over zijn buik moesten worden gerold, ongewassen worteltjes met hun groene pruiken en op vrijdag – meer tinten rood, grijs en zelfs geel – vis. De arme gerookte schelvis leed ernstig aan geelzucht. Tom bekeek de kleine Mr Prendergast en begon zich doelloos dingen over hem af te vragen. Was dat zijn echtgenote in de schaduwen, de gezette grijze vrouw die een grote zak erwtendoppen leegkieperde op een weegschaal, waarbij de groene dingen krioelden en vooruitsnelden als een school visjes? Waren ze na al die jaren gelukkig met elkaar? Van wie was de witte Ford Escort voor het pand, zo schoon als een fopspeen? Maakte hij lange dagen, en nam hij 's avonds in Dalkey na het sluiten van zijn luiken en het uitdoen van de lampen in de schemerige winkel de tijd om een peuk op te steken en na te denken over zijn leven? Waren er misdaden die langdurig aan het zicht waren onttrokken? Had hij een ander mens verminkt, geslagen, verwond, gestompt? Ging hij gebukt onder schulden, onder niet-betaalde belastingen? Hoe moest Tom dat weten? De 'nieuwe' jongens en meisjes van de forensische afdeling, echte genieën, die zouden dat misschien aan dat schort kunnen aflezen. Mr Prendergast sloeg de bedragen aan op zijn schitterende kassa, een en al staal en brons, sloeg elke toets met zijn vinger aan als een reiger die naar kleine visjes pikt, en daar was het verschuldigde bedrag, dat hij evenmin hardop leek te kunnen uitspreken. Dus Tom speelde stommetje met hem mee, knikkend en eigenaardig tevreden, en reikte de winkelier zijn geld aan, en stak zijn ingepakte koopwaar onder zijn oksel zoals je dat met een gewond dier zou doen. De drie vrouwen leken nu te briesen tegen zijn aanwezigheid, alsof hij ze afhield van het secuur ingevulde rooster voor hun dag. Ze waren naar voren gekanteld, met hun gewicht op de bal van hun voeten, als marathonlopers aan de startlijn tijdens de Olympische Spelen. En ze zijn weg! Maar heel langzaam.

'Dank u wel en nog een fijne dag,' zei Mr Prendergast, met verrassende lichtheid en warmte.

'U ook,' zei Tom.

Nou, er pleitte dus veel voor wat iemands stem bevatte, als je die aan de praat kon krijgen. Mensen enkel aankijken was maar een deel van het verhaal. Als de zee kon spreken? De diepte tussen land en eiland? De vogels in de lucht? Nu droeg hij zijn kleine last van schoonmaakspullen enzovoorts in de met kleuren bekraste plastic zak die hij verfrommeld in een jaszak had meegenomen. De hoofdstraat van het dorp kromde van hem vandaan, alsof hij een oeroud koeienpad volgde. De veelvormige burgers passeerden hem op de stoep. Hij had nog altijd moeite om zich als een van hen te beschouwen. Hij voelde nog steeds de oude aandrang, professionele afstand. De eigenaardige afstand die hij had geperfectioneerd, met name in de omgeving van halsmisdaden. Wanneer er kinderen waren vermoord, of zelfs dieren. Wanneer jonge meisjes waren neergeslagen, geveld door vuisten, door schoenen. In de oude tijd dat vrouwen tot bloedens toe werden geslagen, mocht je niet voorbij de voordeur gaan. Ach, ja. Je mocht controleren of iemand nog ademde, maar meer ook niet. Al verkeerde een kind in huis in diepe ellende, ook dat moest je met rust laten. Die regels leerde je van de brigadier, van de geharde rechercheurs. De allerlaagste mannen heersten als een koning over vrouwen. Meisjes die wasserijen ontvluchtten, kinderen die weeshuizen ontvluchtten moesten allemaal worden teruggebracht. Bij zijn weten was er geen wetsartikel dat hem daartoe verplichtte. Het was iets wat buiten het recht viel. Het was iets wat iedereen wilde. Dat was een rare vorm van politiewerk, maar hij had zich er altijd naar gevoegd. Nooit iets gedaan, behalve die ene keer.

Hij bleef bij de kantoorboekhandel stilstaan en een

vrouw met een kinderwagen achter hem reed hem bijna omver. Ze had zo'n legging aan die alle vrouwen droegen. Geel. Het beetje vet aan haar lijf na de bevalling verstoorde haar schoonheid zeker niet. Sorry, sorry. De twee keer dat June zwanger was, had hij zijn best moeten doen om zijn erecties te temperen. Hij had ze in afzondering weggerukt, zodat ze minder de kop opstaken. Hij stootte een lachje uit, lachte bij zichzelf. Het kwam hem nu voor als een vrolijk probleem. Een voorrecht. Om op je vrouw te geilen terwijl zij voor de opgave stond haar ontbijt binnen te houden, of vaker wel dan niet op de plee te kotsen en te kreunen – ze leed de hele dag aan ochtendmisselijkheid –, tegen de goede Jezus te fluisteren, en om Winnie en Joe op het daartoe aangewezen tijdstip en niet eerder naar buiten te laten, en daarbij meer te doen dan fluisteren, janken, schreeuwen uitschreeuwen zo breed als de heuvels. Hij was verdomme zonder zijn pet van huis gegaan en nu begon de februarizon zijn schedel te bakken. Hij zocht nog eens in zijn jas om zeker te weten dat hij hem niet in een niet-gangbare zak had ingekwartierd. Dat deed hij soms. Zichzelf voor een raadsel plaatsen. Dingen op de verkeerde plek neerleggen, dingen neerzetten zonder helder na te denken. Hij zou zichzelf nog eens ergens neerleggen en vergeten waar hij zich had gelaten. Heel waarschijnlijk. Hij wou dat hij een zakdoek had, maar in plaats daarvan hield hij de rug van zijn rechterhand tegen zijn voorhoofd en depte hij het zo. De grote verandering die hij na de zestig had opgemerkt was niet alleen het 's nachts opstaan om te plassen, maar honderd andere kleine aanwijzingen van kwalen in het verschiet. Zelfs zijn voetstap kwam hem minder herkenbaar voor. Terwijl hij vroeger vooruitschreed, was hij nu min of meer ingetoomd, had hij zijn passen ingenomen, op maat gemaakt, als de trui van een uitgehongerde man. De oude victoriaanse gebouwen liepen zoals altijd recht omhoog, maar tegenwoordig hadden ze ook de neiging een beetje te zwalken, alleen bovenaan waar de krullen zaten, de invallen van architecten, Griekse tempeltjes, data gemarkeerd op siertegels. In Ierland was een datum altijd storend. 1911. Was dat de fabrieksstaking in Wexford of het bezoek van de Engelse koning? Het was allebei, maar in Ierland was het nooit allebei. Links van de boekhandel – de *Dandy*, de *Beano*, *Woman's Way* en *Ireland's Own* vormden een gedempte kleurenbrand achter de dicht opeengepakte glasroeden tussen de ruitjes – was zo'n intimiderend restaurant dat iemand met zijn zielsgesteldheid nooit zou bezoeken. Uit de deuropening met haar trotse verzameling plaquettes en metalen linten stapte Mr Tomelty, die zijn bril met de voering van zijn Crombie-jas poetste en hem op zijn grote neus zette, en toen vanonder een schaduw werpende hand naar de stille straat tuurde. Alle andere acteurs leken in onzichtbare coulissen te zijn verdwenen, dus voor Mr Tomelty zat er niets anders op dan de tamelijk verfomfaaide bewoner van het bijgebouw op te merken. Het was niet Tom Kettles eigen keus geweest om Mr Tomelty tegen te komen, vooral omdat hij niet het gevoel had dat hij hem kende, of hem ooit zou kennen. Maar Tom merkte de nette jas op, die nog sporen droeg van de borstel die Mr Tomelty erop moest hebben losgelaten, niet heel anders dan een geroskamd paard. Hij droeg in elk geval niet zijn tuinmansvodden en liep er meer bij als de rijke man die hij was. In zijn goede kleren oogde hij zoveel slanker, jonger. Kon Tom bekendheid met Mr Tomelty claimen, viel dat binnen de grenzen van het fatsoen? Het leek er niet alleen op dat hij dat kon, maar dat Mr Tomelty blijk gaf van een zekere gretigheid om hem te begroeten.

'O, Kettle,' zei hij, 'Mr Kettle, net de man die ik zocht.'

Tom wierp hem een ondervragende blik toe en glimlachte, mikkend op een goedaardig en ontspannen contact. Hij wist niet wat hij anders moest.

'U hebt geen idee,' zei Mr Tomelty, 'wat een troost het is voor mij en mijn lieve vrouw' – Tom had de vrouw nooit opgemerkt – 'om een lid van de Garda Síochána als huurder te hebben.'

Tom knikte, wachtte een paar seconden om elk vals spoor van kritiek te verwijderen uit wat hij op het punt stond te zeggen.

'Gepensioneerd,' zei hij.

'Precies,' zei Mr Tomelty. 'Precies.'

'Negen maanden alweer, negen maanden alweer...' zei Tom hoffelijk, rustig. Hij was een paar stappen doorgelopen en moest zich nu op zijn hielen omdraaien om Mr Tomelty, die verder de stoep op was gelopen, ter wille te zijn. In de verte zag Tom het oude hotel en de overblijfselen van twee kastelen – echte kastelen, niet zoals het stulpje van Mr Tomelty. Hij gaf zijn hele wezen opdracht zo ontspannen mogelijk te zijn. Ergens vanbinnen leverde hij tijdens dit alles een enorme en belastende inspanning.

'Hoor eens, ik moet u wat zeggen,' zei Mr Tomelty. 'Onze nieuwe huurders in het appartement in het torentje' – Mr Tomelty sprak zijn r's niet helemaal uit, maar maakte slechts een brouwend geluid, waardoor het als 'toontje' klonk –, 'nou ja, dat is een actrice, weet u.'

'O ja?' zei Tom.

'Jawel. Maar gisteravond arriveerde daar een oudere heer, zonder kennisgeving aan mij, ze is erg jong, ik neem aan dat hij haar weldoener is, ik weet het niet, zeg, Mr Kettle, ik weet dat we allebei mannen van de wereld zijn, maar... Mag ik u overhalen een oogje toe te knijpen? Ik weet dat een principieel man als u misschien... nou ja, ik weet het niet... zich er niet prettig bij zou voelen, en terecht. Maar.'

Tom Kettle voelde zich opeens rustiger en de lichte misselijkheid trok uit hem weg. Hij had gedacht te weten wat Mr Tomelty ging zeggen, en had gevreesd dat het veel erger zou zijn dan een verzoek om suiker. Hij had gevreesd dat Mr Tomelty hem ging vragen om te achterhalen wie de oudere man was. Als oud-politieman. Bedreven in de kunst van het speuren. Nou, had hij onmiddellijk gedacht, en daar was hij een beetje misselijk van geworden, Mr Tomelty moest zelf maar een beetje gaan spioneren in zijn eigen huis. Maar toen had Mr Tomelty niets van dien aard gezegd.

'Ik vind,' zei Mr Tomelty, met meer dan een beetje eigendunk, duidelijk een bedoeld etaleren van zijn eigen gulheid, 'dat we in de moderne tijd, in deze tijd van veranderingen, verdraagzamer moeten zijn, en Mrs Tomelty – nou ja, zij is mijn gids in een kwestie als deze. Als deze oude vent, zoals we kunnen vermoeden, nou ja. Dat hardop zeggen is al vragen om een schandaal, maar we moeten... Ik hoop dat u geen bezwaar hebt tegen de jonge vrouw en haar leefwijze. We moeten leven en laten leven, vind ik. Dit is het nieuwe Ierland. In onze jeugd, Mr Kettle, had er voor zo iemand geen genade gegolden. Geen. Vanaf de kansel verketterd in de... Door de katholieke...' Tom wist onmiddellijk dat Mr Tomelty een protestant was door de manier waarop hij zijn zin niet afmaakte, maar vastliep in dat bijzondere drijfzand dat Ierse omgangsvormen heet.

Opeens besefte Tom dat hij Mr Tomelty, met zijn gemaakte ruimdenkendheid, aardig begon te vinden. Hij lachte. Hij was er vrij zeker van dat in heel Dalkey niemand zich over zulke zaken opwond. In de provincie misschien, in afgelegen parochies. Waar priesters nog heersten als koningen. Een oude Ford Cortina kwam de straat in pruttelen, een reliek uit een ver verleden. Er passeerde een kluitje zwaluwen, die, alsof de lach ze uit hun koers had gebracht, allemaal omhoogschoten naar het dak van de boekhandel. Hij knikte.

'Het is volstrekt mijn zaak niet, Mr Tomelty,' zei hij, en hij trof iets van Mr Tomelty's dictie in zijn mond aan.

Onderweg naar huis dacht hij na over de jonge actrice en haar 'weldoener', daar boven hem in het appartement in het torentje. Hij probeerde zich een voorstelling van hen te maken in de specifieke nasleep van menselijke hereniging die hij zelf vaak had meegemaakt als hij een paar dagen bij June vandaan was geweest, op het spoor van voortvluchtige criminelen in de provincie, of wat het ook was. Soms werd je opgeroepen om te assisteren tijdens lokale noodsituaties. Ontvoeringen, postkantoren op het platteland die met geweld waren overvallen. Grotewereldmisdaden in kleine dorpen. De blije omhelzing, haast op de grens van gêne, alsof de scheiding van een paar dagen hen bijna van elkaar had vervreemd en er twee opties waren: opnieuw verliefd worden of vluchten. Op een vreemde manier duizelingwekkend. Hij wist zeker dat enkel de ouderdom dat niet kon afstompen. Hij wandelde verder tussen de mooie huizen, hun hoge muren, hun geperfectioneerde oudheid en juistheid, en bedacht wat het voor hem betekend zou hebben om samen met June oud te worden. Was dat niet een van de gebruikelijke beloningen van de liefde? Samen naar afspraken in het ziekenhuis kruipen, bijvoorbeeld, maar ook je verheugen in de toebedeling van dagen die je nog restten. Over de kinderen praten met de eerbied en trots van voormalige eigenaars. Hij kon het zich alleen maar inbeelden. Het werd je vergund om ofwel te leven, ofwel niet te leven, verder was er niets. Een ziel als hij, op aarde achtergelaten zonder degene die hij had liefgehad, wat was dat voor schepsel? Zij zou nog geweten hebben hoe hij er had uitgezien toen hij in de jaren zestig jong of jongachtig was. Ze zei altijd, alsof het een onwrikbaar geloofsartikel was, dat hij 'een erg knappe man' was, hoewel hij absoluut zeker wist dat het niet waar was. Maar hij zou trouw zijn gebleven aan een vrouw die dat vond, discussie daarover was een ruim gepasseerd station, met zijn grote lijf en O-benen en zijn buik, en zijn gehavende boksergezicht.

Hij werd nu bijna kwaad – en hij wist dat het onlogisch was, hij zag er waarschijnlijk erg vermoeid en geïrriteerd uit, hoewel er niemand op de weg was om dat te zien – dat ze altijd in zijn gedachten verscheen als de persoon die ze geweest was toen ze doodging. Niet jong, niet oud, maar menselijk en mooi. Waarom wekte dat zijn woede? Op wie, op wat was hij kwaad? Het was zijn plicht haar niet te vergeten. Het was zijn plicht haar niet te vergeten. Maar hij was oud, hij was oud, en hij had nooit naar een ander getaald, nooit. Hij was oud en zij was dood, zou zelf nooit oud zijn. Zijn vuisten balden zich nu zo hard dat zijn nagels – die hij gauw moest knippen, verdorie – bijna in zijn handpalmen kerfden. Hij dacht nog steeds aan June, zij zweefde door zijn hoofd. Haar onderrug, waar een driehoekje van huid tussen haar billen en haar ruggengraat gloeide... Alsof dat stukje haar bij elkaar hield. Hoe haar borsten naar hem omlaagwezen wanneer hij op zijn rug lag, naar hem omlaagwezen, hem aanwezen als haar uitverkoren vrijer. Hoe haar glimlach haar groene ogen deed oplichten, sprankelen, zoveel vriendelijkheid, en een maf beetje ruwheid, de verboden duizeling, en het kleine beetje geweld in haar als ze klaarkwam. Dan sloeg ze je bijkans in je gezicht! En wat had haar weggerukt? Wat had haar weggerukt? Niets dan de meest perfide laaghartigheid, niets dan de allerverachtelijkste gemeenheid. O, hij verlangde naar haar, hij verlangde naar haar.

Juist op dat moment bleef er een oude auto op de stoep stilstaan, met een motor die snorde als een van de grote katachtigen. Hij had hem aan de andere kant van het kasteel geparkeerd zien staan, het was natuurlijk Mr Tomelty's Daimler. Zes liter, een dorstig beest. Had nooit een politieauto kunnen zijn, het was een statig galjoen van een machine.

Mr Tomelty opende het portier aan de chauffeurszijde en hing half naar buiten zoals een mens dat doet, onhandig, net genoeg om samenhangend tegen hem te spreken. Tom verbaasde zichzelf door verlegen te glimlachen. Hij vroeg zich af hoe oud Tomelty was. Zeventig, tachtig? Het viel onmogelijk te zeggen. Goede lunches en diners hadden de lijnen uit zijn gezicht weggehouden.

'Lift?' zei Mr Tomelty, een tikkeltje theatraal.

Het was maar een paar honderd meter tot de poort van Queenstown Castle. Hij kon het in vier minuten lopen. En hij had zich erop verheugd om in zijn eentje langs de scheepshelling omlaag te turen naar de haven, waar de piepkleine hutten van de vissers, die hun netten en spullen bevatten, in rommelige volgorde afdaalden. Het was niets, het niets dat hij lief begon te hebben. Hij wilde het heldere water in de haven zien, en de meeuwen begroeten, de overlevenden van de haken van gemene jongens, en al het overige. Het zou hem kalmeren, net zoals dit weer hem vanochtend had gekalmeerd. Hij was niet ongevoelig voor kalmering, Tom Kettle, helemaal niet. Maar iets in Mr Tomelty's gebaar sprak hem ook aan. Soldaten in oorlogstijd, kameraadschap, ontspannen kameraadschap. Dat stond Tom het meest aan bij mannen, als ze die eigenschappen hadden. Als ze die niet hadden, lieten ze hem koud. Hij klom op de bijrijdersstoel, en met de onbeschroomdheid die hem eigen was bewonderde hij de leren bekleding en het luxueuze fineer rond de vele tellers. Hij lachte weer, terwijl hij zijn billen op de zachte stoel perste.

'Weet u,' zei hij, 'weet u...' Maar hij kreeg geen kans zijn vraag te voltooien en vergat op slag wat hij ging zeggen, want met zijn voet op het gaspedaal en een jeugdig gebaar liet Mr Tomelty de motor grommen, schitterend grommen. Mr Tomelty lachte ook.

Hoewel de avonden lengden, werd het nog steeds om halfzes donker en het was nu halfzes. Tussen de ophaalplek en de parkeerplaats liet de zon alles weer een dag in de steek, de zee ging op zwart en de eilanden gingen op een nog dieper zwart, zwarter dan zwart, en de hemel oogde geschokt en leeg, alsof hij er niet echt op vertrouwde dat de maan straks opkwam en zijn sterrenlegertje zou komen aanstormen als pelgrims tijdens een hadj. Nu bepraatte Mr Tomelty Tom om mee te komen naar zijn eigen woning, door de hoofdingang van het kasteel maar liefst en een klein, gehavend halletje in. Het huis zweemde helemaal niet naar adel. En van de steile trap kwam stevig doorlopend een onbekende man, een vrij kleine gestalte met achterovergekamd wit haar, een tweedjasje en een werkelijk heel fatsoenlijke pantalon. Tom wist een gentleman te herkennen. Dit was bepaald geen pak van een bajesklant. De afdalende man keek niet naar links of rechts, en zelfs niet op of neer, hij was in gedachten verzonken, en zelfs toen hij Tom Kettle passeerde, was er geen begroeting of andere blijk van menselijkheid. Alsof Tom er niet helemaal was, een victoriaans spook in een victoriaans landhuis. De gedachte schoot door zijn hoofd dat de man dacht dat hij een of andere bediende was, of een handelsman, niet echt opmerkenswaardig. Maar hoe kon hij dat weten? Misschien verkeerde de man in onbekende nood, was hij in beslag genomen, haastte hij zich naar buiten om een vreselijk bericht te verwerken. Hoe dan ook, de voordeur ging open en dicht. Tom haastte zich achter Mr Tomelty aan, terwijl de boodschappentas tegen zijn been bonkte, ineens bang om hem te verliezen of zelf op een of andere manier zoek te raken. Echte paniek.

Maar Mr Tomelty wachtte hem op, met zijn glimlach. Tussen de duisternis van de hal en de lampen in de kamer achter hem werd zijn dunne haar in reliëf verlicht, een aureool, als het schilderij van een middeleeuwse heilige. Er waren in geen enkel tijdperk heiligen geweest, wist Tom, alleen goede mensen en slechte mensen, en soms beide in dezelfde fles. Mr Tomelty gebaarde met zijn hoofd naar het verdwenen heerschap.

'De man in kwestie,' zei hij. 'Aha.'

Maar Tom had het gevoel dat er nu een nieuwe golf uitdagingen kwam aanrollen en zei eventjes niets, en volgde Mr Tomelty met gehoorzame tred.

Dit was tenslotte een mooie grote kamer, niet krap zoals de hal, die Tom verraste met drie hoge ramen die waren omlijst door afgebiesde en bijeengebonden gordijnen, nog steeds open zodat het glazen uitspansel duister glom. De Oost-Indische inkt van de avond had het uitzicht verpest, maar hij kende dat uitzicht al goed, Tom, vanaf zijn eigen roestplaats op de rieten stoel. En hij bedacht heel even hoe opmérkelijk het was dat ze allemaal hetzelfde blije uitzicht hadden, en toch van elkaar afgezonderd leefden, als vreemden en erger. Overal stonden familiefoto's, overal waar ruimte was, bijna overdadig, alsof de Tomelty's zich losbandig hadden voortgeplant, bijna te uitbundig. En boeken op planken, rechtop, omgevallen, als de integers van een primitieve computer, en bibliotheeklampen die licht op hun schoenen wierpen.

Een kleine vrouw trad naar voren, als om zijn verdere voortgang te stuiten, en pakte zijn rechterhand vast. Het gebaar schokte hem. Haar jurk had dezelfde kleur als de schaduwen, opnieuw kon hij aan niets dan spoken denken. Haar twee handen die de zijne vastgrepen voelden aan alsof ze zojuist bij een vuur waren opgewarmd, maar hij zag nergens vuur branden. De kamer werd draaglijk gemaakt door een lange, vrijstaande kachel, die zachtjes gorgelde, als een contrapunt bij haar glimlachende zwijgen.

'Hoe maakt u het?' zei hij en hij spande zich enorm in om daar niet onnozel 'mevrouw' achteraan te zeggen.

'Wilt u iets drinken, rechercheur?' zei ze, waarmee ze hem nogmaals verwarde en eerder zwijgen dan uitleg bewerkstelligde. Gepensioneerd, gepensioneerd!

'Graag, mevrouw,' zei hij, 'heel graag.'

'U hebt geen dienst,' zei ze schertsend en ze schudde haar smalle schouders in zijn richting. Haar halsketting met kleine granaten – waarschijnlijk eerder robijnen – zat strak rond haar gegroefde hals, als insecten die op het punt stonden uit te zwermen.

'Die heb ik niet, en zal ik ook nooit meer hebben,' zei hij, terwijl hij in elk geval zijn draai vond in de dosering van humor. Ze vroeg wat hij wilde en hij vroeg of ze iets fris had, limonade, vruchtensap, zoiets, en ja hoor, dat had ze. En dat ging ze voor hem inschenken en Mr Tomelty omklemde zijn eigen glas met onbekende vloeistof en glimlachte, en hij lachte om een onbekende reden, en Tom dacht dat de wereld er beroerd aan toe was als mensen zich lieten zien van een kant die hij niet had verwacht, als om zijn oude geïnspireerde zelf als politieman te weerspreken.

Alsof hij deze gedachte hoorde, zei Mr Tomelty: 'En, hoe bevalt het pensioen u?'

Hij kreeg zijn longdrinkglas met limonade aangereikt – roze, zo kon hij nog net zien – en slikte daar een klein beetje van door, omdat hij bang was erin te stikken, hoewel er niets mis was met zijn keel. Hij was er niet gerust op dat de goden hem deze ontmoeting zonder kwellingen zouden gunnen. Met zijn linkerhand klampte hij nog steeds zijn boodschappen vast.

'Weet u, ik...' zei hij, nog voor hij de rest van de zin in gedachten had geformuleerd. 'Volgens mij kan ik zeggen...' Opnieuw schoot hem geen vollediger gedachte te binnen. 'Bent u zelf...?' Waarom kon hij geen zin afmaken? Hij bloosde in het vergevingsgezinde halfdonker.

'Hotelhouders moeten boekingen doen tot ze erbij neervallen,' zei Mr Tomelty, met de volle kracht van een geoefende frase, alsof zijn leven een toneelstuk was en dit op deze pagina van het script stond, en hij het goed ging zeggen, en met stille kracht.

'Dat kan ik me indenken.' Tom had geen verstand van hotelexploitatie.

'Laten we op de stoelen plaatsnemen en ons gemak nemen,' zei Mrs Tomelty. 'Ik ben zo blij u te ontmoeten, echt waar. We hadden behoefte aan een sterke aanwezigheid zonder dat helemaal te beseffen. Vooral nu er kinderen in het huis zijn. Dat schattige kleine meisje, en haar broer.' Ze keek haar echtgenoot aan, alsof ze hem niet buiten dit gesprek wilde houden. Tom had helemaal geen klein meisje gezien. Bedoelde ze de mensen in het appartement in het torentje? Mr Tomelty straalde als een aangeknipte zaklantaarn. 'Deze donkere avonden hebben lichter aangevoeld dankzij uw bezitneming van de aanbouw. Hoe ouder je wordt, hoe dunner de arm.'

Hoe ouder je wordt, hoe dunner de arm. Bij zichzelf dacht hij doelloos: ze komt uit Roscommon, Leitrim misschien. Sligo wellicht. Ze hadden op stoelen plaatsgenomen zoals ze had voorgesteld. Hij vond het wel prima om bij deze aardige mensen te zitten. Hij vond het wel prima om een sterke aanwezigheid met dikkere armen te zijn. Terwijl ze verder praatten, kwam de maan ver achter het eiland op, en telkens wanneer hij door de donkere ramen keek, leek die in een andere ruit te zitten. Er was een gevoel van zachte muziek, hoewel er geen muziek werd gedraaid. Mrs Tomelty had hem op de borrel uitgenodigd, ze had zichzelf in zekere zin uitgenodigd, ze waren allemaal genegen over niets te praten, om zo goed mogelijk over niets te praten, en dat deden ze.

Algauw wisten ze dat hij een weduwnaar was, en dat zijn kinderen waren overleden. Algauw wist hij dat Mrs Tomelty de Ierse autoriteit was op het gebied van theerozen, blijkbaar een veelomvattend onderwerp. In zijn onschuld had hij misschien gedacht dat er maar één theeroos bestond, of had hij daar nooit bij stilgestaan. Hij had zelf een onderzoekje gedaan naar wilde bloemen in relatie tot lijken en de omgevingen waarin lijken werden gevonden, en wat je uit een trui of een kapsel kon plukken, maar daarover zei hij niets. Ze liet hem een boek zien dat was uitgegeven door de Royal Dublin Society en dat zij echt had geschreven, met de titel elegant in goud gestempeld, *Tea Roses*. Eliza Tomelty. Het zag eruit als een familiebijbel, dik en in leer gebonden. Mr Tomelty liet centimeters ruimte rond al het gepraat van zijn vrouw, het leek wel of hij zichzelf had beloofd om nooit door haar heen te praten of haar in de rede te vallen; of het uit angst of uit liefde voor haar was, dat wist Tom niet. Misschien kwam het dramatisch gesproken op hetzelfde neer. Hij bewonderde hen. De jurk met donkere print die ze droeg was van nylon gemaakt. Flitsten er miniatuurbliksems over haar dijen, terwijl ze haar benen over elkaar sloeg en weer over elkaar sloeg met haar zeer statische kousen? Nu pas, zo laat op de dag – deze verkwikkende, zachte lentedag –, merkte hij op dat Mr Tomelty een vlinderdas droeg. Hij was vlierbessengroen. Dat was slecht te rijmen met de in vodden gestoken man die maanden geleden suiker te leen had gevraagd. Opnieuw werd hij getroffen door de vreemdheid van mensen, hoe raadselachtig, maar ook hoe herkenbaar ze waren. Hij had het gevoel dat hij deze mensen onmiddellijk kende, wat hem een zekere homogeniteit onder de mensheid deed vermoeden. Een algehele vertrouwdheid. Alsof er uiteindelijk maar tien verschillende types mens bestonden. Dat had hij tijdens zijn werkzaamheden als politieman vaak gedacht. En toch, als hij op de pijnbank werd gelegd om de waarheid te spreken, moest hij ook toegeven dat ze intens individueel waren. Zodat ze hem onmiddellijk bekend waren, maar ook niet, en misschien nooit bekend zouden zijn.

In de hoek van de kamer stond een eenhoorn met een hoorn van zilver, mogelijk witgoud, die zijn tengere rechterhoef had opgeheven en onschuldig, door kalme ogen voor zich uit keek. Mr Tomelty en zijn vrouw zeiden er niets van. Hij was er gewoon, verifieerbaar.

5

Ook al was hij niet geheel slapeloos – hij dommelde steeds in en ontwaakte dan abrupt –, hij kon niet goed slapen. Morgen zou hij bij Fleming langsgaan. Of overmorgen, als hij het appartement glimmend schoon had gemaakt. Hij had Frankfurter worstjes met aardappelpuree voor zichzelf gemaakt, een lievelingskostje, en nu lagen die in zijn buik als een vroege zwangerschap. Zijn pyjama was oud, maar alle pyjama's leken oud te zijn geboren. Zijn nog oudere buik was hier en daar gestippeld met steelwratten en donkere, ronde, muntvormige dingen, waarvan de brave arts uit Deansgrange, de onvermoeibare dokter Brownlee, had verklaard dat ze goedaardig waren. Evengoed waren ze niet om aan te zien. Maar wie was er om ze te zien? Niemand. De last van het ouder worden werd in eenzaamheid gedragen, maar ook alsof iemand anders dat deed, want vaak herkende hij stukjes van zichzelf die hij in de spiegel opving niet. Van wie waren die sinds kort schriele benen? Waarom zat zijn hoofd verder naar voren op zijn hals? Was het echt vriendelijk van de goden om de huid van zijn gezicht zo toe te takelen, alsof een kind zich met een bruine viltstift had mogen uitleven? Naast zijn oude bed, op het nachtkastje, dat lang geleden hogelijk door June was geprezen – 'ook al ziet niemand behalve wij het,' had ze in het oude huis gezegd, op de dag dat ze erin trokken en de tapijten uitrolden, o gedenkwaardige dag –, lag het boek dat hij níét aan het lezen was, helemaal niet, hoewel het in een van de dozen zijn aandacht had getrokken. Het was een vrij nieuwe geschiedenis van Ierland, maar hij had er de kracht niet voor, voor het signaal dat het bevatte.

Wie was hij überhaupt, hij wist het niet. Heette hij eigenlijk wel Kettle? Was dat überhaupt een naam? Een pan in de keuken. Joseph wist veel af van de ketels van inheemse Amerikanen, hoewel ze die in New Mexico niet gebruikten. Dit was zoiets wat Tom graag wilde weten, zogenaamd nutteloze informatie. Van nutteloze dingen kreeg hij nooit genoeg. Voordat Joseph in '91 definitieve goedkeuring voor zijn greencard kreeg, was hij op zoek geweest naar boeken over stammen, omdat de enige vacature die van waarnemend arts in een pueblo bij Albuquerque was. Hij was zo blij om weg te gaan en Ierland te verlaten, zo blij, na alles wat er was gebeurd, en hoewel dat geluk Tom in zekere zin stak, ach ja, maar, hij begreep het. Avontuur. Vernieuwing. Voer het trekpaard gaspeldoorn en ploeg de aarde helemaal om. 'Kijk uit voor de ratelslangen,' zei hij toen zijn zoon die dag vanaf het vliegveld van Dublin vertrok. 'Zal ik doen, pa,' zei Joseph. Ze glimlachten en lachten allebei. Tranen achter de ogen, tranen achter de ogen.

In het nieuwe huis in Deansgrange duurde het eerlijk gezegd niet lang tot de kleine veranderingen kwamen. 's Avonds viel ze in slaap als een begraven lichaam, hij kon haar ademhaling nauwelijks horen. Ze leefde zo licht dat de sporen nauwelijks zichtbaar waren. Hij maakte jacht op tekenen van haar. Sporen van June. Als hij later, flink wat jaren verder, 's avonds thuiskwam liep hij door het huis, op zoek naar haar en de kinderen. Wanneer hij haar dan riep reageerde ze niet altijd, want soms was ze er niet. De laatste paar keren dat hij riep terwijl ze er wel was, reageerde ze ook niet. Zelfs bij leven was ze af en toe als iemand van wie je je herinnerde dat je van haar gehouden had. Er lag een mascarahuls op de wc waarvan de dop niet was teruggeschroefd. Terwijl hij dat verhielp, dwaalde hij hun slaapkamer binnen, en daar lag dan een spijkerbroek van haar op een hoop, alsof ze ineens was verdampt. Winnie kwam om vijf uur uit de grote school, Joseph om vier uur uit de kleine school. Ze begon epische busreizen met hen te maken, hij had geen idee waarheen. Soms kon hij haar met geen mogelijkheid bereiken, zelfs niet als ze thuis was. Dan leek ze wel een niet-aangesloten telefoon. Op zijn werk zei Billy Drury, een rechercheur uit Roscommon die hij graag mocht en met wie hij min of meer kon praten, dat ze de blues had, de blues, de huisvrouwenblues. Maar Tom geloofde niet dat ze de huisvrouwenblues had. Dat was iets anders. Hij had sowieso wel lol in huishoudelijk werk, ging 's avonds met de tapijtreiniger door het huis, kedeng, kedeng, en boende de wc een beetje schoon. Zij deed de kinderen in bad, wat ze heerlijk vonden, en droogde ze als een wervelwind met de grote witte handdoek, en smoorde ze in een zandstorm van talkpoeder, en las ze voor in hun bedjes, hun blije, slaperige gezichten nog met wit besmeurd. Beatrix Potter, *Pieter Konijn*, *Vrouwtje Plooi*, hij luistervinkte naar de verhaaltjes en vond ze zelf ook best leuk. Thea Tokketok, hebt u misschien mijn zakdoeken gezien?

Of las hij die verhaaltjes doorgaans zelf voor?

In de begintijd was ze toch zo gezond als een vis? Zo gezond als een Ierse vis. En voor hem had alles gegrensd aan het wonderbaarlijke. Hij was heel oud, wel dertig, en had de hoop op zo'n grote liefde allang opgegeven. En het was een grote liefde. Ze was een gewoon meissie dat in de Wimpy in Dunleary werkte. Hij en Billy Drury zaten daar drie lange weken om te proberen bewijsmateriaal voor een moord op te graven. Een ander meissie was vermoord op een kerkhof gevonden, en hij en Billy hadden er veel werk aan om de schurk te ontmaskeren. Het was al met al een walgelijke zaak, een mooie jonge vrouw die als vuilnis in een grote graanzak was gedumpt in een met onkruid overgroeide hoek van de stille begraafplaats. Monnikskap, zomerviolieren en reusachtige ridderzuringbladeren probeerden een fatsoenlijke erehaag voor haar te vormen. De handen werden pas jaren en jaren later gevonden in de Dublin Mountains, opgegraven door een labrador die werd uitgelaten. Maar wie het meisje was, hebben ze nooit achterhaald. Ze was vermoord in een atmosfeer van totale anonimiteit. Ze dachten dat ze misschien kort tevoren was aangekomen met de postboot uit Holyhead – op wanhopige momenten vroegen ze zich af of ze uit de hemel was gevallen. Een engel met afgehakte handen. In de jaren zestig was het soms erg moeilijk om de doden een naam te geven. En rond elf uur 's ochtends, nadat ze van het ene huis naar het andere waren gesjokt, Patrick Street op en neer, de wonderlijke kronkel van York Road, die begon tussen de arbeidershuisjes met hun vochtige voortuintjes en eindigde tussen luisterrijke herenhuizen met hangende tuinen, sleepten hij en Billy soms hun luie reet naar de Wimpy, waar ze slappe koffie dronken uit de ondoorzichtige glazen kopjes, zo wit als zeeschelpen, en hun zere benen onder de formica tafels staken, en Billy hield ervan om plaatjes uit de jukebox te draaien, en zo waren ze aan de praat geraakt, hij en June, die de spot dreef met zijn wansmaak op country-and-westerngebied.

'Maar niks mis met Johnny Cash,' zei June in haar blauwe pakje en het witte schortgeval, dat leek op dat van een verpleegkundige. Dan lachte hij, en dan lachte Billy, die een heel relaxte gast was, ja, hij was echt een fijne gozer, die binnensmonds vloekte om de scholieren waar het op de plastic bankjes van wemelde geen aanstoot te geven. Joe Dolan and the Drifters. En dan ging Billy verder met het uitwerken van zijn aantekeningen, zijn eindeloze aantekeningen – hij was de beste, meest nauwgezette proces-verbaalschrijver in Harcourt Street. En toen kwam de beroemde dag – in elk geval voor eeuwig en altijd beroemd in zijn hart – dat hij en June door Monkstown gingen wandelen, op een soort afspraakje, en helemaal doorliepen tot de pier, waar het zomergras rustig mocht groeien als een lange smalle weide, en de zon zo warm scheen op de houten bankjes dat de blauwe verf blaren kreeg. En samen zaten ze de gezouten lucht te ruiken die zo zwanger was van visgeuren, want maar een paar meter verderop, aan de overzijde van het vettige water, waren de korte trawleraanlegsteiger, de heldhaftige vissers van Dunleary, met laarzen zo rimpelig als olifantenhuid, en kisten vol buitenaards ijs. Ze zaten naast elkaar met hun vingers aan de verfblaren te pulken, Junes blote benen bedekt met een welhaast onwaarneembare zweem van donshaartjes, ook een vreemd soort weide, en haar huid zo bruin als amandelen, en haar katoenen jurk op haar ranke gestalte, en het krankzinnig volmaakte gezicht, zoals het hem voorkwam, iemand zo mooi dat hij nauwelijks kon ademhalen als hij bedacht dat ze bij hem was, bij hem, een doodgewone smeris van dubieuze herkomst in zijn dertigste jaar.

De aanraking van haar hand niet overduidelijk als vuur, maar verbrandde hem evengoed, verbrandde zijn hand.

Een eeuwigheid vertelde ze hem haast niets over zichzelf, en hij vertelde haar haast niets, want wat hadden ze te vertellen? Maar algauw begrepen ze dat de reden daarvoor in hun beider gevallen dezelfde reden was. 'Gevallen' was het juiste woord. Hun hele levens kwamen hem voor als een soort plaatsen delict. En toch was hij hier, een rechercheur maar liefst, en hier was zij, een mooie serveerster, en hier was de zon van Dunleary, dezelfde zon die landinwaarts veel warmer scheen, zelfs een beetje landinwaarts al, zoals de achterbuurten van Monkstown. En op een lome zaterdag dat ze vrij had zaten ze in een kroeg in Blackrock met een half oor te luisteren naar een of andere voetbalwedstrijd op de radio, en dronken ze cider, voelden ze zich een koning en een koningin van de wereld, en liepen ze helemaal langs de Carnegie Library en de chique Volkswagengarage, en langs de grote weg die was aangelegd langs wat vroeger een woeste kust met klippen en rotsen moet zijn geweest, waar schepen ongetwijfeld aan de grond liepen, enkel getemd door de ratelende spoorweg, en de enorme landhuizen die uitkeken op de weg terwijl de zilte wind hun gevels bestookte. En ze liepen hand in hand helemaal langs de overweldigende boulevard van Monkstown, terwijl de kleine lichamen van mensen beneden op hun handdoeken rilden of de ellende van de Ierse Zee trotseerden, en ze liepen een eindje omlaag langs de grote ijzeren poort van het hotel, en langs de tennisclub die verscholen lag in zijn mantel van bosland, en staken de ijzeren brug over, waarbij hun schoenen klak, klak, klak deden, en liepen helemaal door tot de vertrouwde zeeweide bij Seapoint, met het weelderige augustusgras dat lang was en zijn zaden losliet, en ze vonden een discrete kom, zoals duizenden geliefden vóór hen, en hoopten dat er geen jongens in de buurt waren om kiezelstenen naar ze te gooien, en zoenden alsof ze zelf bezeten kinderen waren, die steeds dieper in de bodemloze vijver van de liefde vielen, en vreeën als kreunende demonen, en als ze die dag Winnie niet gemaakt hadden, dan was hij een Chinees.

Zouden de goden hem vergeven dat hij nu in het

verre Dalkey in zijn bed weende en deze dingen dacht? Dit waren de geschenken die hem tijdens zijn leven waren gegeven, er was geen reden tot rouwen of klagen. Ze konden maar één keer worden ervaren, dat lied had geen herhaling of refrein nodig, hij was ooit die man geweest en zij die vrouw, bij het oude Seapoint, zo verdronken in de zee van gras dat ze zichzelf net zo goed als levenloze wezens hadden kunnen beschouwen, of de voorbijvlammende libellen, of de geur van het gras dat ze pletten, de golf van vreugde terwijl ze klaarkwamen en het uitschreeuwden, het uitschreeuwden tegen wie? Tegen het verraad van het verleden en de toekomst, dat hij toen slechts als een genoegdoening voorvoelde.

Maar wie was ze? Bijna even onbekend als het vermoorde meisje. Was ze in feite een vermoord meisje, een langgerekte moord zoals de dood door duizend sneden? *Lingchi.* Toch was er op June geen litteken te bekennen, ondanks alle sneden die ze had doorstaan. Het waren natuurlijk sneden van een ander slag. Natuurlijk waren ze dat. Sneden die hij zelf kende, zelf begreep. Was het dan iets goeds dat er in hen allebei zo was gesneden, want zo hadden ze elkaar toch ontmoet? Herkend. Hadden geen namen en families, grootouders, moeders, vaders nodig, sterker nog, dat die afwezig waren had hun de liefde geschonken, al was het maar een poosje. Was dat poosje alle jaren daarna waard? Ze was pas drie geweest toen haar moeder overleed. Haar moeder net zo mooi als zij, volgens het fotootje. Waar was die foto nu? Hij hoopte dat hij hem niet was kwijtgeraakt. Hoe heette haar moeder? Dat kon June onmogelijk weten. Die ellendige nonnen vertelden haar nooit iets. Ze had het bijna ontdekt. Als klein meisje van elf was ze het kantoor van het weeshuis binnengeslopen om te proberen haar dossier te vinden. De andere meisjes hadden gezegd dat er over ieder van hen dossiers waren, in het kantoor. Het was een grote, sombere ruimte, had June hem verteld. Ze vond haar dossier inderdaad, met haar naam op een map, in een lang bureau, zei ze, ze tilde het op en het fotootje viel eruit. Verder was de map leeg. Juist op dat moment kwam een van de nonnen binnenlopen, en toen was er kattengejammer, en razernij, en straf. Maar ze had het fotootje in haar onderbroek gestoken en het was van haar. Ze had geen namen gezien, geen feiten, geen data, helemaal niets, maar haar moeder was omlaag in haar hand gevallen en de nonnen wisten van niks. Ze geloofde dat het haar moeder was, hoewel er niets op de achterkant stond, en Tom kon ervoor instaan dat ze sterk op elkaar leken.

En toen van kwaad tot erger met die ellendige Mrs Carr, de enige aanwezige bij hun huwelijk die een beetje familie was, in de zin dat ze een paar jaar Junes pleegmoeder was geweest. En dat opvatte als een vrijbrief om haar te kwellen. Wat June om zeer mysterieuze redenen toeliet, zijn wens niet tolereerde om haar te verbannen, de heks te verbannen. Omdat June vriendelijk was, op geslepen wijze mensen doorzag, iets over Mrs Carr wist wat zijn begrip te boven ging. Ze hadden Billy Drury en de meesterlijke golfer McCutcheon en zijn vrouw en nog een paar kerels, en Toms Nigeriaanse maat uit zijn legertijd was met de postboot overgekomen, die goeie ouwe Peter, waar zat die tegenwoordig? Mrs Carr spuwde tweespalt als een cobra. Met haar zwarte jurken en haar benen als lange stangen die een tuinhek overeind houden. En haar haar verwrongen tot een lepreuze permanent. Die lang en hard poogde een wig te drijven tussen hem en June, maar daar nooit in slaagde, nooit. En haar congé pas kreeg toen ze June influisterde dat Tom op geen van beide kinderen leek, en wist ze wel zeker dat hij de vader was. Vaarwel, vaarwel, en draai de deur achter haar op slot. Opgeruimd staat netjes.

Het waren nu de kleine uurtjes, die juist genaamde uurtjes.

Ze wist niet wie ze was, maar ze wist wel waar ze was geweest. Wanneer ze praatte over waar ze was geweest, zat ze op een bepaalde manier, schoof ze haar lichaam naar voren op de stoel, en rechtte ze haar schouders, en sprak ze met een andere stem. Ze kon twee uur praten en nog steeds klinken alsof ze een samenvatting gaf.

Zo lang had ze gezwegen en nooit gesproken over die zaken. Ze hadden een hele maand verkering gehad, waarin hij zich uitsloofde om het hele eind met de bus of trein naar haar te reizen, van zijn belabberde kamertje in Glasnevin of zijn werk in Harcourt Street. Hij probeerde haar elke dag te zien. O, had het oude treinstation daar nog maar bestaan, o jezus, maar hij moest dwars door Dublin galopperen, door het park, over Grafton Street, rond het college, door Abbey Street denderen en door naar Talbot Street, en als de sodemieter verder naar station Connolly voor de trein van halfzes naar Bray. Hij was toen jonger en in conditie maar het was wel zomer en hij moest een schoon overhemd aandoen op de piepkleine wc's die herrie maakten als een drumstel, en bovendien het zweet van zijn borst en armen wassen. Na een maand op die toer had hij zich kunnen kwalificeren voor het Iers olympisch team. Een hele maand, een kapitaal aan treinkaartjes. Van stellen kon je verwachten dat ze hun levensgeschiedenis op de eerste avond doornamen, maar June niet. Zij vond het leuk hem alles te vertellen wat die dag in de snackbar was gebeurd, misschien iets te uitvoerig, maar dat kon hij hebben. Hij vond haar leuk in de nasleep van haar werk, moe maar niet afgemat, met zere voeten. Dan had ze haar spijkerbroek aangeschoten en een jack meegegrist. Haar mooie spijkerjack, het toppunt van hippiemode. De spijkerbroek waarmee ze in bad had gelegen, volgens het voorschrift op het label, en die ze rond haar benen had laten krimpen, strak op de huid. Ze kon hem natuurlijk nooit op haar kamer ontvangen, want die was in een soort religieus huis voor de bescherming van katholieke meisjes, en die ellendige Mrs Carr woonde in Stillorgan, een heel eind bij de Wimpy vandaan. Niet dat hij toen van Mrs Carr afwist. Hij wist niets. Ze kon eindeloos kletsen, maar ze praatte nooit. Hij ging ervan uit dat dat alles was, dat ze zo in elkaar zat. Ergens was hij opgelucht dat ze niet serieus tegen hem deed, want hij was de hoeder van zijn eigen stilzwijgen, was dat zijn hele leven geweest.

Tom zag hen in zijn geestesoog nog voor zich, het rommelige oplaaien van de zonsondergang waardoor Howth Head heel dichtbij leek, terwijl het elf kilometer verderop lag, aan de overkant van de baai. Ze passeerden de werkplaats van Irish Lights, waar de aangrijpende diepzeeboeien en drijvende lichtbakens lagen opgeslagen. Voor de stormen en het donker van de winter, nam hij aan. Hij was in een vlaag van simpel geluk de trein uit gestapt. Trof zijn meisje onder de oeroude wijzerplaat van de klok aan het stadhuis, en de kapotte fontein van koningin Victoria. Ze maalden er nu niet meer om wie hen zag zoenen en ze hadden op het perron gezoend. Nu waren ze zeewaarts getrokken, te midden van de beschutting die kleine havenbedrijfjes boden, tussen de postbootsteiger en de pier bij Seapoint. Het had nu geen zin naar Seapoint te gaan, hoewel hij daarnaar verlangde, omdat een fel aanhoudend ratelende zomerbui op hen neerviel, en daarom scholen ze onder een stenen boog met een onbekend doel, wellicht een ingang tot een plek die niet meer bestond.

Ze zei dat ze het koud had en ze zetten hun billen op

een granieten richel en klemden elkaar zo stevig mogelijk vast. Hij hield haar in zijn armen, het beste wat hij op de wereld kende. Dit mensenmeisje. Al zei ze dat ze het koud had, haar warmte zat zelfs in haar kleren. Haar zachtheid gaf een signaal aan iets in zijn brein, en maakte de optimale hoeveelheid genot vrij die hij kon voelen. De knop helemaal opengedraaid. Dat was de waarheid. Waarom niet? Hij wist heel goed wat ongeluk was, en dit hier was geluk. Wat was ze kostbaar in zijn ogen, zo compleet, zo vervolmaakt. Waar waren haar tekortkomingen? Hij kon ze niet vinden. Hij legde zijn gezicht op haar haar en ademde zo diep dat hij niet goed wist of hij dood was of leefde, en dat kon hem niets schelen. Minuten voordat ze sprak wist hij dat ze iets tegen hem ging zeggen wat verder reikte dan een verslag van haar werkdag. Zulke dingen voelt iedereen aan. De regen, de boog en het tijdstip spanden samen om haar naar dit moment te voeren. Hij had geen idee wat ze ging zeggen, geen idee dat wat ze ging zeggen op den duur zijn redding en zijn ondergang zou zijn. Maar hij wist dat ze het ging zeggen. Het ging niet zozeer om haar moeder als wel om wat ze zei nadat ze over haar moeder had verteld, al was dit ook de keer dat ze dat vertelde.

'Ik weet niet wie ik ben. Er is gewoon niemand voor jou om mee te trouwen.' Op dat moment had hij het volgens hem niet over trouwen gehad. Maar ze sprak zo verdrietig, zo precies en zo dapper dat hij dat beslist niet ging zeggen. En hij dacht meteen: mijn god, als ze wil trouwen, dan doe ik dat. Was dat überhaupt in zijn stomme kop opgekomen? Vast wel. Tom wist het niet meer. Ze bleef zitten in haar spijkerstoffen glorie, de spijkerbroek als een tweede huid, of als een huid die ze kon afwerpen, met die verknoopte, samengebalde spanning in haar schouders. Ze had een handtasje met een hart erop, net als het ondergoed. Meer een portefeuille eigenlijk. Toen haalde ze de heilige foto tevoorschijn en vertelde ze hoe ze daaraan was gekomen, hoe ze die aan de vergetelheid had ontrukt. Die vermaledijde nonnen.

Maar toen, met haar moed, gaf ze hem de vrijheid om zijn verhaal aan haar te vertellen, zijn eigen verdrietige, ellendige, smartelijke verhaal. Al die dode moeders!

Hij rebbelde opgewonden. In zijn achterhoofd was hij zich bewust van zijn belabberde salaris, ook al was hij rechercheur. Dat was het probleem niet. Ze zouden het vast wel redden. En wie zouden ze in vredesnaam bij zo'n ceremonie willen hebben? Ook dat was het punt niet. Niets leek op de gangbare manier een punt te zijn. Want hij wist dat ze nog niet was uitgepraat. Er moest nog iets gezegd worden, hij zag het alsof er een raaf op haar schouder zat. Ze was beland bij een enorme beslissing over hun levens, haast bij toeval, door dingen die op goedgunstige wijze samenzwoeren, maar ze was niet uitgepraat. Er zat nog spanning in de schouders. Ze was niet uitgepraat, omdat ze dat nooit zou zijn.

Nooit zou zijn, zo sprak de raaf. Hier was nu, op een lichtjaar afstand van die nadreunende dag, en alle dingen die erop volgden, al de moeilijke dingen, de blije dingen, de blijere dingen. De gebruikelijke mist trok even op van zijn gedachten. De kleine uurtjes destilleerden hem als ruwe whiskey. Wat zou God uit zijn verhaal concluderen? vroeg hij zich af. Die rottige Petrus bij zijn poort. Wat was er belangrijk in dit alles, zijn leven, zijn leven zoals ieder ander leven? Hij dacht opeens aan alle rechercheurs op aarde, en alle rechercheurs die op aarde waren geweest, zouden dat er honderdduizenden zijn? Zouden ze bijeengedreven worden in de recherche-omheining? En als paarden tegen elkaar moeten rennen? Alle rechercheurs – de geweldsmisdrijven, de verkrachtingen, de moorden, de oplichterijen, de overvallen, de fraude, de waterspuwer zelf, de waterval, de grote stroom van misdaden in mensenverhalen. Het tumult, het tumult. Dat hen allemaal zo bezig had gehouden. Net als de waterval in Powerscourt, die maar stroomde en stroomde. En al die mannen, in alle talen van de wereld, alle rassen, alle korpsen, die proberen naar binnen te gluren, afwegingen te maken, conclusies te trekken, geluk te hebben, te mazzelen, een zaak er op het allerlaatst doorheen te slepen. Wat was hun waarde, hun eigen gewicht? En wat bevond zich in de kern daarvan? Zijn leven, zijn kleine leventje? De mist kroop weg van zijn kust, de zee verscheen als de planken in een theater, de behulpzame zon brandde in zijn element, er was hem een waarheid verteld, een waarheid, op zijn eigenaardige leeftijd, tijdens zijn tastbare verval, dat June zich in de kern daarvan bevond, in de kern daarvan, voor eeuwig en altijd. Winnie en Joseph en June. Maar vooral June.

6

En hij zou bij Fleming zijn langsgegaan, natuurlijk zou hij dat gedaan hebben, die dag of de dag erop, als Winnie niet de volgende ochtend onaangekondigd – het recht van ieder kind – was gearriveerd. En wat voor ochtend. Toen hij ging opendoen – hij moest dat gekrijs gaan verhelpen als dit zo bleef, het was bijna gênant – dartelde de vroege voorjaarszon al min of meer in de voortuin. De bloemen van de rododendron begonnen aan de randen net bruin te worden, maar ze gloeiden nog steeds paars. Heel even dacht hij dat bijen nectar aan het verzamelen waren, hij kon een enorm gezoem horen, maar de kans was groter dat het alleen in zijn hoofd zat, dacht hij. En daar was Winnie, met haar legging – een goede keuze, aangezien ze net zulke benen als June had – in somber grijs, heel elegant, en haar donkergrijze wollen jurk, en haar prachtige mosterdgele jas, die hem aan het lachen had gemaakt toen hij die voor het eerst zag, omdat de rug door een ontwerper was beschilderd, met echte verf: het gezicht van Marilyn Monroe. Hij kon Marilyn nog niet zien, alleen het lieve vertrouwde gezicht van zijn dochter. O, wat had hij graag de tijd gehad om het appartement schoon te maken. O, ze zou 'om zich heen kijken'.

'Ach, Winnie, Winnie,' zei hij. 'Wat fijn om je te zien!'

'Hoi, papa,' zei ze.

Dus hij leidde haar naar binnen, met alle kleine drukdoenerij van een arriverende hoogwaardigheidsbekleder, nam haar rode handschoenen aan, toen haar jas – even een blik op de rug, een snelle blik op haarzelf, een waarderende lach, 'Marilyn!' – en liet haar plaatsnemen op de rieten stoel. De achterkant van het kasteel lag nog in de schaduw, maar een rijke, vragende, stralende schaduw, met de vreemde belofte van een zonnige dag. Was dat mogelijk, gewoon in Ierland, voor de tweede dag op rij? Wonderbaarlijk. In Maleisië had hij dagen verduurd zo warm dat ze ondraaglijk waren, dat je in je uniform kookte en spijt had dat je leefde. Maar een Ierse voorjaarsdag kon mild, uitgelezen en vriendelijk zijn. Wanneer het Ierse weer echt zijn best deed, wilde je nergens anders ter wereld zijn.

Maar ja, Winnie was zo'n beetje haar eigen zonneschijn. De huiskamer knapte erg op van haar aanwezigheid. De rode handschoenen lagen nu op de donkergele jas en Winnie strekte haar benen. Een soort wonderbaarlijk schilderij. O, zijn schitterende dochter. Met gebaren duidde hij de optie van een kop thee aan, en ze antwoordde op gelijke wijze. Vader en dochter, geen woorden nodig. Dat ze na alle modder van het leven waar ze doorheen was gesjokt, met beklonterde laarzen als het ware, nog steeds met een zonnig humeur kon langskomen, was zijn idee van genoegdoening en zegening. Daar ging hij toch nooit aan twijfelen? De tastbaarheid van de armen, de benen, het hoofd, de romp. Iets wat hij en June hadden gemaakt. Zo niet op die gelukkige dag in de kom in de wei bij Seapoint – dat was misschien maar een wilde gedachte toen hij de maanden tot hun trouwerij telde –, dan wel later, later, met evenveel hartstocht en inspiratie. Een meisje maken. Wat een wonder. En dan dit meisje.

'O, wat een geweldige plek is dit huis,' zei ze. 'Knap gevonden van jou, papa.'

'Maar ik heb er helemaal niets voor gedaan,' zei hij.

'Jij keek in de avondkrant, en daar was het.'

'Ik keek in de avondkrant, en daar was het. Ja, ja.'

Dus nu stond hij in het smalle keukentje de ketel aan de kook te brengen. Koppige beesten, die ketels. Ze had hem zelf gekocht bij Pete's Electrical, in Parnell Street, als housewarmingcadeautje, negen lange maanden geleden. 'Een ketel voor een Kettle,' had ze onvermijdelijk gezegd. Dat was een ding dat zeker was.

'*Press-a-Herald, Press-a-Herald!*' zong ze zachtjes, wat ver voor haar geboorte de straatroep van de krantenverkopers in O'Connell Street was geweest. Haveloze, donkergelokte knapen met kranten over één arm gedrapeerd, en dan in één vloeiende beweging tevoorschijn geplukt en gevouwen en gepresenteerd aan een begerige passant, geld aangenomen als een moment in een ballet, zoals hij het vaak voor haar had beschreven. Voor hij rechercheur werd, was dat hele deel van de Northside zijn wijk geweest, van de rivier tot Mountjoy Square. Hij had gehouden van dat gekke gevoel van burgerschap – om zijn mede-Dubliners te beschermen, maar hen natuurlijk ook terecht te wijzen, te intimideren, te arresteren. De ongevaarlijke 'oudjes' met hun boodschappentrolleys, de violisten en de fluitisten die op straat om stuivers bedelden. De melodieuze misdaad van de landloperij. 's Avonds de menigte vermoeide kantoormedewerkers, die de straat op liepen als een ondiepe vloedstroom, uit gebouwen naar bushaltes en taxistandplaatsen sijpelden, op weg naar een dozijn, naar vijftig bestemmingen. De marktkramers en de zakkenrollers en de dronkenlappen, de chique vrouwen en de jongens met hun flitsende schoenen, de straatverkopers, de wandelende priesters, de nonnen met hun veelvormige hoofdtooien, de dames uit de middenklasse die bij Arnotts hadden gewinkeld, de dames van lager allooi die bij Clerys hadden gewinkeld, de mooie winkelmeisjes snaterend met hun hoge stemmen, armen in elkaar gehaakt, alsof ze langszweefden, ongenaakbaar in hun schoonheid, uitbundig en triomfantelijk, de onbehouwen ogende plattelanders die vast in Wynn's Hotel logeerden, en de stadsjongens uit alle straatjes achter de grootse gebouwen, met een blik op hun grote kans. 'Heb ik iets van je aan?' was hun dreigende leus, als je zelfs maar even hun kant op keek. Ongeletterde herculessen. De jongens in dure schooluniformen, van de Catholic University School of van Belvedere, die naar de film gingen in de Carlton- of Savoy-bioscoop, in de hoop binnen te komen bij *Viva Las Vegas* met Elvis Presley, voor boven de achttien, en her en der kleine kinderen met groene loopneuzen, een delta van viezigheid op hun trui, in grote zwarte kinderwagens en vettige wandelwagens. Zijn mensen. En Winnie hoorde daar graag alles over, zijn stad toen hij een jongeman was, een jonge agent, jonger dan zij nu was. En misschien hoorde ze het nog steeds graag, alleen kende ze het allemaal, tot in de puntjes, geen woorden nodig, ze kon het ieder moment in haar binnenoor horen.

Dus gaf hij zijn genotzuchtige dochter – ze beweerde dat ook zij dol was op die rieten stoel – haar thee, twee klontjes, 'en maar een heel klein beetje melk, denk erom, papa', en belde naar Harcourt Street. Hoewel hij niet had gebeld om te zeggen dat hij kwam, dacht hij dat hij ze beter kon bellen om te zeggen dat hij niet kwam en dat het morgen, Deo volente, zou lukken. De zoetgevooisde dame aan de andere kant van de lijn, die hem heel goed kende, herkende hem onmiddellijk, wat ontzettend bevredigend. 'Ja, Mr Kettle, prima, nou, dan zien we u wel verschijnen, hè?'

'We moeten van de zomer naar het eiland gaan, papa, echt, vind je ook niet?'

'Moeten we doen.'

'Dat moeten we echt doen, papa. Noteert u dat maar, rechercheur.'

'Doe ik.'

'Als het mei is, herinner ik je er wel aan.'

'Juni in mei... Staat genoteerd. We kunnen op Killiney Strand vast wel een roeiboot huren en naar het eiland roeien. Tuurlijk, doen we.'

'We kunnen gaan picknicken,' zei ze. 'Dan maak ik Schotse eieren, braad ik worstjes. Misschien bak ik zelfs... chocoladepannenkoeken, papa, die jij zo lekker vindt.'

'We hebben mama's picknickmand.'

'Is dat zo?' zei ze.

Opeens was hij er niet zo zeker van. 'Nou ja, misschien,' zei hij, vaag om zich heen blikkend. Hij had hem eerlijk gezegd al een paar jaar niet meer gezien. Niet dat hij het zich kon herinneren. Zou hier ergens kunnen wezen. Was hij eigenlijk wel meeverhuisd? Had hij hem in de container gegooid, net als duizend andere dingen die te zorgelijk en pijnlijk waren om te bewaren? Junes hippe kleren, haar drie jassen, haar ondergoed, schuimende bergen ervan, haar sokken, haar tien paar schoenen. Hij kon ze niet meenemen en hij kon ze evenmin achterlaten. Uiteindelijk schakelde hij zijn gedachten uit, stopte ze allemaal in zakken en... De schoenen die hij die keer voor haar had gekocht toen ze blut waren, gekocht van zijn laatste paar ponden. Bij Brown Thomas. Krankzinnige uitspatting. Als een lange neus naar hun armoe. Hij vulde de container, draafde misschien een beetje door, een paar dingen had hij vast kunnen verkopen, een paar 'spulletjes', maar dat kon hij niet maken, en hij wist haast zeker dat hij al hun foto's er per ongeluk in gekieperd had, o, christus here, want ook die had hij daarna nooit meer gevonden, en toen hij de volgende ochtend buiten ging kijken wat hij, de sukkel, nou precies had weggegooid, was die helemaal leeg. De zigeuners waren langs geweest, vertelde zijn buurman, en hadden echt alle spullen eruit gevist en alles in hun busje gepropt. Hij had zich de veertig pond voor de vuilniscontainer kunnen besparen.

'En ga je straks de stad in?' zei hij.

Maar ze antwoordde niet.

'En, Winnie, waar woon je?' zei hij, opeens niet in staat zich dat te herinneren. Het was erg vreemd. Een vader hoorde toch te weten waar zijn dochter woonde. Hij wist waar ze woonde, maar waar was het? Hij was het glad vergeten. Hij werd dement, dat moest wel. 'Waar woon je?' zei hij, nu licht verontrust, met een lichte hoofdpijn op komst.

'Deansgrange, papa, Deansgrange.'

'Maar we zijn uit Deansgrange verhuisd,' zei hij, opnieuw met de klank van paniek en ellende in zijn stem.

'Ja, maar ik ben er nog, papa.'

'Niet op de begraafplaats!' zei hij, zachtjes huilend.

'Ja, papa, op de begraafplaats.'

Toen ze weg was, wat ze algauw was, of zo voelde het – het was laat op de middag en de dag was voorbijgevlogen, griezelig eigenlijk, o, maar hij wist waarom, omdat hij zo gelukkig was –, waste hij haar kopje in de gootsteen en liet hij het water rond- en ronddraaien om de mogelijke theevlekken te verslaan. Hij wist hoe doortrapt thee was. Draaide het rond. Wat hield hij toch van haar. Met haar lieve kopje. Zijn hoofd deed de Rameshwiebel. Een dochterkopje. Deel van een theeservies. Aardewerk uit Arklow, dat hij en June als huwelijkscadeau hadden gekregen van Mrs Carr, en waarvan zij en de kinderen in de daaropvolgende jaren werkelijk elk kopje en bord hadden gebroken op die ellendige stenen keukenvloer. Nou ja, misschien had hij het melkkannetje nog ergens. De soepterrine? Zou kunnen. Winnie, Winnie. Hoe ze zich in de huiskamer over de heilige stoel had gedrapeerd, als een schilderij, ja. Hij kon zich geen wereld zonder haar voorstellen. Hij hield van zijn Joe, hij hield van zijn Joe. Maar een wereld zonder Winnie kon hij niet echt bevatten. Haar zelfvertrouwen. Hij grinnikte zachtjes terwijl hij het kopje met een theedoek afdroogde, er lang nadat het droog was mee doorging omdat hij de beweging prettig vond, ha, ha, ha. Hij liet zijn hersenen kraken. Haar vermogen om hogerop te komen. Verdiende meer dan hij ooit had gedaan. Een nieuweling, een beginner, die Mr Norris, de advocaat, assisteerde in de Four Courts. Een loopmeisje, een manusje-van-alles, een theezetter, een notulist. Maar ooit zou ze een toga dragen. Reken maar. Ze zou de witte pruik opzetten. Wacht maar af. Ze zou de grondwet ontdoen van alle vrouwonvriendelijke nonsens. De speciale plaats van de vrouw in het huishouden. Daar ergerde ze zich aan. McQuaid en De Valera, priester en president. Met rechtsgeleerd Vim zou ze dat allemaal wegschuren. Dat wraken. Ter ere van haar moeder en alle moeders. Fuck huishoudelijke arbeid. Weg met theedoeken. Razende, gerafelde, rampzalige, rebelse, roofzuchtige, rabiate vrouwen willen we hebben. Echte vrouwen. Niet van die stomme door mannen gemaakte vrouwen. Dat zei ze vroeger altijd, en ze zei dat ongetwijfeld nog steeds, in Deansgrange. Dat zei ze ongetwijfeld nog steeds, waar ze ook was. Deansgrange, ga toch weg. Ze zat niet meer in Deansgrange. Het idee alleen al. Draai de vlekken eruit, draai de vlekken eruit. Ha, ha, ha.

McQuaid. Nu was die duistere naam gevallen. Hij moest nu over McQuaid nadenken, voor hij met Fleming ging praten. Iedereen wist dat de hele klerezooi met die lul van een McQuaid was begonnen. Aartsbisschop van rampzalige bullshit. Misschien niet iedereen. Hij en Billy Drury in elk geval wel. Hij miste de arme Billy net zo erg als iedereen – twee moordzuchtige gasten maakten hem in vijf seconden af tijdens een stompzinnige overval in Clonsilla. Hij had niet eens dienst. Zag die twee klojo's een bankgebouwtje uit rennen terwijl hij langsreed in zijn Ford Anglia, onderweg naar zijn werk. Mooi lichtgroen karretje. Vroeg uit de veren, die overvallers. Professionals. En gewapend, met een echt wapen, geen plastic proppenschieter zoals ze die noemden, nee, een echt wapen met echte kogels. Billy sprong uit zijn auto, dappere dwaas die hij was. En hoe moest hij ze allebei vangen, met maar twee handen en een luide stem? Hij had een prachtige luide stem, heel praktisch, en iedereen die hem de hoge noot in 'Danny Boy' had horen zingen wist dat hij iets bijzonders had gehoord. Billy was niet getrouwd, had zijn hele leven geen vriendinnetje gehad. Hij was nog maar net met het grote werk begonnen. Woonde nog op kamers met een andere jongen, als rekruten. In zekere zin een wat simpele ziel, zijn vader een keuterboer in Connemara, waar ze alleen keien verbouwden, maar ook een gouden gozer. Gaf om de politie, een van die weinigen die erbij komen om goed te doen, blijven om goed te doen, en goeddoen. Jammer dus dat uitgerekend hij werd doodgeschoten. Vader kwam over uit Aughris Beg. Tom had in zijn tijd een hoop ellende gezien, emmers vol, maar dat kleine mannetje met zijn donkere, verweerde gezicht. Zijn zoon. Ach jee. De zwarte bladzijde van het politiewerk, die je niet te lezen krijgt als je in dienst treedt. Ze schoten hem pardoes in zijn borst, pang, zomaar. Daar ging Billy Drury. Maar dat was jaren later. Toen die zaak met de priesters over hen heen was overgekookt, hun vingers had gebrand, hun gezicht had geschroeid, had Billy McQuaid al in de peiling gehad. Ze hebben die ouwe hufter niet eens gesproken. Maar wat hij zei was overal, liep overal, door alles heen, als rattenpaadjes in een oude schuur. Wat waren ze jong, Billy en hij – eind twintig, maar in sommige opzichten nog echte groentjes. Als je oud genoeg werd, veranderden die oude kwesties in je kop, kregen ze een nieuwe betekenis. Je zag duidelijker wat een geschenk het leven kon zijn, iets kostbaars dat door gemene goden werd gegeven en daarna weggegrist. Wat was iemand als Billy zeldzaam. Toen je jong was, dacht je dat er nog een hele reeks Billy's zou komen. Maar zoals hij was er maar één. Goeie vent, goeie getuige ook. Met deze ring huw ik u. Vond June een mirakel, een schoonheid, een koningin. 'Ik ken mijn vriend Tom nu al heel wat jaren en weet hoe dierbaar deze vrouw hem is.' Dat was een van de regels uit zijn speech na afloop, in The Tomelty Arms in Dunleary. Goede heilige Jezus, dat hij dat was vergeten! Dat moest hij de Tomelty's zeggen als hij ze weer zag. Zijn huwelijksdiner had verdorie in hun hotel plaatsgevonden! Jezus, wat was er mis met zijn hersenen dat hij dat tot nu toe vergeten was? Wat bizar. Hij had die twee dingen nooit aan elkaar gekoppeld, bespottelijk. En het diner met aangebrande kip, dat pleitte misschien niet voor ze. Mrs Carr verontwaardigd, en foeteren op de ober. 'Je zou het net zo goed goed kunnen koken als verbranden,' zei ze, terwijl haar hele lichaam schudde. Wat op zich juist was. June lachen, toen iedereen lachen. Ze haalden patat in het Ritz Café en aten die op in de bus naar Rosslare. Maar dat kon hij beter niet aan de Tomelty's vertellen, die lieverds. Zand erover. Pont naar Frankrijk, met zijn tweeën wettig in een tweepersoonshut, en de storm die bij de schoenpunt van Engeland opstak en de patrijspoort striemde. Met elkaar verstrengeld als pythons, zijn hoofd gloeiend van haar, essence van June. June Kettle. O, wat een wildheid. Jong.

In het hotel in Cherbourg vertelde ze het hem. Ze hadden uren en uren langs de kust gewandeld, een beetje gekuierd in het Normandische zonlicht, zich over alles verwonderd. De vreemde pier helemaal los van het land, daar kon ze niet bij. Net als in Rosslare, de eindeloze stranden en de boten. Hij dacht dat hij dood-ging, zo gelukkig was hij. Waren dingen in het leven niet voorbestemd in de soep te lopen? Dat hadden de andere jongens gezegd, of dat hadden ze bedoeld met hun nogal trieste gelukwensen in Harcourt Street. O, het eind van de vrijheid. O nee, o nee, het begin. Deze prachtvrouw, die voor hem had gekozen. Dat was de godganse hoofdzaak. De godganse hoofdzaak was dat zij van hem hield, en hij van haar. Wat was mensen-liefde? Wie wist dat godsamme nou helemaal. Maar die was hun bezit en hun rijkdom. Zelfs toen de verdrieti-ge onthullingen kwamen. Hij dacht dat ze het allemaal onder hun pet hadden gestoken en verder konden. De verkrachtingen, de ellendige priesters, de nonnen, het lijden, het verdriet, de wreedheid, de chaos.

'Nu ben ik met je getrouwd,' zei ze, 'en ik heb je niet eens de waarheid verteld.'

Ze zaten op het gracieuze overdekte balkon van het hotel, in een rij ietwat groezelige stoelen, de andere stoelen bezet door vergrijsde bewoners, oude mensen wier liefde zich in elk geval tot hier leek uit te strek-ken. Het was bemoedigend. Het was overwegend stil, met de mooie geometrische tegels, en de avondwind ge-blokkeerd door het hoge glas, en de arrogante ober uit Parijs, die leek te denken dat Normandië en zij geen hoffelijkheid verdienden, maar dat liet ze koud, hij bracht hun evengoed de sambuca's, prima. Tom was niet genoeg tot rust gekomen om niet zijn nette pak te dragen, zijn tweedjasje van Kevin & Howlin, en de gebreide stropdas, een cadeau van Billy. Niet erg rock-

'n-roll, eigenlijk. Maar zij had haar spijkerbroek met T-shirt aan, geen revolutie was haar te groot, een echte vrouw van de sixties, dacht hij. Vietnam was háár oorlog, hoewel ze nooit naar de States was geweest. *Five, six, seven, open up the pearly gates.* Country Joe and the Fish. *Whoopee, we're all gonna die.* Je zou haar overal in een antioorlogsdemonstratie kunnen inpassen. Echt waar. Nu waren haar schouders gespannen. Ze dronk die sambuca alsof het coca-cola was. Met vlammen en al. De brandende glaasjes, het beetje rook dat langswaaide en de stille stellen beroerde, en dan langzaam de neerplonzende zon, een brandende schijf gesmolten goud, die iedereen de adem benam en deed applaudisseren. *Oh là là. Sacré coeur.* Dat deed het hem. Ze vroeg hem wat 'sacré coeur' betekende, en hij zei dat het volgens hem 'heilig hart' betekende. Ja, zei ze, ik dacht al dat het dat betekende. De Zusters van het Heilig Hart waren haar nonnen geweest, zei ze. Haar nonnen. Alsof ze er een hele kudde van had. Die op de nonnige weiden liepen te grazen. Dat waren ze, zei ze, nonnen van het Heilig Hart. Mama ging dood en wie moest er voor haar zorgen. Nou, daar was ze helemaal niet zeker van. Misschien was ze niet dood, misschien zeiden de nonnen dat maar. Het duivelsgebroed. Had ze een vader? Veel meisjes hadden vaders, maar die kwamen nooit. Vaders van wie ze wist, bedoelde ze. Ze kende er niet één. Maar toen ze ouder was, zag ze hoe de kinderen binnenkwamen, een voor een arriveerden, door de jaren heen, doorgestuurd door de gerechtshoven, dus ze nam aan dat het zo met haar gegaan was. Ze had Tom verteld dat ze zes was toen het gebeurde, maar dat was niet waar, zei ze, nee, ze was nog maar een baby. Dat had de aardigste non gezegd, van wie ze had gedacht dat ze haar zou helpen. Maar zo aardig was ze niet. O, Tom, zei ze, Tom, ik was zo eenzaam. Kun je het je voorstellen? Een zaal met honderd meisjes. En baby's, baby's dat het een aard had. Baby's die in wezen door meisjes werden grootgebracht. Nonnen hechtten er meer aan dat de enorme vloeren werden gepoetst, de meisjes op hun knokige knieën, een lange rij, vijftig, met die grote poetsdoeken. Waar hun handen in verdwenen als stenen in de sneeuw. En de oude nonnen die met hen meeliepen langs de lange vloer, hen opdreven met stokken en riemen. Maar dat was niet het allerergste, het was niet de eenzaamheid, en hoe kon er in zo'n grote menigte eenzaamheid zijn, maar die was er. Niemand die je gezicht aanraakte, die je op zijn of haar knie zette – en Tom, wij gaan onze kinderen verwennen, die gaan we godverdomme verwennen, onze liefde voor hen zal geen grenzen kennen –, geen omhelzingen, geen zoenen. Tenzij het die klotepriester was.

'Welke priester?' vroeg Tom, zo vriendelijk en rustig als maar kon. Ze wist dat ze met hem over dit alles kon praten. Zijn verhaal kende ze, hij had het er allemaal ruim vóór haar uit geflapt. Ja, hij stroomde ervan over, als een glaasje sambuca. Als het eierdopje onder de waterval uit *Vrouwtje Plooi*, dat hij drieduizend keer aan Winnie en Joe had voorgelezen toen die de leeftijd hadden voor verhaaltjes voor het slapengaan. Ja, ze hadden woord gehouden, ze hadden die kinderen met liefde overstelpt, dat hadden ze absoluut gedaan. Maar hij was er amper op voorbereid. In de nasleep van de zonsondergang, toen een vreemde duisternis Cherbourg in haar greep begon te krijgen, een zwart leger uit het westen leek het wel, die het brede uitzicht overschilderde met genadeloze penselen die dropen van de zwarte verf, weg ermee, weg ermee, daar gaan de havenmuren, het strand, de velden met kreupelhout tussen zand en huizen, iemand doet daar een lamp aan, ver in de diepte in zijn zilte huis, als een votiefkaars, ping, een verdwaald lichtpuntje in de nieuwe duisternis.

'Welke priester?' vroeg hij nogmaals.

'O, hij heette pater Thaddeus – de nonnen noemden hem pater Thaddy –, hij kwam elke ochtend de mis opdragen,' zei ze. 'Van hem moesten we om vijf uur opstaan, ons gezicht wassen, ja, zelfs de deuren van de babykamer werden opengelaten, zodat de heilige woorden de baby's daar konden bereiken, en het heette een mooie dag te zijn als je oud genoeg was, als je je kon gedragen, om binnen bij de grote meisjes te zitten en de mis bij te wonen. Pater Thaddy. Een jonge man, de meisjes vonden hem allemaal zo knap. Hij was in elk geval knapper dan Mr Gill, de tuinman, die een huid had als een grote braam' – 'Christus zal me bewaren,' zei Tom onwillekeurig, zonder goed te weten wat hij bedoelde – 'en er was nog een vent, ene Mr Gingham, een zielige protestánt, stel je voor, de nonnen waren zó attent, die alle klusjes deed. En pater Thaddy was heel vriendelijk, vriendelijker dan welke non dan ook, zelfs de aardigste, o ja, en hij zette je op zijn knie, en maakte echt werk van je, en hij zei dat ik mooie krullen had, en wat was ik toch een mooi meisje, ho, ho, ho, en dit was in de salon, moet je weten, de kleine buitensalon van de nonnen, het was een hele traktatie om daar te zijn, waar de buitenwereld begon, weet je wel, waar ik niets van afwist, omdat ik als baby was binnengekomen, hè, ik kwam tot mijn zesde nooit ergens, en nu was ik zes, en daar was ik, Tom, in die klotesalon, waar niemand binnenkwam, nu ik erover nadenk, toen ik daar was met die schofterige pater Thaddy, die "zijn meisjes verwende", zoals de nonnen dat noemden, godsamme, o mijn gód,' – één dame onder de stellen, met een slappe hoed op, keek hun kant op, leunde een milliseconde naar voren – 'zo aardig, zo vriendelijk, zo zacht, zo anders, terwijl ik naar hem omhoogtuurde, wat was dit allemaal, het was fijn, zo fijn, en Tom, en Tom...' Opeens vroeg hij zich af waar de zonneschijf was, natuurlijk wist hij waar die was, ja, de aarde draaide, de aarde bevond zich in een baan, de duisternis sloot zich boven hun hoofd omdat het tijd was voor de duisternis, de gigantische, enorme, mateloze uitgestrektheid van de aarde, het gehoorzame kind van de volslagen mateloze, onvoorstelbaar ontzagwekkende zon, en... Maar de zon in oude verhalen was een ander verhaal. Het was een verhaal over de zon die werd gedoofd, als een kaarsenpit in water werd geblust door de oceaan, en wie zou hem weer ontsteken als hij zich in het oosten verhief, waarbij het water van zijn schouders neerklaterde, wie zou de lucifer erbij houden, de genadige, leven gevende lucifer – en kijk, haar eigen schouders gespannen als die van een bokser, het gewicht op haar linkervoet, hoewel ze zat, klaar om te slaan, om zich te verdedigen. 'Tom, zul je mij verstoten als ik het vertel?' 'Zal ik wat?' zei hij, want hij begreep het ouderwetse woord niet meteen. Verstoten. Nooit! 'Dat zal ik nooit doen,' zei hij, o, en goddank is dat waar gebleven, goddank, mijn June, mijn lief. Dus toen het verhaal eruit kwam, kwam het met haar zachtste stem, maar er zat een ader van kracht in, de kracht die ze tijdens haar leven had veroverd. Misschien zelfs de kracht van hun huidige liefde. 'Je hoeft niet meer te zeggen, als je dat niet wilt,' zei hij. 'Dat hoeft echt niet, liefje.' Hij dacht niet dat hij het kon verdragen. Zijn vrouw als klein meisje in een nonnensalon, lang geleden, op de knie van een priester. Zijn eigen herinneringen aan de broeder, en de geur van urine, en de genadeloze afranselingen, de roede op zijn rug, op zijn benen, duizend jaar lang elke avond, tot in alle eeuwigheid, en hij was nog goed weggekomen, vergeleken met andere jongens, de knaap uit Limerick van wie hij aannam dat hij vermoord was, weggelopen en teruggehaald door de politie, de politie, en daarna de hele winter buiten in de tuin gezet, de hele winter, weken en weken achter elkaar, en wie weet wat er van hem geworden is, verdwenen eigenlijk, op een ochtend was hij er niet, nooit meer over gesproken, arme Marty, zeiden ze tegen elkaar, wat is er van hem geworden, ze wisten het niet. Tom plaste alleen in bed, hij plaste in het ellendige bed, en kreeg om die reden slaag, maar ook had Brady, een twee jaar oudere jongen, het lievelingetje van de broeder, geprobeerd hem met een mes te villen, had hem tien keer in zijn dij gestoken, speldenprikjes, terwijl zijn makkers hem op de grond drukten, lachend, moet je dat huftertje nou zien, nou, dat zat allemaal bij Tom in zijn hoofd terwijl June sprak, en dat wist zij allemaal.

Ze knikte, zo stil nu dat zijn oren leken te knappen, alsof de luchtdruk op de veranda was veranderd.

'Ik kan het maar beter nu zeggen,' zei ze, 'want die aardige fransozen verstaan er geen woord van. Arme zielen. Arme mensen...'

Nu lachte ze opeens. Het was echt gegiechel. Er ontstond enige beroering onder de dichtstbij zittende paren. Giechelen was goed.

'Maar zijn ze niet scháttig,' zei ze. 'Wat een aanbíddelijk hotel.' En ze kakelde bijna nog een keer. 'Mijn god, Tom,' zei ze, 'het mag een wonder heten dat wij tweeën überhaupt nog leven.'

'Dat is een wonder,' zei hij, en zijn hand sloop naar de hare op de rieten leuning van haar stoel. En toen ze haar hand zachtjes wegtrok was dat niet als belediging bedoeld. Ze kon niet iets zeggen terwijl ze met hem verbonden was. Dat snapte hij.

'Je mag me nu lozen, als je wilt,' zei ze, opnieuw met een giechel. Hij voelde zich alsof hij door een donkere nacht voer, maar gelukkig wel in een of andere boot zat.

Hij was niet aan het verdrinken. En zij evenmin, op dat moment niet.

'Die man heeft me verkracht, Tom, ik was nog maar zes, weet je nog.' Haar stem klonk zo zacht dat hij de woorden nauwelijks hoorde. Ze was er niet gerust op dat de meeste andere stellen geen Engels verstonden, hoewel zelfs de ober geen Engels sprak. 'Misschien moet je me dumpen. De nonnen zeiden dat het mijn schuld was. Keer op keer, tot ik twaalf was. Kun je het je voorstellen? Op je twaalfde ben je een grote meid, Tom. Elke paar dagen. Zijn kusjes halen, noemde hij dat. "Ik kom mijn kusjes halen, June," zei hij. Zijn kusjes, zijn klotekusjes. Zijn geval in mij als een brandende pook, weet je hoeveel pijn dat doet als je een klein meisje bent? Ik was pakweg zestig centimeter, hij zo lang als een giraf. Met zijn behaarde buik en zijn adem die naar bier stonk. Zijn grote geval priemde in mij als een ijzeren staaf. Op mijn zesde. Tom, Tom, het spijt me. Ik wil dat jij het ziet. Ik wil dat jij het weet, zonder enige twijfel. Zodat je me niet verkeerd begrijpt. Zodat je me niet aanziet voor iemand die ik niet ben. Voor het geval je denkt dat ik een ander ben, Tom. En als de nonnen het wisten, hebben ze nooit wat gezegd. En als de nonnen het niet wisten, moeten ze blind, doof en stom zijn geweest. Want hij heeft het in de loop der jaren met een tiental meisjes gedaan, ik heb geen idee hoeveel. O, en altijd zo aardig tegen hem, pater Thaddy voor, en pater Thaddy na, ze aanbáden hem, en bakten af en toe drie taarten voor hem, zijn bedanktaarten noemden ze die, en dan gaf hij me een punt van de roomtaart die ik lekker vond, en dan at ik die als een diertje, een vossenwelpje, en een keer scheurde hij me in, weet je, in mijn kont, en de dokter werd erbij gehaald, en die zei: hm, hm, ja, ja, ze heeft dikkedármontsteking, zei hij duidelijk voor de non, het arme kind, dat doet erg zeer, zei hij, ik zal je een zalfje geven, en als het niet overgaat, kunnen we haar hechten in het ziekenhuis, want dat anusje is uitgescheurd, zuster – ja, zuster Brenda was erbij, terwijl hij godsamme mijn edele delen begluurde, Tom, en al dat tuterdetuut van haar, en haar handen die zich bewogen als een vlinder, o jee, o jee, hoe is dat in hemelsnaam mogelijk, dokter, o, natuurlijk, zegt-ie, ze zijn nog maar klein, weet u, kwetsbaar, dingen raken heel makkelijk gescheurd, misschien is ze op een twijg gaan zitten, en niemand weet wat dikkedarmontsteking veroorzaakt, nee, zelfs de grote artsen in Boston niet, waar ze er onderzoek naar hebben gedaan. Is dat zo, dokter, is dat zo, zegt zuster Brenda, met haar vlinderhanden en haar grote maanachtige gezicht, en de geur van carbolzeep van haar habijt. Dus, Tom, dus Tom, hou nou maar van me, als je kunt.'

Maar Tom hoefde niet van haar te gaan houden, dat deed hij al, en hij was er niet mee gestopt. Geen woord, of visioen van gruwelen, of aanwijzing van geweld en pijn kon dat stuiten. Hij kon het allemaal uitstekend zien, met afschuwelijke, ervaren ogen. Hij wist hoe jong zes was, en hoe jong zelfs twaalf was. Hij zag haar voor zich als een grote meid met die zwetende, moordzuchtige priester. Moordzuchtig. Menige ziel als een kaarsenpit gedoofd in die zee van wellust. De oceaan van wellust die neergutste op een lichtje dat nooit meer langs de stralende boezem van de aarde zou reizen en aan de andere kant weer zou oprijzen als een madelief, een felgele madelief van licht, als het gebundelde zonlicht van een nieuwe ochtend. Gedoofd en weggevaagd. Hij had het met zijn eigen ogen gezien, de jongens die door de broeders waren verkracht, bij wie het licht in de ogen was gedoofd. Jongens aan het zwaard van hun wellust geregen. Voorgoed. Dat had hij gezien. Hij had het aanschouwd toen hij er nog niet eens woorden voor had, toen hij niemand had kunnen beschrijven wat hij had gezien. De lampenpitjes van hun ogen gedoofd. Voorgoed. Hoe had ze het klaargespeeld haar ziel bij zich te houden, zijn June? Om het tot hier te schoppen, tussen de beproefde stellen, op een verduisterde veranda, waar de lampen juist werden aangeknipt door de kribbige ober, terwijl haar gezicht door het nieuwe licht werd beroerd, als een meisje bij zonsopgang, haar haar niet door de wind naar achteren geblazen natuurlijk, maar door iets naar achteren geblazen, haar beroemde 'muisachtige' haar, haar gouden haar. Haar mooie neus en haar stille ogen. Haar huid zo helder als de maan. Geen traan op haar wangen, alsof ze de tranen ver voorbij was. De tranen van een klein meisje. Het droge, beheerste gezicht van zijn vrouw.

Toen kwam hij min of meer tot zichzelf, staand in de keuken, met een theedoek in zijn ene hand en Winnies kopje in zijn andere, kurkdroog.

7

De volgende dag toonde hij zijn beroemde pasje voor vrij reizen aan de controleur op station Dalkey, maar de man schudde zijn hoofd. Er zaten rode stoppels op zijn wangen en zijn lange roodbruine haar zat in een paardenstaart. De eerste voorboden van kaalheid hadden zijn haarlijn uitgedund.

'U bent te vroeg,' zei de jongen. 'Gratis reizen is pas na elf uur. Sorry, vriend.'

'Ik kan vast wel een kaartje kopen.'

'Dat kan inderdaad, u kunt altijd een kaartje kopen.'

Tom had zich die ochtend 'met zorg' gekleed, dus patenter dan dit zou hij er nooit meer bij lopen. De jas was een soort genade die de ouderdom van zijn pak werd betoond. Hij was geen dandy, maar hij oogde niet beroerd.

'Ik ga hoe dan ook naar mijn werk,' zei Tom met een snaakse nonchalance die hij bepaald niet voelde terwijl hij een paar pond neertelde.

'O ja?' zei de man. Het was de eerste trein, en de menigte der werkenden was er nog niet. Weldra zou hij beduusd raken van de vele handen en gezichten die op hem afkwamen. Aan het eind van de dag zou hij naar huis gaan en zijn voeten in epsomzout baden. Als een smeris na zijn dienst. Hij had een transistorradio gereed in zijn borstzak, een Japans dingetje.

'Heb je naar de wedstrijd geluisterd?' zei Tom.

'Liverpool op zaterdag?' zei de man – een ouwelijke

jongen eigenlijk – met plotseling opvlammende interesse.

'Ja, ja, Liverpool.' Winnie was een groot fan, en was dat vanaf haar zesde geweest. Een klein meisje op haar roze plastic stoeltje in Deansgrange dat een team in het verre noorden van Engeland volgde. Tom probeerde het bij te houden om haar een plezier te doen. Stiekem volgde hij United. Daarover nooit een woord losgelaten tegenover Winnie.

'O, jezusmina, Leeds is echt ingemaakt,' zei de controleur met verheugde woestheid. Hij ontblootte zijn tanden. Zijn paardenstaart schudde als een roodbruin beestje.

Tom zat nog maar vijf minuten in het treinstel toen het begon te regenen. Hij had een plastic politiepettenovertrek uit New York dat hij soms zonder de pet droeg. Joseph had het hem gestuurd tijdens zijn overstap op Kennedy Airport, onderweg naar New Mexico. Wanneer je het neerzette om te drogen leek het wel een kwal. Hij klopte op zijn jaszak om zich ervan te vergewissen dat hij het bij zich had. Het laatste wat hij wilde was als een verzopen rat in Harcourt Street aankomen. Om een of andere reden werden Ierse politie-uniformen vroeger van een soort vilt gemaakt, dus als je met je klamme vragenlijsten langs de deuren ging, torste je algauw extra ponden aan gewicht in regenwater mee. Dan zompte je voort. En de zwarte schoenen, gekocht in Marlborough Street, die volgens de verklaring op de doos waterdicht waren. Bij elk paar kreeg je er een blikje schoenpoets bij. Je had net zo goed vloeipapier kunnen aantrekken. Ach ja, het hoorde er allemaal bij. Niets was wat het leek. Inclusief de waarheid. De politie. Het land.

De oude spoorlijn was geneigd de kust te volgen wanneer hij maar kon. Sommige van de mooiste stukjes lagen achter hem, de mysterieuze kreken bij Wexford, Killiney Bay. Waar de knappe roeiers hun sloepen verhuurden. Tussen Greystones en Bray had Isambard Kingdom Brunel zich een weg door de rotswanden langs de kust geblazen, om vervolgens te ontdekken dat hij te dicht bij zee was uitgekomen. Daarom moest hij zijn route verleggen en de spoorlijn vijftig meter landinwaarts halen. Lang geleden, in de jaren zeventig, was er een lijk gevonden dat stilletjes was gedeponeerd in een van de nooit gebruikte tunnels. Een grootse kathedraalachtige ruimte, waar hazen en aalscholvers en zeemeeuwen waarschijnlijk heersten, in het massieve gesteente nog sporen zaten van de gaten die voor het dynamiet waren geboord, alsof ze gisteren gemaakt waren, en de zeewind de ruimte veranderde in een jankend blaasinstrument. En het lijk van een jongeman, in zijn 'uitgaanskleren'. En ze hadden nooit kunnen achterhalen wie die moord had gepleegd, als het een moord was, hoewel de jongen uit het dorp kwam en vroeger patat had gebakken in de snackbar in de haven van Greystones. Sommigen zeiden dat hij zelfmoord had gepleegd omdat een meisje hem de bons had gegeven. Maar hij had nauwelijks een schrammetje. Geen spoor van pillen of vergif, geen touw of scheermes. Die jongen lag daar in raadselen, en de raadselen overleefden hem. Tom zag nog voor zich hoe hij en Billy Drury en de andere mannen, technische gasten, met hun jassen aan, in sombere overdenking op hem neerzagen. Een knappe jonge vent, weggevaagd. Ze hadden hem op een trawler afgevoerd toen het tij hoog genoeg was, en hij lag daar als een dooie dolfijn op de kille planken. Het was vreselijk om een moord niet te kunnen oplossen. Als een huis dat op een bouwvakker neervalt. Natuurlijk hadden ze in die tijd niet het voordeel van DNA.

Hij schoof op zijn bankje. Laat ze maar denken dat

het aambeien zijn, de jongens met draadjes in hun oren, de jonge vrouwen die uitkijken op de baai. Ergens vond hij het ongemakkelijk om onder hen te zijn. Hij was te oud om te reizen, gratis of niet. Het was gestopt met regenen en een motregen van gouden draden blies opeens door de lappen open lucht, voor zover aanwezig. De breedte van de baai bood hem veel troost, die bezorgde hem de gedachte dat hij zijn reisdoel nooit zou bereiken. Voor zijn geestesoog flitste de pier van Monkstown, en Seapoint in de verte. Blackrock. Booterstown. Irishtown naar het oosten geduwd, terwijl het spoor naar de oude stad sprintte. Elk afzonderlijk dorp zou een haak zijn waaraan een herinnering hing.

De spoorlijn vanuit Dalkey was een kruipend geval. Nu meed hij de zee en kronkelde hij tussen de rijkeluishuizen, door Glenageary, Glasthule, Dunleary, bijna ondergronds – grondwerkers hadden er lang geleden een diepe geul voor gegraven –, alsof hij zich voor zichzelf schaamde. Maar na Dunleary verscheen hij opeens weer aan de kust. Nu zagen Toms echte ogen de pier van Monkstown, een arm met drie ellebogen. Die doorboorde hem met herinneringen aan June, aan hun onschuldige wandelingen. En de trein ratelde en schudde dwars door zijn herinneringen aan de zeeweide bij Seapoint heen. O, hij boog zijn hoofd vanwege al die indrukken, de randen van vervallen tuinen die op de oeroude klif waren gekotst, het zand dat uitdijde en kromp naarmate de vloedlijn zijn peil ten opzichte van het land vond. Opeens vulde de oude baai zijn hoofd, propte hij dat vol met licht. Hij wilde het uitschreeuwen tegen de passagiers, kijk, kijk, de baai, de baai, de stortregen is opgehouden, al dat licht, al dat licht, schoongespoeld en zilverkleurig, dat de haakjes van de herinnering doet rammelen, je kunt niets meer op zijn plek houden, tweeduizend bekende jaren, vanaf de Romeinen en Vikingen en God mag weten wie, in triremen en schepen met grote draken op de boeg, en al die verhaaltjes over de trawlervissers, de vissers in deze mooie streek, en Howth als een zwangerevrouwenbuik, en de Kish als een juweel in de navel van een godin... Hij ging rechtop zitten op zijn vaalgroene bankje. Net zoals June haar schouders rechtte als ze over wreedheden vertelde, had hij zijn handen op een vreemde manier opgeheven zonder het echt te weten, alsof hij als een baby'tje het licht zelf trachtte aan te raken. Hij had het gevoel dat hij het vertrouwde schilderdoek van de baai, met zijn duizenden hectaren honderdkleurige wateren, kon signeren, er TOM KETTLE op kon schrijven, TOM KETTLE, TOM KETTLE, alsof dat zijn goed recht was, als bijna-Dubliner. Als hij ergens burger van wilde zijn, dan was het misschien van deze wonderbaarlijke baai. Als kind van nergens kon hij aanspraak maken op deze uitgestrekte leegte, wonderlijk gevuld, zowel leeg als vol. Hij was maar een oude politieman met een gebutst hart, maar als hij dat had gekund, had hij het hele uitzicht in zich opgezogen, elk korreltje zout en zand en zee, dat in één keer opgeslokt, als een van die oude walvissen in zijn lievelingsmuseum, als een monster uit een eeuwenoud verhaal. Al dit blauw en de andere tinten blauw en groen en die hectaren aan opgeklopt wit, en de mysterieuze tinten goud en zilver van na de regen. Hij wist, hij wist dat hij in de problemen zat, hij voelde de problemen met zijn politie-intuïtie aan, al kende hij hun vorm nog niet, maar de baai bevrijdde hem ook op een of andere manier, liet hem een heerlijke minuut lang los in een soort wilde vrijheid, zodat zijn hart en ziel door elkaar werden geschud en vernieuwd, op hetzelfde moment, in één adem. Als hij in deze trein bleef zitten, als de baai zich nou maar zou uitstrekken tot de afstand tussen de aarde en Andromeda, als die zo vriendelijk zou willen zijn, dank u, dank u, dan ging hij nooit dood.

Op station Westland Row stapte hij uit.

Stad des doods. Lincoln Place Gate, South Leinster Street. Nu was hij door Westland Row gelopen, en overal lagen herinneringen in een hinderlaag. Mei 1974. Goede, genadige God. In Harcourt Street hadden ze de drie explosies gehoord. Fleming was toen midden dertig, nog zijn gelijke qua rang. Samen renden ze als hazen door St Stephen's Green, op zoek naar de bron van het lawaai. Galopperend tussen de rozenperken, de wandelwagens, de blakende baby's, de strandstoelen voor twee cent, opzij, opzij voor de jongens in het blauw. Of in elk geval voor de grijze pakken. Sirenes nu en brandweermannen en de stille gestalten van mensen die achteromkijken naar het geluid, zonder enig idee wat het was. Door Kildare Street, met zwetende lijven, hun hoge schoenen gruwelijk zwaar. En in de verte iets wat je hart ineen deed krimpen van angst, zelfs het geharde hart van een politieman, dingen die verderop op de weg lagen die eruitzagen als stukken vlees, had iemand een slagerij opgeblazen? Toen vertragen om het beeld te verwerken, toen stilstaan, hijgen, probéren het te verwerken, proberen. Winkelpubliek, inderdaad, of het moesten mensen op weg naar huis zijn geweest, één tel voor de explosie. Ze stonden bij hun vaste bushalte, kregen een laatste groet uit een winkel voor die dichtging, liepen in gedachten na of ze alle ingrediënten voor het avondeten in huis hadden, zou Joe of Janet of Bill of Brenda eerder thuis zijn dan zij, alle geheimen en eerlijkheden waren gelijk voor de klap, en toen de klap, die alles wat vertrouwd en bekend was aan gruzelementen blies, elke ruit in de straat gebarsten in een hevige waterval, en de bomscherven en de lossere voorwerpen op straat, en de etalageruiten, allemaal veranderd in wapens tegen de zachte lijven van burgers, en ze scheurden die uiteen, doorsneden die en ontrafelden die, tot Tom duidelijker zag wat hij voor stukken vlees had aangezien, overal zwarte rook en stukken vlees, sommige in keurige, rokende, geblakerde blokjes, maar het waren gedeelten van mensen die daarnet nog leefden, o, sommigen leefden nog, een hoofd met romp waarvan de mond bewoog, geopende ogen in bebloede gezichten, en sommigen nog intact, in hun door de klap stukgescheurde jas, die hier en daar neerknielden bij de smekende gezichten, woorden zeiden die Tom niet kon verstaan, gebeden misschien, of fluisterden, hij kon een beetje liplezen wat ze zeiden, al bezat hij die vaardigheid niet, tot dat moment niet, ach, het valt wel mee, houd vol als u kunt, de ambulances komen eraan, wees niet ongerust, lieverd, maak je geen zorgen, vriend, er komt hulp aan, blijf rustig liggen, blijf rustig liggen, je redt het wel, wees niet bang, maak je niet ongerust, ach lieve jezus, ach lieve jezus. En alle klinkers en medeklinkers probeerden goede taal te vormen, eenvoudige woorden te bieden, maar het waren de knielende gestalten die Tom het meest pijn deden, en Fleming onthutst naast hem, samen veranderd in mensen die louter getuigen waren, de lange elegante straat vol bloed en lichaamsdelen, en rook bleef opstijgen, en het plotse geschreeuw van de gruwelijk gewonden, dat op zijn oren viel alsof hij tijdelijk doof was gemaakt, en nu galmde het geschreeuw in zijn oren, en nu de woorden van de stervenden, o gezegende moeder van Jezus, bescherm mij, o God, o God, zeg mijn vrouw hoe ik gestorven ben, en dat ik van haar houd, ik houd van haar, wilt u haar dat zeggen, alstublieft, en ja, en ja, dat zal ik doen, dat zal ik.

Je hebt ergere dingen en ergste dingen, dacht hij. Dat wist hij nog. Met zijn tweeën kwamen ze in actie, hielpen de toegestroomde jonge politieagenten om de zijwegen te versperren, Leinster Lane en zo, en de wegen bij Clare Street en Nassau Street af te sluiten, en de wacht te houden om de ambulances en ander rampenpersoneel door te laten. Ze hadden geen idee wat er gebeurd was of waarom het gebeurd was of wie het gedaan had, alleen dat radio's krakerig meldden dat er gruwelijk veel slachtoffers waren gevallen in Parnell en Talbot Street – Talbot was de man met ketenen om zijn lichaam, een man die boete deed. Wat voor gruwelijke boetedoening was dit, opgedrongen aan deze gewone mensen, die op weg naar huis waren op een avond in mei, nu hun dag in de stad erop zat? Een meisje met een tweeling in haar buik in Parnell Street, vertelde June hem toen hij zelf ten slotte thuiskwam, afgepeigerd als een jachthond die van zonsopkomst tot zonsondergang over zwaar terrein had gerend. In het negenuurjournaal waren beelden te zien van South Leinster Street, gefilmd vanachter de wegversperring die hij had helpen neerzetten. Hij dacht dat hij zichzelf kon zien, daar in de verte bij de traliehekken voor het college, heel even maar, bezig met spontane werkzaamheden. Daar bestond geen opleiding voor. Ver daarvandaan, in Deansgrange, zaten ze met zijn tweeën, telden ze de zegeningen van hun kinderen, van hun levens. Hij begon op zijn stoel te trillen, een seismisch trillen, en te zweten, en hij kreunde zo luid dat de kinderen uit hun bed klommen en de trap af kwamen om bij hen te zitten, krulden zich allebei tegen hem aan, Joe met zijn Thomas de Stoomlocomotief-pyjama aan, Winnie met haar nieuwe nachtpon helemaal uit Londen. Je had ergere dingen en ergste dingen. Zijn trillen werd zo hevig dat June dokter Brownlee belde, die als een haas uit zijn huis in Monkstown kwam. Gaf hem twee tabletten om te kalmeren, knikte met zijn kale hoofd, zijn ogen bezorgd en meelevend, zich kwijtend van veel meer dan zijn professionele plicht. Politieke bommen met persoonlijke gevolgen. Dokter Brownlee knikte nogmaals.

'Je hebt iets afschuwelijks meegemaakt. Je lichaam verkeert in shock, net als na een veldslag tijdens een oorlog.'

'Ik heb in Maleisië gezeten,' zei Tom, 'en daar trilde ik nooit.'

'Dit is anders,' zei de dokter, 'dit is dichter bij huis.'

'Mijn huis,' zei Tom, alsof dat hardop zeggen een huis op zichzelf was, een lotsbestemming. Meer hoefde hij niet te zeggen. 'Mijn huis.'

En hij ervoer de kamers van het huisje om hem heen als een omhelzing en een troost. Maar evengoed trilde hij de volgende ochtend weer, en hij trilde een week lang. En hij was maar een hulpverlener geweest, een politieman die was komen aanrennen om bijstand te verlenen. Wat een aardschokken zullen de anderen doorstaan. De knielende mensen. De smekelingen op het asfalt. De echtelieden, de tantetjes, de ooms, de vaders, de moeders, de kinderen – een trilepidemie. Wij beven voor u, Heer, daar u onze huizen met deze rampspoed bezoekt. Mijn geliefde stad, dacht Tom, die niet mijn stad is. Des te geliefder. Die moet ik beschermen, die moet ik beschermen. Nog jaren later mochten er op straat geen auto's geparkeerd worden, voor het geval deze enorme aanslag herhaald zou worden. De bommen die in auto's waren achtergelaten hadden het gedaan. Auto's die door mensenhanden op straat waren achtergelaten terwijl de chauffeurs wegliepen, de tikkende dingen achterlieten. O gezegend winkelpubliek, o gezegende reizigers, o gezegende baby's in de moederschoot.

Trilde hij zelfs nu een beetje, twintig jaar later? Hij voelde de roerselen van oude verantwoordelijkheden. Hij haastte zich verder naar Harcourt Street. In het park waren troepen tuinmannen, ze hadden de bloemperken helemaal kaal geharkt om die zomerklaar te maken, zetten er plantjes in volgens een strak ontwerp. Klopten ze behendig uit de potten. Op hun knieen. Als boetelingen, als overlevenden van een schandaal. De donkerrode madelieven. Sommige mannen leggen bloemperken aan en andere plegen moorden. Toen dacht hij aan de Green Cinema, op de hoek aan de overkant, inmiddels verdwenen, waar ze koptelefoons in de stoelen hadden zodat dove mensen de film konden horen. Hoeveel dove bezoekers zouden die krijgen, vroeg Billy Drury zich af. Misschien waren de kinderen van de dovenschool aan het Royal Canal, vlak bij de Mountjoy-gevangenis, trouwe klanten. Horen, niet horen. De meid die in de pauze met haar schoonheid en suikerspin onder het blanco filmdoek kwam staan. Zien, niet zien. Daar stond ze voor de blikken van het matineepubliek en knipte haar lampje aan. Billy keek hem zwijgend aan met een gebaar dat 'IJsje?' betekende. En Tom dacht: ik zou met die meid trouwen als ze mij wou hebben. Reken maar. De gesteven blouse bezorgde hem een stijve in zijn werkbroek. Daarna een of andere oude cowboy op het doek, altijd een dubbele voorstelling. Twee flutfilms voor de prijs van één, zei Billy Drury. Maar toch hielden ze van die cowboyfilms. Jemig, zeker weten. *The Searchers.* Ze zagen *The Quiet Man* daar, uiteraard geen cowboyfilm, maar wel van John Ford, de bioscoop tot de nok toe gevuld, kolkend van gelach en tranen. *The Guns of Navarone.* Stuk later, dezelfde routine. Dan weer terugklossen voor de nachtdienst, het brandpunt van de problemen altijd precies in York Street, een broedplaats voor gangsters, in de ontelbare bedompte kamers in de huurflats. Maar hij en Billy, met de jeugd in hun bloed, op een heel andere planeet. Knokpartijen, flessen, messen, maar nooit een vuurwapen. En dat alles vóór June: niet v.Chr. en n.Chr., maar v.J. en n.J.

Nu was hij een bedenkelijke ouwe domkop die de vertrouwde trap op klom. Daar kon hij weinig aan doen. Kon misschien toch nog behulpzaam zijn.

De telefoniste zat op haar plek in een vlam van zilveren haren.

'Goeiemorgen, Dymphna.'

'Rechercheur, jemig, wat heb ik ú lang niet gezien.'

'Ze hebben me de zak gegeven, maar hier ben ik. Is Fleming er ook?'

'Ze zitten allemaal in de meldkamer.'

'Hoe is het met je man, Jim heet-ie toch? Gaat-ie een beetje lekker?'

'Als een speer,' zei Dymphna, een vrouw uit Wicklow. Haar permanent had tot in de jaren negentig standgehouden. In 1980 had ze, als hij het zich goed herinnerde, in haar stamkroeg de Olivia Newton-John-lookalikewedstrijd gewonnen. Het kapsel had de doorslag gegeven. Tegenwoordig was ze een pronte dame, maar vol Grafton Street-elegantie. Zijden sjaaltje om de hals, ook al was ze in uniform. Er was geen brigadier omdat het geen echt bureau was. Je kon er niet zomaar naar binnen lopen. Ze was de koningin van de entreehal, waarschijnlijk getraind in het gebruik van vuurwapens. Dat wist hij eigenlijk wel zeker. Schiet je dood en geeft dan haar kapsel een extra schot haarspray. Hij koerste naar de trap, massief en breed aangelegd voor hoogwaardigheidsbekleders van weleer.

'Veel plezier, sir,' zei ze.

'Dat "sir" is iets van vroeger, al hoor ik het wel graag.'

'En waarom ook niet? U bent toch het neusje van de zalm?'

'Alleen op maandag tussen negen en halftien, hoor.'

'U bent me er eentje, Mr Kettle,' zei ze.

'De Dave Allen van Harcourt Street,' zei hij, terwijl hij de brede oude trap op liep.

'Heel fijn om u te zien,' zei ze lachend.

Toen hij via de vertrouwde gang de meldkamer bereikte was er niemand. Er lagen een heleboel spullen op de tafels uitgespreid, en als hij zich niet vergiste ontwaarde hij tussen de schijnbare puinhopen de verduvelde rapporten die hij had weten te mijden. Er waren ook foto's die hij min of meer herkende en die hem aan het denken zetten. Met plakband en plakgum bevestigd. Kiekjes en portretten van lang geleden, uit het buitenland dat de jaren zestig heette. Zelfs eentje van hem en Billy Drury. En wie waren die naarlingen van geestelijken? O, die kende hij. Zeker weten. Pater Byrne en pater Matthews. Uit de parochie Coolmine. Het Tolka-bekken en het pijnlijke verleden. Hij herkende ze zoals hij zijn eigen gezicht op de foto had herkend, jonger en smaller. Wat de ouderdom gezichten aandoet zou bij wet verboden moeten worden. Maar dit waren geposeerde foto's, waarschijnlijk uit het parochiejaarboek. Dit hebben we allemaal bereikt. Hij liep er ondanks zichzelf langzaam naartoe om ze beter te bekijken. Ja hoor, die hufter van een pater Joseph Byrne, en aangezien hij de man sindsdien niet had gezien, zweefde hij precies zo in zijn herinnering. Wel een erg zachtaardige blik van hem, deemoedig en neutraal. Zoals duizend andere gezichten, maar Tom wist het. Ergens was hij niet verbaasd het te zien, maar het stemde hem niet vrolijk. En die andere vent, die andere vent, o grote goden, die kende hij. De rosbiefkleurige huid, zijn vriendelijke voorkomen. De lieveling van elke huisvrouw. Zou ooit bisschop worden, alleen... In andere tijden was hij misschien evengoed bisschop geweest. Alleen was hij in deze tijd, of die tijd, de verloren tijd van de jaren zestig, vermoord. Hij was vermoord. In de jaren zestig. Vietnam was de oorlog van June. Welke oorlog voerden zij, deze priesters zonder geweten?

Hij dankte zijn intuïtie dat hij de avances van Wilson en O'Casey had afgeslagen. Maar dit was bijna erger. Hij kon stemmen horen aan het eind van de gang, waar het kleine kamertje was, waar ze hun thee of koffie zetten. Vergaten steevast hun kopjes af te wassen en weg te zetten. Misschien was er iets veranderd in de negen maanden sinds zijn vertrek, maar dat betwijfelde hij. Vroeger kregen ze daar memo's over op hun bureau. Was godv... je kopjes af! Fleming werd er hoorndol van. Een van zijn stokpaardjes. Irritaties die je helpen de dag door te komen, een leven door te komen. Hij kon ze horen, luid pratend en lachend, en hij meende ook een vrouwenstem te kunnen onderscheiden. Hij had gehoord dat zijn opvolger een vrouwelijke rechercheur was. Eerste in haar soort. Fijn voor haar. June zou een goede rechercheur geweest zijn, ze had hersenen als Sherlock Holmes. Ze doorzag dingen, het wangedrag van haar kinderen, van haar echtgenoot, doelloze, terloops opgevangen gesprekken, ze maakte aantekeningen zonder dat ze een opschrijfboekje nodig had. Hij was niet blij, hij was niet blij. Sterker nog, er slingerde paniek door hem heen, ergens in zijn buik, of dieper, alsof zijn lichaam werkelijk door de vloerplanken omlaagzakte tot in de geheime ruimtes van het bureau. Tot in de kelders, tot in de oeroude stadsbodem, waarin ongetwijfeld duivels in galmende grotten huisden. De duivels van het menselijk bedrijf. Hij was niet blij, hij was niet blij.

Nu stampten Fleming, Wilson, O'Casey en – inderdaad – een vrouwelijke rechercheur naar binnen, samengedromd in de deurlijst, en lachend, hun dampende kopjes dragend, in een ingewikkelde dans van 'Na u' en 'Ga nou maar'.

‘O jemig, je hebt het gered,’ zei Fleming. ‘Ik dacht haast dat je niet zou komen.’

‘Met plezier,’ zei Tom.

‘Bedankt voor je komst, Tom, bedankt. Jemig, nu kunnen we misschien vooruitgang boeken. Dit is rechercheur Scally, Tom, Maureen, stel je even voor.’

Ze greep zijn aangeboden hand stevig met beide handen vast. Fijn. Knappe meid, jaar of vijfendertig. Een carrière achter de rug en volop jaren voor de boeg. Hij vond haar leuk, haar eerlijke gezicht, en het blonde haar, hij kon niet anders dan dat leuk vinden. En verre van muisachtig, verre van.

‘Weet u,’ zei ze, ‘de chef praat echt voortdurend over u.’

‘Veel te veel,’ zei Wilson lachend.

‘Hoe gaat het met jullie tweeën?’ zei Tom tegen Wilson en O’Casey. Hij probeerde zich te herinneren of hij hun voornamen had opgevangen, maar hij geloofde van niet.

‘Extra goed door onze vakantie in Dalkey,’ zei Wilson. ‘Jezusmina, Maureen, die tosti’s waren om te smullen.’

‘Ja, dat zeg je steeds,’ zei ze.

‘Eerlijk gezegd vond ik het een leuke avond, echt waar,’ zei Tom. Hij probeerde het licht te houden om geen gêne te veroorzaken. Was iets leuk vinden gênant? Waarschijnlijk wel.

‘Dat zei ik je toch, O’Casey? En jij maar zeggen dat we hem tot waanzin hadden gedreven,’ zei Wilson theatraal.

‘Helemaal niet,’ zei Tom, en nu lachte O’Casey ook.

‘En het grote, woedende onweer, het leek wel een scène uit *Nosferatu*,’ zei Wilson.

‘Wie speelde er voor vampier?’ zei rechercheur Scally.

‘Die hing buiten aan de kasteelmuur of werd waarschijnlijk door Dalkey heen geblazen,' zei Wilson, uit angst dat Tom dacht dat ze speels naar hem verwees. Tom was bepaald geen Klaus Kinski, met zijn ronde, stevige gestalte.

'Oké, dames en heren, jongens en meisjes,' zei Fleming terwijl hij een stoel onder de tafel vandaan trok, 'we gaan aan de slag.'

O, maar opeens, of geleidelijk, of in een waas die langzaam opklaarde, of was het snel, was er geen stoel. Was er geen Fleming. Tom ontwaakte – nou ja, hij nam aan dat hij ontwaakte, maar was dit een normaal ontwaken? Laten we zeggen dat hij een activiteit verrichtte die op ontwaken leek. Op een van de bankjes in St Stephen's Green, op nog geen steenworp afstand van de bedrijvige tuinlieden. Hij zal even zijn gaan zitten en in slaap zijn gevallen. Geen van beide handelingen kon hij zich herinneren. Hij had het warm in zijn donkere pak, in de voorjaarszon, die hem vanaf Dalkey leek te zijn gevolgd, extra warm omdat hij nu beperkt was tot de grote kom van het park, van de stad zelf. Nu hij wakker werd, besefte hij natuurlijk hoe bizar zijn vervliegende droom was. Zijn oude bureau was een bescheiden gebouw in Harcourt Street. Geen statig landhuis. Het zou hem verbazen als de telefoniste bestond in de vorm waarin hij haar zich had voorgesteld. Een kleurig sjaaltje van Brown Thomas – nee, weinig kans op. Wat met de kracht van de werkelijkheid in zijn gedachten had gezweefd, was nu aan het wegvallen, werd vaag, schimmig. Het was altijd druk op het bureau, er zaten pakweg tweehonderd rechercheurs in het gebouw, en een peloton elkaar verdringende administratief medewerkers. De uitgestorven gang boven had hem moeten alarmeren, maar waarvoor? Er zou geen meldkamer zijn, alleen Fleming, en misschien Wilson en O'Casey, als opsporingsambtenaren. Hij was duidelijk gek aan het worden. Maar hij had ergens gelezen dat echte gekken nooit wisten dat ze gek waren. Hij wist dat hij gek was. Was dat bewijs van zijn geestelijke gezondheid?

Terwijl hij opstond, voelde hij zich beslist gestoord. Het voelde alsof hij de hele nacht had geslempt, en hij was van zijn leven nog nooit dronken geweest. Zijn benen trilden en zijn ogen deden zeer in de zon. Hoelang had hij daar gezeten, wellicht gesnurkt en gesnoven? De tuiniers zaten nu rustig in hun twee elektrische autootjes thee te drinken en te kletsen. Elfuurtje. Hij wilde op zijn horloge kijken, maar hij kon zijn bril niet zo gauw vinden. Het was altijd goed om structuur in de werkdag aan te brengen. Dat zei Fleming steevast tegen jonge rekruten. Neem pauze, jongens, die is er niet voor niets. Wat kon verhinderen dat deze kleine reeks gebeurtenissen net zo verliep als de vorige? Hij had geen idee. In een wanhopige poging de werkelijkheid van deze ogenblikken vast te stellen, sloeg hij zichzelf in zijn gezicht. Dat deed behoorlijk zeer. Erg zeer. Een paar voorbijlopende kinderen met rode blazers keken naar hem. Catholic University School. Oude mensen waren misschien onzichtbaar, maar krankzinnigen niet. Hij staarde ze met een glazige blik aan.

'Waarom zitten jullie niet op school, waarom zitten jullie niet op school?' Nu was de dorpsgek een schreeuwende dorpsgek. Jemig, wat was hij voor iemand? Walgelijk. Beetje de jeugd bang maken. Hij draaide zich om, alsof hij zichzelf min of meer afwees, en liep verder naar Harcourt Street, of hoopte dat hij dat deed.

8

‘Wat fideel dat je bij ons langskomt,’ zei Fleming, een variant op wat hij eerder in Toms droom had gezegd. Ze zaten op Flemings kantoor: hijzelf, Wilson en O’Casey. Wilson en O’Casey zwegen in alle toonaarden over hun langdurige bezoek tijdens het noodweer. Ze waren formeel, rustig, vriendelijk noch onvriendelijk.

‘We hebben het allemaal voor ons uitgespreid,’ zei Fleming, en hij wees op het stapeltje papieren en aantekeningen, de mappen die Tom in Dalkey hadden bedreigd. Het was een grauwe, kale kamer en Tom vond het heerlijk om er weer te zijn. ‘Heb je kans gezien de aantekeningen over de zaak te bekijken?’

‘Nee, nee,’ zei Tom schuldbewust, ‘helemaal niet.’

‘De jongens twijfelden erover. Maar natuurlijk weet je het meeste al. We proberen in te spelen op nieuwe info, maar het meeste spul is van lang geleden, in het handschrift van William Drury, God hebbe zijn ziel. Hij was een eersteklas dossierschrijver, jezusmina. Alleen O’Casey hier zou zich met hem kunnen meten. Dus deze twee jongens zijn de opsporingsambtenaren, zoals je inmiddels weet, maar... wat onderzoeken ze? Wat kunnen ze bereiken? We hebben een goede reden om dit uit te diepen, maar ik zal je niet voorliegen, Tom, de adjunct-commissaris is er niet happig op. Onze bezigheden baren hem grote zorgen. Goeie ouderwetse katholiek, en wij zijn zelf ook redelijk godvrezend. Zouden wij als jonge politiemannen, als je erover nadenkt, ooit 'boe' tegen een priester hebben gezegd? Nooit. Ja, ze waren de leiders van onze solidariteit. Ze waren onze leidsmannen. Ze troostten mannen als ze tijdens de uitvoering van hun functie gewond raakten. Als ze geschokt waren door de oneerlijkheid op de wereld.'

'Dat is echt waar, hoor,' zei Tom, terwijl hij Wilson en O'Casey aankeek.

'Ja, ja,' zei Fleming. 'Maar de priesters hebben dit over zichzelf afgeroepen. Ze hebben zich flink in de puree gewerkt. En nu moeten ze die vreten. Al die onthullingen, en de zaak-Smythe, enzovoorts. Je kunt het nu gewoon niet laten rusten. Maar evengoed is de adjunct-commissaris niet happig. Dus ik moet omzichtig te werk gaan. Daarom heb ik jou gevraagd. Jij was ter plaatse toen Byrne voor het eerst op de radar verscheen. Hoe ging dat? Hij woonde toch samen met ene pater Matthews, inmiddels overleden?'

'Byrne was kapelaan in Coolmine, waar Matthews de parochiepriester was. Hij was ouder, een jaar of vijfenveertig. Byrne was een jaar of dertig. Ze woonden allebei in de pastorie, met een huishoudster, haar naam ben ik kwijt, die zal in het dossier zitten. Byrne kwam ter sprake omdat er een tip was van Scotland Yard, dat dossier heb je vast gelezen, maar dit was iets heel aparts. Iets wat hij gedaan had, was hen op een of andere manier bijgebleven, had het niet te maken met foto's die in Engeland waren ontwikkeld, daar had die stomkop ze heen gestuurd, foto's van kleine jongetjes zonder een draad aan hun lijf, en Scotland Yard had contact opgenomen met de toenmalige hoofdcommissaris, hoe heette die ook weer, het staat ongetwijfeld allemaal in het dossier, Billy Drury was toch een kei in zulke dingen, je zult geen enkele moeite hebben om het te volgen, duidelijke verslagen van alles, als een moeder die een kind een verhaaltje vertelt voor het slapengaan. In elk geval waren we best jong, ongeveer net zo oud als jullie, jongens,' zei hij, en hij knikte naar Wilson en O'Casey, 'en jong genoeg om dit maar niks te vinden, en we stonden te trappelen om er wat aan te doen, en dat waren we van plan, en we wilden naar Coolmine gaan om Byrne aan de tand te voelen...'

'Alleen jullie tweeën?' zei Wilson.

'Ja, natuurlijk, Billy en ik wilden erheen om te kijken wat Byrne zou zeggen. Maar de hoofdcommissaris, die had... nou, die had met onze chef gesproken, je herinnert je de oude Garvey wel, daarom wisten wij ervan, en stonden we klaar om te reageren, maar toen leek hij zijn aanpak helemaal te wijzigen en gaf hij alles wat hij had, de foto's dus ook, bedoel ik, aan die lummel van een aartsbisschop, en zei: ach ja, u mag deze wel hebben, excellentie, en doe ermee wat u goeddunkt, hiermee eindigt onze betrokkenheid, tenzij u wilt dat het verder wordt uitgezocht. O, dank je wel, dank je wel, mijn zoon, natuurlijk zal ik het afhandelen, maak je niet ongerust.'

'En wat vonden jullie daarvan, jij en Drury?' zei Fleming.

'Je weet heus wel wat we vonden, Jack, we hebben het hier in de jaren zeventig over gehad, als ik me niet vergis.'

'Nee, dat klopt, dat klopt, dat weet ik nog. Maar wat vonden jullie er destijds van, bedoel ik, als je er nu op terugkijkt?'

'We waren godverdomme razend. We vonden dat die vent op zijn allerminst verhoord moest worden. Mijn eigen kinderen waren toen nog klein. Ik vond het allemaal waardeloos. Het feit dat een priester er plezier in had om zulke foto's te maken, en het feit dat de hoofdcommissaris er niets mee deed, behalve de foto's aan McQuaid geven.'

'Kijk eens aan, McQuaid, McQuaid,' zei O'Casey veelbetekenend, 'de koning van deze puinhoop.'

'Daar heb je gelijk in,' zei Tom. 'Ik heb de man nooit ontmoet. Maar die hufter heeft niets gedaan. Helemaal niets. De hoofdcommissaris. Ik betwijfel of hij er ooit nog aan heeft gedacht. We waren kwaad, maar wat waren wij nou helemaal, een stel jonge rechercheurs. Ik had mijn examen nog maar een maand eerder gehaald, June was dolblij. Een paar pond meer, snap je. June was mijn vrouw,' voegde hij eraan toe, ten behoeve van Wilson en O'Casey.

'Het zou verstandig van hem geweest zijn om de zaak uit te zoeken,' zei Fleming. 'Die Byrne heeft niet stilgezeten. Een zwembad achter zijn huis laten aanleggen. Dat trok kinderen aan, zoals jullie wel zullen snappen. Dus nu zijn Wilson en O'Casey jou en Drury. Hoe zouden ze het volgens jou moeten aanpakken?'

'Zelf bewijs verzamelen, en dat pas aan de grote bazen voorleggen als het allemaal is ingevuld. Met de getuigen of slachtoffers gaan praten, zoveel als je er kunt vinden, en alles opschrijven. Het zwart-op-wit vastleggen. Woordelijk, geluidsopnamen als je die kunt krijgen. Foto's, leeftijden, precieze details. God mag weten wat hij al die jaren geleden daar in het Tolka-bekken heeft uitgespookt. En ik zal jullie wat zeggen: Matthews was er ook eentje. Ik had over hem gehoord via iemand anders, eerlijk waar, pater Thaddeus Matthews. Dus ze deden het met z'n tweeën, misschien heeft Matthews Byrne op dit pad gezet, of hebben ze elkaar gevonden. Als je dit werk nu zonder inmenging kunt doen, zonder dat het allemaal weer wordt weggemoffeld, zal ik blij zijn dat te horen. En dan wens ik jullie het allerbeste. Dat meen ik.'

Toms stem was een beetje veranderd, er zat emotie in, die een kleine aanslag op zijn stembanden pleegde.

'Waar is Byrne tegenwoordig eigenlijk gevestigd? Vast niet in Coolmine. Die lui werden voortdurend overgeplaatst. Dan had je ouders die woedend de school of wat het ook was binnen kwamen lopen. Het ging om meer dan foto's. Ik heb het een beetje kunnen natrekken.'

'Heb je het nagetrokken?' zei Fleming.

'Jazeker. In mijn eigen tijd. En hij deed dingen met jongens in de biechtstoel. Niet te geloven, hè? In de godvergeten biechtstoel. Nee, hij was een rotte appel. En hij is nog steeds bezig, zeg je. Weet je hoelang dat is, bijna dertig jaar. Dertig jaar. Hoeveel kinderen zijn dat? Denk je dat dat goed voor ze is? Geloof me, geloof me, jongens, je kunt een kind niets aandoen wat zoveel kapotmaakt, niets.'

Er viel een stilte terwijl ze met zijn vieren in Flemings armzalige kantoortje zaten. Allemaal dachten ze er op hun eigen manier over na, nam Tom aan, maar alsof ze in een algehele mist zaten. Vervuilde mist.

'Het leek me belangrijk dat Wilson en O'Casey jouw mening hoorden. Volgens mij had ik daar gelijk in, Tom. Dank je wel.'

'Als de grote bazen het toelaten, kunnen jullie hem pakken,' zei Tom. 'En als je er één hebt vervolgd, ben je beter voorbereid op de volgende. Net als die kerels die op nazi's jagen. Reken maar.'

'Wiesenthal,' zei O'Casey, nogal trots op die kennis.

'Dus,' zei Fleming, 'die andere priester, Matthews, is dood. Wat weet je daar nog van?'

'Matthews?'

'Ja, Matthews.'

'Nou, daar heb ik sindsdien niet veel over gehoord, nee. Ik heb eigenlijk niets gehoord. Over geen van beiden.'

'We hebben zitten overwegen om die zaak te heropenen, moet je weten, Tommo,' zei Fleming. 'Het is een min of meer aanverwante kwestie. Een soort cold case. Er ligt kennelijk nog steeds heel wat bewijsmateriaal in zakjes en dozen in Store Street. Niet hoe het altijd gaat. Opnieuw Billy Drury, nauwgezet en grondig. Wat een verlies was dat. Tegenwoordig zouden we DNA kunnen vinden, misschien is het niet te laat. Er zitten bloedvlekken en zo op, is mij verteld. Dat biedt misschien wat hoop. Maar ik vroeg er alleen naar omdat ik zie dat jij de opsporingsambtenaar was bij die zaak, toen hij werd gevonden. In de Dublin Mountains was dat toch? Maar ik zie dat het je is ontschoten, en dat kan ik je niet kwalijk nemen, het is zo lang geleden.'

Tom keek omhoog naar Fleming en voelde dat zijn gezicht zich als een zeeschepsel opende en sloot. Het was een heel raar gevoel.

'Was ik de opsporingsambtenaar?'

'Ja, samen met Billy Drury, volgens de rapporten die we hier hebben liggen. Daarom wilde ik dat je ze las, niet alleen vanwege Byrne.'

De pijn van de inspanning om zich dat te herinneren wond zich rond zijn keel, of dat moest het zijn, dacht Tom, want hij kon niet echt vrij ademen. De schok om iets te horen te krijgen wat hij vergeten was, maar meteen weer wist zodra het werd verteld. Het was een heel uitzonderlijke uittredingservaring.

'Dat was ik vergeten. Zoveel jaar geleden, dat was ik vergeten. Ik geloof echt dat...' En nu voelde Tom zich werkelijk flauw en hij keek om zich heen, op zoek naar water. Het kantoor bevatte slechts twee archiefkasten en het bureau en de stoelen en de mannen, dus hij wist niet waarom hij die moeite nam. Er was geen water in de kamer, alleen het spul dat langs zijn rug omlaaggutste. Hij voelde zich werkelijk beroerd. Hij voelde zich ellendig. Ambulance? Dokter? Er zat een hoofd medische dienst in dit gebouw. Wat was er mis met zijn hoofd? Was hij altijd zo geweest? Hij had zich na Junes dood nooit echt goed gevoeld, maar ze was twintig jaar na deze vergeten kwestie gestorven. En daarna Winnie, o Winnie, en als genadeslag Joe. Maar nee, hij herinnerde het zich weer. Natuurlijk had hij dat onderzocht. Het was een moord in de bergen, op de weg naar Lugnaquilla, het lijk, met meerdere verwondingen, was in een ravijn gegooid, maar er waren ook veel sporen van andere verwondingen, diepe diepe steekwonden, die niet van stenen konden zijn, zoals de lijkschouwer duidelijk had gemaakt, en dat had hij onderzocht, ja, natuurlijk, o June, June, vergeef me, vergeef me, daarvoor, daarvoor, en voor alles wat daarop volgde.

'We gaan sowieso alles doorlezen,' zei Fleming. Wilson en O'Casey bleven hardnekkig zwijgen. Nu monniken in een besloten orde. 'Ik moet een paar dingen bij elkaar zoeken. Ik had ze gezegd om een monster bij jou af te nemen, Tom, en Wilson had het je laatst moeten vragen, maar dat geeft niet, en ze wilden je de volgende ochtend niet wakker maken, ze moesten heel vroeg weg, en daarom hebben ze je tandenborstel meegenomen, ik hoop echt dat dat in orde was.'

Tom knipperde nu als een oude uil aan de uiterste rand van zijn leven.

'Ben je niet pissig op mij?' zei Fleming, zijn woorden besmet door vriendschap.

'Nee, helemaal niet. Ik heb een nieuwe gekocht. Een roze.'

'Roze?' zei Wilson. 'Chic.'

'Ze hadden geen andere.'

'Dit was ontzettend behulpzaam,' zei Fleming, die nu opstond, als een zwevende man. Door de schaduw zag je zijn schoenen niet.

Tom zei de twee jonge rechercheurs gedag. Een

vreemd idee dat hij nog maar een paar dagen geleden had gedacht dat ze misschien mormonen waren, omlijst door de stralende rododendron. Hij had een soort nostalgie naar zijn onschuldiger zelf. Dat doelloos zulke gedachten had. Fleming liep met hem mee door de mensenmenigten, er waren onderweg velen die hem gekend hadden. Hé, hoe gaat het, Tom, je ziet er goed uit, alles kits? Buiten het sombere gebouw gaf Fleming zijn voormalige collega een hand.

'We houden contact,' zei Fleming. 'Ik bel je wel.'

'Zeg het maar als ik ergens mee kan helpen.'

'Zal ik doen.'

Hij stond op het punt weg te lopen, toen hem een gedachte inviel, twee gedachten.

'Wie is Bríd, Jack? Je noemde haar laatst. Ik heb mijn hersenen zitten pijnigen.'

'O, mijn trouwe labrador!' zei Fleming. 'Misschien heb je haar nooit ontmoet?'

'Goed. Oké.' En hij lachte. 'En zeg eens,' zei Tom luchtig, 'hebben jullie een rechercheur die Scally heet?'

'Doodgeschoten in Clondalkin. Eerder dit jaar. Heb je haar gekend, Tom?'

'Ik zou het je werkelijk niet kunnen zeggen,' zei Tom, met een raadselachtige portie rouw. 'De ouderdom, de ouderdom.'

Ze stonden daar een paar tellen. Er was enige gêne. O, maar, ze kwamen in beweging, ze verzamelden hun krachten opnieuw. En toen lachten ze weer als de oude vrienden die ze waren. Door menige braamstruik, door menige modderpoel heen.

Toen hij terug was in het kasteel sprak hij de zwetende hachee ernstig toe. Hitte bracht hem weer tot leven, hij opende een blik erwtenpuree en voilà, daar was zijn avondmaal. Hij bewoog zich door de aanbouw alsof hij er niet was. Zijn gedachten waren elders, minuut na minuut, maar de vertrouwde bezigheden en de vampierhachee die verrees uit zijn duisternis kalmeerden hem, en de rieten stoel lonkte met iets van zijn voormalige krachten. Hij had geen aandrang of behoefte om een lamp aan te doen, hij vond het wel best om een nauwelijks waarneembare schim te zijn. Bovendien was er toch niemand om hem waar te nemen. Hij was ontlutst over zijn bezoek aan het bureau, maar tegelijkertijd wist hij dat er diep in hem een trots school, een trots op iets wat hij lang geleden louter als verschrikkelijk en chaotisch had ervaren. Nu voelde het als iets episch wat met een tatoeëernaald op zijn hart was gekrast. Zoals die stroken onbegrijpelijk Tibetaans schrift op een vlag. Hij kon de woorden en symbolen niet lezen, maar voor zijn gevoel spraken ze over zaken die rechtvaardig en alomvattend en juist waren. Willekeurige stenen die de hemelse steenhouwer aan elkaar had gelegd, naad tegen naad, zodat er geen licht scheen door de ingewikkelde lijnen waar ze elkaar raakten. Een Inca-muur.

Hij was zo eigenaardig opgewonden dat hij zijn hachee zo snel mogelijk wegwerkte, enkel ten behoeve van zijn lichaam en het voortgezette leven. Toen liep hij naar het raam, bleef daar stilstaan en keek omlaag de tuin in. De beschuttende haag verschoof in de bries, zo dierlijk dat je zou verwachten hem te horen snuiven en hinniken, het donkerder groen van de taxusbomen, of waren het nu gewoon leylandcipressen, die sterk contrasteerden met het lentegras. Hij stelde zich voor dat zijn nieuwe vriend Mr Tomelty in de weer was geweest met zijn grasmaaier, een machine met een zekere grandeur die het gras de ene en de andere kant op kamde terwijl hij heen en weer liep. Het licht uit de andere appartementen lag als moderne schilderijen uitgespreid op het gazon. Het gras de ene kant, de andere kant op geduwd, met precisie, deskundig. Het was een aandenken aan het uur dat Mr Tomelty daar had doorgebracht terwijl Tom elders was.

Het was pas een uur of zes, maar tot zijn verbazing zag hij het jongetje door die verschillende lichtvlekken heen rennen. Er was een ouder of in elk geval langer meisje bij hem, dus die was zeker op hem aan het passen. Dat zou de onzichtbare zus zijn. Ze lachten en kletsten, riepen iets van hoe-hoe en schreeuwden zelfs, en liepen langs de granieten trap omlaag naar de oude zeewering en door de gewelfde poort die daar stond de betonnen aanlegsteiger op. Die was breed en donker, en de rioolpijp stak uit de rand alsof hij zijn nageslacht was, zelf in beton vervat tegen het onweer. Nu zwaaide het meisje met haar armen en de jongen begon dat ook te doen, en ze zwaaiden en dansten op de steiger rond alsof hun leven ervan afhing. Het meisje leek de jongen toen te positioneren, hem stil te zetten, zo dicht bij de zee als ze hem kon krijgen, met het water waarschijnlijk een meter onder hen. Daarna zwaaide ze haar arm in een krachtige boog, zodat die de jongen op de borst raakte en hij de zee in vloog. Toms hele lichaam verstijfde. Hij geloofde zijn ogen niet. Hij riep tegen niemand in het bijzonder, en draaide zich om en racete door zijn appartement heen, rukte de voordeur met grote kracht open, en rende rond de omtrek van het kasteel, langs Mr Tomelty's mooie auto en de metalen vuilnisbakken, en stak het spookachtige gazon over, langs het heggencarré, en liep de trap met twee treden tegelijk af, met een behendige beweging waar hij zich jarenlang niet aan had gewaagd. Hij merkte dat hij zo rap als een pony was. Hij bereikte de gewelfde poort en bleef stilstaan. Hij was ten volle bereid in het water te springen. Moest hij zijn schoenen uitdoen, vroeg hij zich af, zo snel als hij kon, voor het geval de stroom hem samen met de jongen zou meesleuren naar de bodem van de zee? Maar er was niemand.

Hij rende naar de rand van de aanlegsteiger en tuurde in het water. Niets. Ondanks de duisternis kon hij door het water heen zien tot het halfduistere zeewier en de rotsen daaronder. Vanaf de steiger tot aan het eiland aan de verre overkant van de bewegende plaat van het kanaal danste een armzalige straling op een miljoen kleine golfjes. Er klonk zacht geklaag van de wind en ergens langs de kust rinkelde metaal op metaal, maar verder was het onwezenlijk en stil. De meeuwen en de aalscholvers hielden 's nachts hun snavel. Hij had geen jas aan en de lucht voelde koud op zijn schedel en verkilde zijn borst. Hij tuurde het kanaal nogmaals af, hij zou het lijk van de jongen toch zeker zien drijven, en hoewel er honderd lijken dreven, waren dat slechts de kuiltjes en holtes van donkerder water. Was hij dat daar? Moest hij zich erin werpen? De stroom kan dodelijk zijn. Op dat moment voelde hij een bespottelijke verantwoordelijkheid voor dit kind, dat hij nooit had ontmoet. Beelden uit Stevenson passeerden vrij door zijn gedachten, van Long John Silver, galjoenen en goud, en de blinde Pew, die in net zo'n dorp als Dalkey verscheen met de zwarte vlek in zijn broekzak om aan Billy Bones te geven. En zijn zoon Joseph als jongetje, dat hij een grotere schat vond dan al het begraven goud. Die vroeger zelfs in een kamer stond alsof hij ging vliegen, een jochie van zes met armen gereed om hem voort te stuwen, hoewel hij in werkelijkheid helemaal stilstond. Een houding van permanente paraatheid. Het laatste boek dat hij aan Winnie had voorgelezen was *Schateiland*, dat was het toch, en ze waren gestopt in het hoofdstuk waarin het verhaal overgaat van Jim op de dokter, en hij noch Winnie verdroeg die verandering, en daarom was hij gestopt en had hij het boek dichtgeklapt. En dat viel toevallig samen met dat ze te oud werd voor een verhaaltje voor het slapengaan – de verandering van één avond leek het wel –, dus het boek was nooit uitgelezen, en verstofte een paar jaar op haar nachtkastje en verdween toen, geen idee waarheen. Nu voerde de spookachtige wind nieuwe spookachtige klanken aan en begon hij het wateroppervlak te geselen, zwiep, zwiep, een rodeo van miniatuurhengsten. Hij rende verwoed terug naar de voorzijde van het kasteel en liep door de voordeur naar binnen, en in plaats van links af te slaan naar de familie Tomelty, nam hij de trap waarlangs hij de onbekende oudere heer had zien afdalen, met twee treden tegelijk.

9

Hij zou hebben moeten raden welke deur het was, maar Mr Tomelty had er op behulpzame wijze TORENTJE aan bevestigd, met van die metalen letters uit de winkel. Hij besefte maar al te goed dat hij droop van het zweet door het hardlopen, en dat hij hijgde als een afgeroste hond, maar hij klopte op de deur, en probeerde daarbij wat hij beschouwde als zijn 'politieklop' te temperen. Met verrassende promptheid werd de deur opengedaan en er verscheen een onwaarschijnlijk jong uitziende vrouw. Als ze de moeder van twee kinderen was, dan was dat een overwinning op de natuur, want ze was zo dun als een rietje en zo meisjesachtig dat hij dacht dat ze misschien de kinderoppas was. Werk dat ze gezien de omstandigheden niet erg goed deed. Achter haar ontwaarde hij een van de ramen die uitzicht boden op de gevel van het kasteel. Hij had de onnutte gedachte dat het fijn zou zijn om op deze grotere hoogte te wonen, in elk geval met beter uitzicht op de Muglins.

'Het spijt me heel erg dat ik stoor,' zei hij. 'Mijn naam is Thomas Kettle, ik woon in het appartement in de aanbouw.'

'O,' zei ze, 'u bent de politieman.'

'Gepensioneerd,' zei hij. 'Hoor eens, ik keek uit mijn raam en ik zag twee kinderen... Ben jij de moeder van, van... Ik bedoel, de facto...?' vroeg hij snel, wat een officiële term, voor het geval hij op het punt stond de kinderoppas een trauma aan te doen.

‘Ja, dat klopt,’ zei ze. ‘Dat ben ik.’

‘Ik zag, ik meende te zien dat je zoontje het water in werd geduwd, en ik ben naar beneden gegaan om te kijken of het goed met hem ging, maar hij is nergens te bekennen.’

‘O,’ zei ze, ‘dat lijkt me niet. Ik heb hem net in bed gelegd. Jesse? Ja, die heb ik daarnet in bed gelegd. Ik kan eventueel even gaan kijken,’ zei ze nogal vaag.

‘Zou je dat willen doen? Mijn excuses voor...’ En hij wees op de wanorde waarin hij verkeerde. Ze lachte luchtig.

‘Momentje,’ zei ze, en liep terug de kamer in. De ingang bevond zich in een soort knik in het gebouw, dus hij kon niet erg ver naar binnen kijken. Hij bleef staan waar hij stond. In de nieuwe stilte hoorde hij de klanken van zijn buurmans cello door de victoriaanse muren heen lekken. Hij dacht niet dat het Bach was, hij wist niet wat wel. Toen verschenen haar knappe gezicht, en het donkere zwarte haar dat het omlijstte, en haar keurige blouse weer in zijn blikveld.

‘Nee,’ zei ze. ‘Alles in orde, hij slaapt al. Zodra hij op dat luchtbed neerploft, boem.’

‘En je dochtertje?’

‘Het zullen kinderen uit de tuin hiernaast zijn geweest,’ zei ze knikkend met haar hoofd, of was het schuddend?

‘Kan het je dochtertje niet zijn geweest?’

‘Mijn dochtertje is dood,’ zei ze blijmoedig.

‘O,’ zei hij. Maar Mrs Tomelty had gezegd... ‘O,’ zei hij, ‘neem me niet kwalijk. Lieve Jezus, Maria en Jozef. Vergeef me, Mrs, Mrs...’

‘Ik gebruik nu weer mijn meisjesnaam,’ zei ze. ‘McNulty. Ik weet niet goed of ik nou een Mrs of een Miss ben.’

‘Is je...’ Dit lag heel gevoelig, dacht hij. Hij wilde

'man' zeggen. Maar dit was de moderne tijd en misschien was dat niet echt gepast. Partner? Hij begon tegen haar te praten als een rechercheur. Hij wás een rechercheur. Gepensioneerd.

'Komt u even binnen, Mr Kettle?'

'Binnenkomen? Ik?'

'Ja,' zei ze, en ze lachte weer. 'Mr Tomelty heeft me verteld wie u was. Ik moet u spreken. Echt waar.'

'O, dat kan. Geen punt,' zei hij. 'Lieve hemel.'

En dus volgde hij haar naar binnen. Nu verbreedde de kamer zich en daar waren de twee ramen met uitzicht op zee, zoals hij min of meer had verwacht. Hij maakte niet echt deel uit van het torentje, oordeelde hij, als hij zich niet vergiste begon dat aan het eind van de kamer. Deze kamer hoorde bij het centrale kasteel, boven de familie Tomelty hieronder.

'Gaat u zitten. Gaat u daar maar zitten,' zei ze en ze wees op een mollige leunstoel met kussens. Op een bijzettafeltje ernaast lag een pijp met een zak tabak. Hij geloofde niet dat die van haar was.

'De heer die hier woont,' zei hij – misschien was dat de beste aanpak –, 'die is niet aanwezig?'

'Wie bedoelt u? O, mijn vader?'

'O, dat is je vader,' zei hij, als een oplosser van raadselen.

'Heeft Mr Tomelty u dat niet verteld?'

'Hij leek het niet te weten, nou ja, hij... Sorry, dat is een oude gewoonte van me, te veel vragen stellen.'

'O, jeetje, nou, misschien heb ik het hem niet verteld! Jemig, hij zal wel... Wat stom van me. Nee, papa is de stad in. Maar dat is nou net waarom ik u moet spreken.'

'Hoe dat zo?'

'Omdat u vragen stelt. Omdat u een politieman bent.'

Ze was een levendig, mooi soort vrouw en leek geen verborgen agenda te hebben. Niet achterbaks. Ze presenteerde zich als een open boek, en hij was haar nauwgezet aan het lezen. Haar manier van spreken was open en zonder opsmuk. Bespeurde hij daar zwakke sporen van een accent uit Sligo? Nu hij haar in het betere licht van het peertje aan het plafond bekeek, moest ze een jaar of dertig, vijfendertig zijn. Had wel wat weg van de dame op de bankbiljetten. *My Dark Rosaleen, do not sigh, do not weep!* Hij vroeg zich af of ze behoorlijk kon acteren. Als je er zo uitzag, hoefde dat misschien niet.

'Bent u actrice?' zei hij.

'Actéúr,' zei ze, zonder een spoortje vijandigheid. Hij snapte niet onmiddellijk wat ze bedoelde, maar wist dat hij zachtjes terecht werd gewezen. Zachtjes verbeterd. Ze deed hem denken aan Winnie en haar voornemen om hem te moderniseren. Hij vond haar echt aardig, deze Mrs of Miss McNulty. Wie zou haar kunnen weerstaan? Hij was opeens blij in de kamer te zijn, ondanks het vreselijke nieuws over haar dochter. Hij voelde zich vreemd genoeg thuis, alsof híj de vader was, zojuist teruggekeerd uit de stad, na hij-wist-niet-welke boodschap.

Hij was content genoeg met de situatie om zwijgend te wachten terwijl zij bij het kleine keukenblok koffiezette. Ze stond vlak voor hem, maar deed alsof ze zich in een andere kamer bevond. Hij had veel liever thee gehad, maar die had ze hem niet aangeboden. Ze maakte er veel werk van, met een hoge aluminium pot met meerdere trappen – dit losschroeven, dat aanschroeven, koffie erin scheppen –, en het duurde wel even. Intussen werd de nacht ouder in de raamlijsten, zoals gebruikelijk. Of werd de dag ouder. Nee, de dag was dood. Dingen waren dood. Haar kleine meid. Zijn kleine meid. Dingen waren dood. De eenzame cellist ernaast was in de verte nog steeds aan het zagen. Hoe heette hij? Delany? Nee. Je zou denken dat een politieman dat zou onthouden. Hij had hem maar een- of tweemaal gesproken, en hij had heel graag willen achterhalen welk merk geweer de cellist gebruikte. Het enige waar hij tijdens zijn korte legertijd goed in was geweest, was scherpschieten. Hij had gewoon een scherpe blik, dus anders dan veel dienstdoende militairen had hij een behoorlijk aantal vijanden gedood. Hij wou dat het niet zo was. Nu zat hij met vragen over de levens die hij had afgekapt. Vooral dorpelingen onder de Maleisische opstandelingen. Na een jaar daarvan hadden ze hem eervol ontslag verleend. Hij begon aan slapeloosheid te lijden, en wanneer hij sliep kreeg hij nachtmerries. De legerarts had het een 'ernstige stressreactie' genoemd. Artsen moesten zelfs doodsangst een naam geven, nam hij aan. Het effect van Maleisië was als een reeks naschokken in zijn lichaam geweest, en bij thuiskomst was hij een wrak. Zodra hij voet op Ierse bodem zette, begonnen zijn symptomen echter langzaam weg te ebben, goddank, geweldig, en toen kwam hij op het idee om het bij de politie te proberen. Hij wist niet of ze hem zouden aannemen, vanwege zijn armoeiige achtergrond. Wezen stonden in laag aanzien. Niet dat hij een wees was, maar hij was van hetzelfde laken een pak. Toch namen ze hem aan. Ze stelden zijn vaardigheid met het geweer op prijs en de rekruteur had het leger hoog zitten. Gelukje voor Tom. Hij moest erop letten dat zijn gedachten nu niet afdwaalden, hij ontspande zich te veel. Op een andere tafel lagen wat Afrikaanse snuisterijen – nu dwaalden zijn gedachten af naar Afrika – zoals militairen die vroeger mee naar huis namen voor hun vrouw en kinderen. Congo. Ivoren olifanten en allerlei kleine goden. Misschien was de vader een oude Afrikaganger. Hij kon het gevoel niet van zich afschudden dat hij hier eerder was geweest, in deze kamer. Maar toen werden de lege ruiten zwart geschilderd door de nacht, die zo vertrouwd was, en boden de celloklanken, de zee en de zeewind hun eigen melancholieke muziek aan.

'We boffen maar dat we hier wonen,' zei ze, alsof ze zijn gedachten las, en alsof zij en hij 'we' waren. Ze gaf hem zijn kop ongewenste koffie. Zijn geharde oude 'asbesthanden', zoals Winnie die noemde, stoorden zich niet erg aan de hitte.

'Mijn verhaal is een erg moeilijk verhaal,' zei ze, 'en ik geloof niet dat ik het iemand zou kunnen vertellen, behalve iemand als u. Ik heb het Mr Tomelty niet verteld. Ik ben hier met de kerst gekomen. Mijn vader zat nog in Afrika, en hij kon zich niet meteen bij me voegen. Ik was...'

Ondanks de bewonderenswaardige kalmte in haar stem viel ze opeens stil, omdat ze door tranen werd belaagd. Minutenlang huilde ze tegenover hem, zonder te bewegen, alsof een ongeziene aanwezigheid haar dat had opgedragen. Toen ze weer sprak, verontschuldigde ze zich niet, zoals veel mensen deden, voor de tranen, wat Tom bewonderde. 'Ik was op de vlucht, op de vlucht met Jesse, probeerde als de sodemieter weg te komen uit Londen. Ik kan het u niet zeggen,' zei ze, maar vervolgens zei ze het toch. 'Mijn man...'

Tom wist wanneer hij geen vraag moest stellen. Hij zat daar gewoon bij haar, zoals je dat bij een nerveus paard zou doen om het gerust te stellen. Ongehaast wachten. Terwijl de tijd stilstond. Er waren veel gruwelverhalen op de wereld, en de meeste daarvan had hij gehoord. Dat was zijn vak, gruwelverhalen. Een onmogelijk vak. Melkboeren hoefden alleen maar over hun kar en de veiligheid van de flessen na te denken. Zelfs een arts, zolang die geen politiearts was, was relatief afgeschermd van dit rijk van lijden. Mensen verduurden gruwelijkheden en konden er dan niet over praten. De echte verhalen van de wereld waren in zwijgen ingebed. De cement was het zwijgen en de muren waren soms onneembaar. Maar deze jonge vrouw sprak vrijuit, wat op zich ongewoon was. Volgens hem had ze geen souffleur nodig. Ze kende haar tekst.

'Mag ik eerlijk tegen u zijn?' zei ze, opnieuw alsof ze toegang had tot zijn gedachten. 'Ik moet dingen zeggen die niet in een rechtszaal zijn bewezen. Ik bedoel, dingen die zijn ontkend en...'

Ze raapte haar moed bij elkaar.

'Ik weet niet of u ooit de hoeder bent geweest van een verhaal dat niemand anders geloofde?'

'Zeker wel,' zei hij.

'Echt waar?'

'Ja,' zei hij.

'Dan kan ik het u vertellen.' Ze legde haar handen met de palmen naar beneden op haar dijen en tikte met haar schoenhakken even op de vloer. Het waren mooie, lakleren pumps, waarvan zelfs hij wist dat ze de nieuwste mode waren. Al het andere in het appartement, zo viel hem op, hoorde eerder in de jaren zestig dan de jaren negentig thuis, waarschijnlijk omdat het allemaal spullen van haar vader waren. Zelfs de borden in het keukentje hadden een oud zwart-witmotief dat hij herkende uit de begintijd van hemzelf en June. Het leek wel een filmset die voor het verkeerde decennium was aangekleed. Daarom was het op een vreemde manier aangenaam.

'O jee,' zei ze. 'Het is heel moeilijk om dit zomaar te zeggen. Ik heb het mijn vader niet eens verteld. En ik ken u nog maar net. Dus waarom vertel ik het aan u? Ik zweer u, ik heb het gevoel dat ik u ken, Mr Kettle. Maar we hebben elkaar toch niet eerder ontmoet?'

'Ik geloof dat ik je tot nu toe zelfs nog nooit had gezien. Ik heb je zoontje in de tuin zien spelen. Met zijn wandelstok.'

'Die rottige wandelstok,' zei ze. 'Wat een flutding. Hij had de achterkant van een cornflakesverpakking opgestuurd, de prijs was een boxcamera, maar in plaats daarvan kwam die wandelstok, een goedkoop plastic ding dat maar een cent of zoiets waard is.'

Tom lachte meelevend.

'De moderne wereld,' zei ze. 'Goed. Ik spreek u nu omdat ik echt uw advies nodig heb. Ik heb dringend advies nodig. Ik ben werkelijk doodsbang dat mijn man hier opduikt, en ik moet weten wat ik moet doen. Mijn vader zegt dat hij hem doodschiet als hij zich hier vertoont, en mijn vader is een oud-militair, dus misschien is hij daartoe in staat. Maar.'

'Weet hij waar je zit?' zei Tom, die notitie nam van 'oud-militair'. Iers, Brits? vroeg hij zich af.

'Volgens mij niet,' zei ze, waarbij knagende twijfel in de woorden doorklonk.

Toen vertelde ze hem wat er met haar dochter was gebeurd. Al luisterend probeerde Tom de informatie op een professionele manier in punten onder te verdelen. Maar het verhaal klonk schokkend vertrouwd, niet een vertrouwdheid die hij verwelkomde. Eerst had ze lichamelijke problemen bij haar dochter opgemerkt. Ze was met haar naar de dokter in Londen gegaan omdat er bloed in haar endeldarm zat. Het kind was een meisje van nog maar zes, en ze had geen idee wat er mis kon zijn. Het enige wat ze kon verzinnen was dikkedarmontsteking, zoiets. De dokter was in de vijftig en niet erg ongerust en het bloeden stopte dan ook een hele poos. Maar nadat ze weg was geweest naar Ierland, voor een klus van een paar weken in Cork, merkte ze bij thuiskomst het bloeden weer op. Ze had niet het flauwste idee wat de oorzaak was, en de dokter volgens haar evenmin, maar hij wilde het kind wel doorverwijzen naar de kinderbescherming. Zelfs toen snapte ze het niet. Haar man verklaarde dat hij volledig in het duister tastte. Hij had op de kinderen gepast terwijl zij weg was en ze had niets dan de grootste bewondering voor hem, en God wist dat twee kinderen net een dubbele tornado waren. Maar de arts trok de overduidelijke conclusie – die zij helemaal niet overduidelijk had gevonden –, en toen werd haar kleine meisje, voordat er ook maar iets was gedaan, steeds zieker en stierf ze onder haar ogen, ze stierf, en er was iets in haar gescheurd wat niet verholpen kon worden, en ze stierf. Ze ging gewoon dood. En in het autopsierapport stond dat ze was misbruikt, zo heette dat toch, hoogstwaarschijnlijk met een groot hard voorwerp, haar eigen meisje, en de sociaal werker of wat ze ook was verhoorde haar man en die ontkende alles, en waarom geloofden ze hem in godsnaam zomaar, dat wilde ze weten, en ze was echt doodsbang, doodsbang, Mr Kettle, en ze geloofde hem niet en ging er gewoon vandoor, pakte diep in de nacht een koffer en sloop weg met Jesse, huilend als een hyena, zei ze, in de donkere taxi, en die arme Jesse sliep al, die zou op een wild paard nog kunnen slapen, en het advies dat ik nodig heb, dat ik nodig heb, Mr Kettle, is: hoe bescherm ik hem tegen mijn man?

Deze jonge vrouw bracht herinneringen in beroering die zo diep waren gezonken dat hij niet wist of ze van hem of June waren. Ze waren als een waterval in zijn achterhoofd, die glinsterend vanaf grote hoogte neerkletterde. Aan baby's die op hun po waren vastgesnoerd, de hele dag lang, van wie sommige omkieperden, in dat eigenaardige zwijgen dat alle arme baby's beving, en met etenstijd maakten de oudere kinderen hen los, en legden hen in hun bedjes, iets wat hij zich herinnerde, of was het iets wat June hem had verteld, want hij kon het zich niet herinneren, wat hij zich wel herinnerde, of misschien ook niet, waren de endeldarmpjes die uit de baby's hingen, rode endeldarmpjes die uit de baby's hingen. Maar. Hij was een oude, zieke man. Maar nu moest hij flink zijn.

'Heeft hij je bedreigd?' zei Tom.

'Ik vroeg hem om me de waarheid te zeggen, en ik weet niet wat de waarheid is, weet u, misschien is hij zelfs onschuldig op een manier die ik me niet kan voorstellen, maar volgens mij is hij dat niet, dat is mijn gevoel, maar waarom heeft de kinderbescherming ons niet beschermd, mijn kleine meisje beschermd, dat dood is. Weet u hoe absoluut dood zijn is? Is dat een krankzinnige vraag? Ik ben een kind kwijt, ze is onmiskenbaar dood, ik ben er kapot van, ik zal nooit meer de oude zijn, maar Jesse zal ik beschermen, dat wil ik het allerliefst, alles kan in één seconde worden weggenomen, ik snap maar niet waarom hij niet op zijn minst door de politie is verhoord. Wat moet ik doen, Mr Kettle? Het spijt me ontzettend dat ik u hiermee lastigval, arme buurman, en u hebt uw koffie nog niet eens aangeroerd. Ach, het is allemaal zo vreselijk. Op de begraafplaats zei hij dat als ik hem ooit nog in de problemen bracht, hij me koud zou maken. Op de begraafplaats. Terwijl we haar begroeven.'

'Soms komt de politie traag in actie. Het is gewoon... Ik heb het duizend keer meegemaakt. Tegenwoordig gaat het beter, maar niet vlekkeloos. We hebben altijd het probleem, als je man, stel dat hij hierheen komt, zolang hij de wet niet overtreedt, zolang er geen wet is overtreden, dan valt daar niets tegen te doen.'

'Dus als hij me vermoordt, kan de politie iets doen?'

'Denk je dat hij je wil vermoorden?'

'Nou, hij zal niet blij zijn dat ik 's nachts ben weggeslopen, dat kan ik u zeggen. En hij zal niet blij zijn dat ik u dit allemaal zit te vertellen. Hij zal heel, heel erg kwaad zijn en ik ben doodsbang.'

'Maar dat komt hij nooit te weten,' zei Tom. 'Hoor eens, je kunt naar het politiebureau in Dalkey gaan om te zien of je een straatverbod kunt afdwingen. Je advocaat zal je daar allemaal doorheen loodsen. Intussen zit ik in mijn appartement in de aanbouw, en ik zie mensen de deur in en uit lopen, en ik zal een oogje in het zeil houden. En als je ergens van hoort, dan meld je dat aan mij. En je vader? Gaat hij je helpen?'

'Hij is niet erg daadkrachtig, maar ik neem aan dat hij het zal proberen.'

'Het zal je misschien geruststellen om te weten dat ik vuurwapenspecialist in het leger ben geweest en nog twee wapens in mijn appartement heb liggen. Ze zijn dertig jaar oud, maar ik zet ze regelmatig in de olie. Daarmee kun je iemand op een mijl afstand doodschieten. Nou ja, toen mijn ogen nog beter waren.'

Ze lachte. Het was gewoon geïmproviseerd lachen, zonder betekenis. Waarom heb ik het over doodschieten? dacht hij. Genoeg doodgeschoten.

'Sorry dat ik u hiermee opzadel,' zei ze. 'Toen Mr Tomelty zei dat u een politieman was, ik weet het niet... Nood breekt wet. Fijn dat u me wilde aanhoren.'

'Weet je, als je beroemd bent, kan dat in sommige opzichten helpen,' zei hij, bang dat zij het gevoel had dat hij haar in de steek liet.

'Ik weet niet of acteren in een paar kleine films en wat oude stukken in het Abbey Theatre zoveel voorstelt. Misschien.'

Terwijl ze sprak, zag hij het jongetje staan in de donkere deuropening die naar het eigenlijke torentje leidde. Hij droeg een miniatuurversie van zijn eigen pyjama, de traditionele met blauwe strepen. Hij glimlachte en hief slaperig een arm op, alsof hij hem groette. Of hij groette hem echt.

10

Hij moest even behoorlijk slapen.

Hij had niet gegeten en hij had geen honger, maar hij schatte dat hij net als een oude beer in winterslaap wel een nachtje op zijn vet kon teren. Hij verlangde naar de slaap, hij verlangde naar... wat, kalmte? Maar er was nu geen kalmte, en misschien wel terecht. De negen maanden in zijn eentje waren als een zwangerschap geweest, hadden nieuwe gedachten gebaard en nieuw licht geworpen op oude gedachten, en deze keer zou de keer zijn dat hij die gedachten grootbracht. Hun billen afveegde, pleisters op hun schaafwonden plakte en ze naar school stuurde. Hij had het gevoel dat er een grote afrekening ophanden was, maar hij wist niet precies wat die behelsde. Wat voor gezicht die zou hebben, of in welke koets hij de laan op zou rijden. Overal was nood en moeizaamheid, en die joegen hem zeker doodsangst aan, maar nood en vrees leiden tot een beproeving. Hij vroeg zich af of hij die kon doorstaan.

Ze hadden zijn tandenborstel meegenomen. Natuurlijk konden ze dat in een echte rechtszaak niet maken, dat zou niet toelaatbaar zijn. Hoe kon je bewijzen dat hij hem als enige gebruikte? Hoe zat het met Winnie? Maar hij moest Winnie er niet steeds bij halen. 'Ontoelaatbaar', het gevreesde woord van de dossierschrijver. Dat Billy Drury zo goed wist te vermijden, en O'Casey waarschijnlijk ook, terwijl hij nu zijn dossiers aan het aanleggen was. Ergens, ergens, was hij zijn dossiers aan het aanleggen. Bezig alles er precies goed in te stoppen, zorgvuldig in kaders te plaatsen, maar niet te wijzigen, o nee, te riskant, het bewijs en de verhoren zo samen te stellen dat geen advocaat er vat op kreeg, als een puppy met je pantoffel, en ze aan stukken reet. Maar dat ze als vrienden, als collega's onder elkaar, enkel om hem uit te sluiten, zijn tandenborstel zonder toestemming hadden meegenomen, voor het geval een beetje oud DNA het had overleefd in Billy Drury's prachtig geconserveerde bewijszakjes uit de verre jaren zestig, dat was niet erg. Dat wist hij. Als ze hem hadden gevraagd om bij de forensische dienst langs te gaan, in dat krakkemikkige gebouwtje waar die was gehuisvest, had hij ja moeten zeggen, geen punt. En het was geen punt. Geen punt.

De eeuwige strijd in het zonnestelsel tussen dag en nacht werd boven zijn hoofd uitgevochten, nam hij aan, en het was zo donker als donker nu kon zijn, de nacht was aan de winnende hand, maar toch was het belachelijk vroeg om in bed te liggen. Winnie volgde altijd de bizarre opvattingen van Mrs Carr en dook om zes uur haar bed in, maar Joseph – June noemde hem Jo-Jo, maar dat kreeg hij niet over zijn lippen – schopte altijd stennis. Hij was zo'n hels kind met wie het uiteindelijk goed kwam. Nee, dat was niet eerlijk, niet hels – hectisch bedoelde hij. Soms. June bewerkte de rotswand van zijn karakter en haalde daar iets heel goeds uit. Zodra hij hem na zijn geboorte zag, dacht Tom: o jee, lastpak. Het was maar een stem in zijn hoofd. June lag in de kamer ernaast, hijgend en onder het bloed, en de verpleegster vervoerde deze stevige baby naar de zusterpost voor een voeding. En hij liep met haar mee, ook al was hij niet uitgenodigd, en vroeg of hij als eerste een flesje tegen de lippen van zijn zoon mocht drukken. Zou dat heel misschien mogen? En het ruwe gezicht van de verpleegster, een en al plattelandsvrouw, angstaanjagend, gefokt voor nukkige echtgenoten, werd ontwapend door Thomas Kettles onverdunde bespottelijkheid, dat hij zoiets wilde doen. 'Welja, hier,' zei ze, 'het kan geen kwaad, zorg dat het kind niet stikt, rustig aan.' En Joseph – Joe wilde hij nog wel zeggen, maar Jo-Jo mocht je houden, dat was geen naam voor een christen – omklemde de flessenspeen alsof zijn leven ervan afhing, wat het natuurlijk deed, wat het sinds mensenheugenis deed voor zuigelingen. Wat in Toms ogen iets heel moois was. Ook als de baby een lastpak werd, zou hij van hem houden. En uiteindelijk was er meer dan genoeg om van te houden. Na een poosje. Op vakantie in Bundoran, in de pijpenstelen, de doordringende regenkogels van Donegal, toen iedereen voor de zoveelste keer het zwembad was ontvlucht, hadden ze Joseph alleen gelaten met een ander kind, een meisje, beiden nog geen zeven jaar. En tien minuten later komt de moeder van het kleine meisje hun chalet in lopen en schreeuwt ze moord en brand, niet helemaal ten onrechte, want Joseph had haar kleine meid het zwembad in geduwd, hoewel ze voor geen meter kon zwemmen, en als de moeder, met betere instincten dan waarvan hijzelf blijk had gegeven, niet haast onmiddellijk haar kind had gemist en was teruggelopen en deze puur duivelse daad had aanschouwd – dat schreeuwde ze, 'jullie duivelskind' –, had Joseph op zijn zevende een moordenaar kunnen zijn. Wat een zware last zou zijn geweest, om nog te zwijgen van het verdriet en verlies als er een klein meisje verdronk. En hij had Joseph zwijgend naar een van de nare slaapkamers gebracht – lakens met zo veel nylon dat ze wel een onweer boven Zwitserland leken –, zwijgend, vol verstikkende woede, en hem een klap op zijn billen gegeven, met de wens, de wanhopige wens, dat Joseph het nooit zou vergeten, en nooit meer kleine kinderen zou verdrinken. De enige keer dat hij de jongen ooit sloeg, een klap die hem een kwart van de waarde van zijn eigen ziel kostte. Aangezien er één ding was dat hij zichzelf en June had beloofd: dat ze nooit een kind zouden slaan zoals zij waren geslagen, zoals zij was geslagen, zoals hij was geslagen, zij allebei, in hun afzonderlijke plaatsen van vreselijke ballingschap, door nonnen en priesters en broeders die hen levend knuppelden, of was het dood, omdat ze duivelsgebroed zouden zijn. Het was beter dood te zijn geboren, riep de broeder vroeger altijd, dan een vuil hoerenjong te zijn. Dat zei hij letterlijk. Maar die keer had Tom Joseph geslagen.

En dat dacht hij allemaal, en voor hij het wist werd hij wakker; zonder de grens tussen gedachte en slaap echt op te merken, werd hij groggy wakker alsof hij een vat whiskey had leeggedronken, niet dat hij dat ooit had gedaan, niet eens een glas. Het was nog steeds heel erg nacht, en hij tastte op het nachtkastje naar zijn oude polshorloge en keek erop in het weinig geestdriftige licht uit de badkamer. Middernacht nog maar. Hij voelde de vermoeidheid op hem neerdrukken. Hij voelde zich zo leeg als de lege stoel naast zijn bed. Middernacht, verdomme, nacht, wanneer de heksen rondvlogen. Een paar seconden later stroomde zijn gesprek met Miss McNulty weer zijn hersenen in. Lieve Jezus, Maria en Jozef, die arme vrouw. Al die dode kinderen. Een kille hand omklemde zijn hart. Hij kneep er kil in. Misschien zou hij nu aan de dood worden overgeleverd. Het voelde beslist als een sterke zwakte, zoals Mrs Carr zou zeggen. Hij was er vaak zeer nieuwsgierig naar geweest, natuurlijk, dat was iedereen toch? Hij kon de hemelpoort voor zijn geestesoog zien. Die oogde tenminste heel echt, al was de ruimte eromheen leeg. En Petrus, een eerbiedwaardig type van middelbare leeftijd dat op wonderbaarlijke wijze alle talen ter wereld sprak, stelde vragen, hopelijk zonder duidelijke hardheid in zijn stem. En hij droeg zo'n wit gewaad uit de afgedankte collectie van een kostuumontwerper uit Hollywood. Zou zoiets ooit mogelijk zijn? Natuurlijk niet. Maar die kinderlijke visioenen – wat had hij in zijn ijzeren bed tussen rijen en rijen ijzeren bedden zijn knokkels hard tegen zijn ogen gedrukt omdat hij ondanks alles per se de hemel wilde zien –, die zaten er nog. Krachtig, onuitroeibaar. Dom, maar waar. Goeie genade, misschien had hij wel een of andere beroerte. Er zat een gemene pijn halverwege zijn rug, hij stond op het punt te kokhalzen, alsof hij nachtschade had gegeten, die als een salade had verorberd, o lieve god. Nu leek zijn hele maagstreek uit elkaar te worden gescheurd, en hij ging rechtop in bed zitten om dat te verlichten, 'kaarsrecht overeind schieten' heette dat, geloofde hij, zou hij eigenlijk wel een ambulance bellen, wilde hij dat eigenlijk wel, maar om zo te sterven, met de meest extreme en ziekmakende pijn, dat leek hem wel heel onwenselijk, en hij zwiepte zijn verschrompelende benen van het matras en wankelde van het plakkerige bed, en klampte zich vast aan de mooie victoriaanse haak aan de deur, waar zijn ochtendjas mismoedig aan hing, en liet een enorme en ongenadige – aangezien hij om genade smeekte, misschien toch genadige – scheet, niet alleen uit zijn exploderende anus, maar ook zijn mond, alsof alles wat Miss McNulty hem had verteld, uitgebraakt moest worden. In die hevige en onelegante scheet zaten al zijn eigen treurnissen en verliezen verscholen. Het voelde als een poging om te braken, om uit te braken wat niet kon worden uitgebraakt, God sta hem bij. God sta hem bij.

Maar geen mens kan ondankbaar zijn als pijn voorbij is, en hij was dankbaar. Hij hing daar een poosje behoedzaam, voor het geval dit vulkanische onweer nogmaals opstak, maar dat deed het niet. Hij wou dat hij nog jong was, met de twee kleintjes in hun kleine bedden en June in dat van hen. Hij wou dat Joseph, en hij zou hem Jo-Jo noemen, natuurlijk zou hij dat doen als June dat wilde en hij terug kon gaan en weer die Tom Kettle kon zijn, hij wou dat Joseph de kamer in zou lopen zoals hij dat duizend malen had gedaan en zou zeggen dat hij bang was, 'Pappie, ik ben bang in het donker, er ligt een heks onder mijn bed,' en dat hij hem dan terug liet marcheren naar zijn eigen kamer, en hij hem in bed hees onder aanhoudend verzet en gestomp, knuppelende vuistjes, en zijn eigen onhandige lichaam op de dekens naast zijn zoon zou plakken, het lijfje nu klem in de bankschroef van lakens, en het wiebelige lampje daar bij het kinderbed aanknipte, en hem voorlas, *Pieter Konijn* of *Vrouwtje Plooi*, terwijl meneer Verhoef en Thea Tokketok er allemaal nog waren, aanwezig en correct op de hun toegewezen bladzijden, totdat Joseph wegzonk in de kuil van de slaap, wegzonk als een lijk in water, en hij op muizenvoetjes terug naar bed trippelde, en zich tussen de lakens schoof naast June, die half sliep. 'Heb je hem weer in bed gekregen?' 'Ja.' 'Goed zo, Tom, wat geweldig. Hij groeit er wel overheen, wacht maar af.' 'Vast wel, maar maak ik dat nog mee?' Dan dacht Tom aan 's ochtends vroeg opstaan om de bus te halen, de lange rit de stad in, dommelend van de gemiste slaap, en de overgang van zijn rol van vader en echtgenoot naar zijn rol van politieman en collega, een rare overgang, die 's avonds zou worden teruggedraaid, in het eeuwige heen-en-weer van zijn leven, van ieders leven. Het enige wat hij op die momenten over het hoofd zag, was het onmiskenbare geluk van zijn leven, de onherhaalbaarheid ervan, en het eindstation van dat geluk dat in de onbeschouwde toekomst voor hem werd verhuld.

Dus toen Joseph die laatste keer wegging, draaide het

om de kloof tussen dat soort kleine dingen, de verhaaltjes voor het slapengaan en de poging tot 'moord', die de grote mythen van zijn jeugd en die van Winnie werden, allemaal in iets goeds veranderd, het goede goud van op een bepaalde manier opgehaalde herinneringen, vooral vanwege hun humorquotiënt, met zijn vieren de slappe lach hebben toen de volwassenheid was bereikt, of bijna bereikt, en je zelfs van oude angsten een anekdote kon maken, de kloof tussen die dingen en dat níéuwe nieuwe moment, op het vliegveld van Dublin, met alleen hen tweeën, hij en zijn zoon, gezeten op de plastic stoeltjes, wachtend tot de vlucht werd omgeroepen. De vlucht die hem zou wegvoeren naar... was het die keer eerst Dallas, dan Santa Fe, dan Albuquerque, dan thuis naar zijn medische hulppost in de woestijn? Ja, zijn flat in Albuquerque, dat was het toch, en daarna de kliniek. Waar 'Ik ben nooit eenzaam, pa' zijn vaak herhaalde mantra was, 'want de woestijn is zo mooi. De woestijn is als een jong meisje, als een miljoen jonge meisjes, allemaal volmaakt in hun schoonheid.' Of iets in die trant. Enkel om zijn vader duidelijk te maken dat hij niet eenzaam was. Hoewel het geen meisje was op wie hij verliefd wilde worden, maar een jongen, zoals Tom maar al te goed wist, hoewel hij daar niet zo goed over kon praten als hij had gemoeten. 'Het kan geen kwaad,' zei June, 'het is gewoon hetzelfde als Winnie die een man leuk vindt, het is precies hetzelfde.' In Toms ogen was het niet hetzelfde, maar hij begreep het met het verstrijken der tijd steeds beter, tot de tijd hem werd afgenomen. Het had geen zin te denken aan de broeder die hem vroeger als kind had misbruikt, want het was domweg niet hetzelfde. June zei dat het niet hetzelfde was. Het was de ziel die liefhad, zei ze, zijn ziel zoekt zijn zielsverwant. 'Snap je dat niet, Tom?' 'Ja,' zei hij dan, zonder het echt, waarlijk, volkomen te snappen. Zijn zoon die met een andere jongen zoende. In het weeshuis was dat niet iets goeds geweest, het was iets slechts geweest, iets slechts boven op veel andere slechte dingen. 'Maar nee, Tom, dit is anders, dit is net als David Bowie met z'n make-up, en jongens die zijn muziek mooi vinden, het is echt totaal anders. En voor Jo-Jo is het belangrijk dat jij dat begrijpt, oude dinosaurus die je bent, Tom.' Maar evengoed kon Tom daar niet echt 'bij komen', zoals June dat op haar Amerikaanse-hippiemanier zei, alsof het een treinstation diep in de provincie was, hij geen kaartje kon vinden en de lijn opgeheven leek te zijn. Maar die avond, gezeten op de plastic stoeltjes, terwijl de tl-lampen in de gerenoveerde vertrekhal suisden en zoemden – hij herinnerde zich het oude vliegveld nog goed, een kromzwaard van beton zo elegant als een cruiseschip, waar in vervlogen tijden allerlei types waren aangekomen, de Beatles, de Rolling Stones, Ronnie Delany na de Olympische Spelen –, die avond was het niet belangrijk of hij dat inzicht wel of niet had bereikt, want zijn zoon, die in wezen zijn levenslot was, ging voor zijn werk terug naar New Mexico, en hij, de oude Tom Kettle, buitengewoon rechercheur, in de zin van nooit tot boven die rang gepromoveerd maar evengoed op prijs gesteld – zo hoopte hij –, hij zou achterblijven. Het leek of niet zijn zoon wegging, maar of hij zelf wegging. De wereld zou zich rond Joseph blijven ontwikkelen en zich van hem verwijderen. Joseph zou tijdens de vlucht zijn bubbelwater drinken en door de verdonkerende en oplichtende patrijspoort naar buiten kijken, naar nieuwe wolkenlanden en landlanden, en zijn vader misschien druppel voor druppel, stukje bij beetje, niet echt vergeten, maar min of meer verliezen. Hem zoekmaken in de grote ether van de aarde. Alsof zijn vader wegging, steeds verder, en ten slotte niet terug te halen was. Ze zaten daar, op de lelijke plastic stoeltjes, met de zwerm komende en gaande levens om hen heen, en Tom wilde het hoofd van zijn zoon in zijn handen nemen en hem kussen, hem zo lief kussen dat zijn zoon hem nooit zou vergeten, dat hij dat bewijs van zijn liefde voor altijd met zich mee zou dragen, als het vage spoor van as op het voorhoofd van een Ier op Aswoensdag. 'Snap je waarom ik moet gaan, pa?' zei hij, ook al ging hij niet voor het eerst, het was in feite zijn eerste terugkeer naar huis geweest, nadat Tom hem in Santa Fe had opgezocht, en ze samen in een mooie blauwe Buick door de pueblo's hadden gereden, dat wist hij nog, ten slotte de pueblo Zuni binnenreden en Josephs trots om hem de hulppost aan de rand van het stadje te laten zien. En wat was het Tom duidelijk hoe geliefd zijn zoon daar was, de andere jonge arts, zelf van inheemse afkomst, op raadselachtige wijze Sean genaamd, ontspannen en vriendelijk tegen de vreemde oude Ier. En hij kon zien dat Joseph zonder enige twijfel zijn thuis had gevonden en dat Tom daar geen adres had. Dus toen stond Tom op het vliegveld in Albuquerque, in zekere zin stomverbaasd over zijn zoon, zijn schitterende zoon, en wat hij had bereikt. De vele jaren geneeskunde, en het besef van de wereld en van hemzelf dat hem had geïnspireerd om zo ver te reizen. Zo ver. En ze hadden in Santa Fe de dag voor zijn thuisreis een maaltijd gegeten met de scherpste pepers die de mensheid ooit had aanschouwd, en hadden zowat de bovenlaag van hun tong op de borden gespuugd, zo leek het wel, en met zijn tweeën met brandende monden gelachen en gelachen. En de waarheid was dat Tom, toen Joseph ten slotte opstond om te gaan, zonder tegenzin en ongehaast, om terug te gaan, en toch nergens heen te gaan, de wereld met zich mee te nemen, en zijn vader en die hele beschimmelde lading van waarheden te verlaten, dat Tom met de oude woorden van June in zijn oren, in zijn hoofd, Deo gratias de tegenwoordigheid van geest had om zijn lieve zoon te omhelzen. En ook al kuste hij hem niet op zijn voorhoofd, hij deed iets vergelijkbaars, in de zin dat hij het achterhoofd van zijn zoon met zijn rechterhand beroerde, en het zachtjes vasthield, als een heilig verbond, en zei dat wat er ook in de toekomst mocht gebeuren, of wat er ook in het verleden was gebeurd, hij altijd zijn vader zou zijn, vergeet dat niet, Joseph, ik zal altijd je vader zijn, een band die niet kan worden doorgesneden, en ik zal altijd van je houden.

Je zou iemand vergeven dat hij na het denken aan deze zaken niet slaapt, maar Tom merkte dat hij in een oppervlakkig sluimeren wegzonk. Dat verdiepte zich tot een donkere vijver van dromen. Die leken zo echt dat ze echt waren.

De volgende paar weken leek de wereld hem strikt met rust te laten. Het was bijna een schijnbeeld van vroegere tijden. Hij was weer de bewoner van zijn rieten stoel. Zijn eetlust keerde terug en hij trakteerde zichzelf op de schitterende Clonakilty-worstjes die Mr Prendergast in het dorp aanprees. Hij was ook leverancier van Clover Meats, die elk type hachee dat kleine beetje extra gaven. In het weeshuis was de broeder een intensief gebruiker van Erinox-bouillonblokjes geweest, die een reddende kalmte over hem brachten terwijl hij ze liet trekken, zodat die gewelddadige man lyrisch en bijna vriendelijk werd. 'Gemaakt in de buurtschap Christendom, in de county Waterford, weten jullie dat niet?' zei hij dan, bijna vroom. Tom nam aan dat er echt een buurtschap was die Christendom heette, hoewel hij dat nooit durfde te vragen en er later nooit meer iets over hoorde. Nu kwam de tijd van het jaar dat een mens ging denken aan de nieuwe Wexford-aardappels, die in juni oogstrijp zouden zijn, als witte poppenhoofdjes zouden barsten uit hun verstopplekjes in de grond. Je ging haast watertanden bij de gedachte daaraan, en aan de eroverheen gelegde miniatuurgrafzerken van boter. Mr Tomelty's narcissen hadden bezit genomen van de armoedige grond onder de beschuttende bomen. Hij had zijn rol van oude Romeinse god, vermomd in lompen, hernomen en bewoog zich met militaire doelgerichtheid door de tuin. De oude uitlopers van zijn grotere vaste planten werden nu weggeknipt, als het stilgevallen lied van het vervlogen jaar, en Tom schatte dat de nieuwe loten die zijn wegsnoeien had blootgelegd in Mr Tomelty's fantasie reeds bloeiden, reeds knalgeel en rood en blauw in het hartje zomer dat nog moest komen. Hoewel ze elkaar niet meer hadden gesproken, was hij zeer ingenomen met zijn huisbaas. Op raadselachtige wijze had de uitwisseling van woorden Tom een dieper gevoel van zich thuis voelen bezorgd. De kwieke Mrs Tomelty kwam nooit in de tuin, wat misschien de bedoeling was, dat wist Tom niet. Binnenkort zou Mr Tomelty zijn grasmaaier moeten starten, met de mooie, hoge Briggs & Stratton-motor, met zijn hendels en raderwerk als de oren en snorharen van een exotisch dier in de dierentuin, of de eigenaardige opspringende oren van de wilde Ierse haas. God mocht weten hoeveel troost Mr Tomelty zou putten uit het zachte gegrom van de machine. Onderaan de muur van het huis was een breed bloemperk, dat Tom alleen kon zien als hij naar het raam liep en zijn nek uitstak. Dit was het schilderdoek voor Mr Tomelty's eenjarige planten, de margrieten met hun grote hoofden, de viooltjes, en de beste van allemaal, de blauwe lupines die op de hoogvlakten van het Amerikaanse Westen in het wild groeiden. Aan de overkant van de tuin gingen Afrikaanse lelies hun gang en hij kon zien dat het oeroude slagveld van de reuzenrabarber

– 's winters ingestort tot een grote cirkel van rottende stengels – zich weer begon te verroeren, met de belofte van bladeren die de ogen streelden als olifantenoren. Toen Tom met June was getrouwd, kende hij geen enkele bloem die niet paardenbloem of madeliefje heette bij naam. In hun achtertuintje had ze een geheim paradijs geschapen. Met een zonnig hoekje en een geschilderd zitje op de koop toe. Toen ze haar tuin begon te verwaarlozen, gingen bij Tom de alarmbellen rinkelen. Ze had het twintig jaar zo goed gedaan, alle problemen weggestopt onder haar oksel, het licht weggehouden bij het vuile onkruid der dingen, zodat het niet kon woekeren. Maar onkruid laat zich niet tegenhouden, nam hij aan.

Het gevaar van aangename gedachten. Soms leek zijn hoofd wel een wild paard zonder bit of teugels. Hij kon het niet zijn gang laten gaan. Hij moest zichzelf toespreken, zichzelf goede bevelen geven, als een officier met een hogere rang. Een mentaliteit die hij had gezien bij heel veel mannen in het leger die in een weeshuis of op een industrieschool gezeten hadden. Ze hadden opgesloten gezeten, omringd door escalerende en ondenkbare kwellingen. Toch plengde hij menigmaal, als een verwarde jongen die op zijn zestiende de poort uit was gelopen, een ander soort traan, vanwege de nieuwe schrik van de onbekende wereld die voor hem lag. Vroeg je nest uit, je prak halen, je bevelen opvolgen: het leger was een soort tonicum, en geen oorlog kwam zelfs maar in de buurt van wat ze reeds hadden doorstaan. Niets wat even angstaanjagend was als de schaduw van een in een donkere soutane gehulde broeder die midden in de nacht aan je bed stond, om je naar buiten te slepen om je af te ranselen of te neuken. Geen enkele Maleisische krijger, schitterend, gruwzaam en duister, was ooit zo angstaanjagend als de kleine kruidenierszoon in zijn armzalige kledij, aan wie de macht van een lafaard over jou was gegeven door het feit dat hij in elk geval een volwassen man was. Geen wonder dat ze de jongens op hun zestiende vrijlieten, als afgeleefde greyhounds uit hun kooi, voordat ze de spieren en de kracht kregen om de broeders met gerechtigde en genadeloze klappen te vellen.

Voor de meisjes gold precies hetzelfde. Niet het leger, maar huishoudelijke arbeid voor die ongeletterde engeltjes. Of wat betreurenswaardig tippelen in de groezelige achterafsteegjes van Noord-Engelse steden. Een overvloed aan onprettige toekomsten. Of een suf baantje in een simpele snackbar, zoals zijn June. June, een vrouw die naar de zomer was vernoemd.

Voordat de hoofdcommissaris de stekker eruit trok. Dat was de grote klap. Pater Joseph Byrne en pater Thaddeus Matthews, twee jakhalzen in een kippenren die kuikentjes verslonden. Smerige, meedogenloze nietsnutten van kerels die hun boosaardigheid geen moment staakten. O, hij had geweten wat daar in die brandschone pastorie te vinden zou zijn. Jakhalzen, slangen, schorpioenen, monsters. En de razernij die hij voelde toen de commissaris dat deed. Die hij niet hardop had uitgesproken tegen Jack Fleming en de jongens, omdat – omdat het een razernij zonder naam of aard was. Ze stond niet in het razernijwoordenboek. Ze kende geen gradaties, ze was grenzeloos en zelfs zuiver. En wat nog erger was: hun oude chef, hoofdinspecteur Garvey, had geen idee van deze razernij die Tom Kettle in haar greep had, omdat de ouwe Garvey fijn was opgegroeid op een keurige boerderij in Leitrim, geen weet had van zulke grimmige zaken. Als je zulke subtiele, somber stemmende beelden niet had gezien, wist je daar niet van. Maar toen hij dit harde nieuws mee naar huis nam, sloeg de razernij om in iets anders. Toen hij

June er verslag van deed, iets wat hij zeer zelden deed, omdat hij zijn werk op de drempel probeerde achter te laten, maar dit, maar dit. En haar gezicht zien terwijl hij sprak, waarbij haar mond letterlijk openviel, slap werd van wat hij zei, terwijl hij mompelde en zacht gromde zodat zijn kindjes, zijn kostbare kindjes, het niet zouden horen, hoewel ze te jong waren om enig idee te hebben waarover hij sprak. En hij had aangenomen dat hij over zijn eigen rampspoed sprak, en dat zij zo zou reageren, met haar mooie en gebruikelijke woorden, goed geplaatst, ter zake kundig in haar mond omdat ze vergelijkbare dingen had meegemaakt, en ergere, dacht hij altijd, veel ergere. Maar de rede die hij afstak leek af te buigen naar een steile curve, zijn woorden leken vervaarlijk veel vaart te krijgen, pater Joseph Byrne en pater Thaddeus Matthews, zus en zo, en die lummel van een commissaris, en ze zei: Tom, Tom, pater Thaddeus, zeg je, en hoe oud zou die priester nu zijn, en Tom zei: midden veertig, zou ik zeggen, zo'n soort leeftijd, midden veertig, en zij zei: wat een zeldzame naam, en is hij een donkerharig soort man, een groot soort man, met een buik en zijn rode handen, ziet hij eruit als een slager die de hele dag zijn handen heeft gewassen, zijn gezicht als een stuk ham aan de kant waar het nog niet in plakken is gesneden, waar de ijzeren pennen in zijn gestoken, ja, dat klopt, zei Tom, dat klopt, geen twijfel mogelijk, en ze schreeuwde het uit, vergat haar ontzetting af te schermen van haar kindjes, maar het gaf niet, ze hoorden het niet, dat is de man, de man die mij pijn heeft gedaan, dat is de man, Tom.

Spreek jezelf toe, Tom, spreek jezelf toe, kalmeer je hart. Zet je schrap. Er kwam iets aan, er kwam iets aan, maar nu nog niet. Op de rieten stoel was hij de koning van de tijd. Die de weldadigheid van het nu in stand hield. Die niet zijn vertrouwde cigarillo's rookte, echt niet, ten langen leste luisterde naar de influisteringen van zijn brave arts. Want op een heel eigenaardige manier wilde hij leven. Hij wilde lang genoeg leven om door het donkere bos heen te reizen, als een middeleeuwse ridder uit de oude verhalen. Om door de hoge, dicht op elkaar staande bomen en het donkere licht dat nauwelijks licht mocht heten heen te komen. Over de eeuwenoude weg met zijn bladerentapijt van duizend herfsten. Om ten slotte de sprankeling in de verte te zien beginnen, de diamanten en vuren van het zonlicht, waar het bos zou eindigen.

O, Mr Tomelty harkte en spitte, hamerde op zijn eigen versie van het paradijs. Hij harkte en spitte. En Tom was dankbaar dat hij getuige was van dit oude ritueel en deze dans van een tuinman. Zelfs in de zee met zijn veelkleurige jas leek er een soort dankbaarheid te zijn, terwijl die tussen het weerspannige land en het eenzame eiland door stroomde. De manier waarop de wind hem soms harkte, en de overdonderende cascades van voorjaarsregen, haast zo stijf als ijzeren spijkers, zou je denken, die op het wateroppervlak beukten als een hemelse steenhouwer met zijn hamer en puntige beitel. Alles bezig, nauwkeurig, mysterieus, voortdurend, onstuitbaar, niet neigend naar onheil en rampspoed, maar naar schoonheid, genoegdoening en geluk.

11

'Een zeer gewelddadige dood, wijst op woede en razernij.' Fleming was aan het woord. Hij las voor uit Billy Drury's aantekeningen van lang geleden. Hij was gekomen om Toms kalme periode te doorbreken, maar Tom had geen bezwaar, in de zin dat hij geen bezwaar had tegen Jack Fleming. Hij mocht die reusachtige gozer wel. Hij had hem deze keer binnengevraagd, aangezien hij het appartement eindelijk een beetje had gepoetst, de langverwachte schoonmaakbeurt, de lang uitgestelde voorjaarsschoonmaak. Hij was geen geboren huishouder, dat was wel duidelijk. Het zakje met schoonmaakspullen had vast alle hoop verloren in de duisternis van het keukenkastje. Hij was, zonder het te weten, niet zo ver gegaan om de spin op haar plekje boven op de kast te storen, hoewel het frisse voorjaarsweer de vlinders had gewekt, en die waren weer voor een heel jaar vertrokken. Tom had ze fladderend tegen de ruiten aangetroffen en had ze voorzichtig met holle handen naar buiten geholpen. Wég waren ze gevlogen, zo gezond als kleine visjes, zonder één blik achterom of aarzeling, voorgoed vertrekkend uit hun winterschuilplaats. 'Tot ziens,' zei Tom met meer dan een zweem van John Wayne tegen hun verdwijnende ruggen, die opgingen in de ontelbare vliedende kleuren van de kust. 'Tot ziens, amigo's. Bedankt voor het gezelschap in de lange nachten.' En Fleming had hem om te beginnen bedankt dat hij een paar weken geleden was langsgekomen, en wat hadden O'Casey en Wilson veel gehad aan al zijn opmerkingen.

'Ach, het had niet veel om het lijf,' zei Tom.

'Het was aanzienlijk meer dan wat zij hadden, die sufferds,' zei Fleming.

En hij vertelde dat de adjunct-commissaris hun nu vast niets in de weg zou leggen, en dat Wilson en O'Casey met pater Joseph Byrne waren gaan praten. Er waren heel veel getuigen en Fleming zei dat zijn arrestatie slechts een kwestie van tijd was. Maar er waren wat problemen gerezen en die moesten worden weggenomen.

'Hadden jullie nog iets aan het bewijsmateriaal dat Billy had bewaard, uit de jaren zestig?' vroeg Tom, misschien onverstandig, dat wist hij niet helemaal zeker.

'Geen greintje DNA. Uiteraard geloof ik niet dat iemand erop had gerekend. Forensische dames waren in het beste geval sceptisch. Viel te proberen. Ik moest je hun excuses doorgeven voor de tandenborstel, die hebben ze gemold.' En Fleming lachte, schepte plezier in hun forensische gevoel voor humor. 'Er was volop oud opgedroogd bloed, daar moet een paar liter van zijn vergoten. De zwarte soutane, weet je wel, stijf van zwart bloed. Allemaal te oud natuurlijk en zo dood als een pier, qua DNA. Maar er zijn twee bloedtypes. Een hele zee van het ene type, waarschijnlijk van Matthews, en daarnaast een mooi klein monster van het andere.'

Nu zweeg Fleming even. Hij keek niet de kamer rond – hij zat toevallig op Wilsons oude stoel – maar tuurde omlaag naar de kale vloerplanken. Tom hoopte nog steeds een goedkoop Perzisch tapijt te scoren bij Slowey's, als hij daar weer eens kwam, op Bachelors Walk. Zou Slowey's daar nog steeds zitten? Tom reisde met zijn ogen langs de mooie stiknaden van Flemings pak. Net een kleine spoorlijn, dacht Tom. Jammer dat die geschifte minister in de jaren zestig alle boemeltreinen in Ierland had opgeheven. Niet rendabel. Maar mooi. Niet dat Ierse regeringen zich erg met schoonheid bezighielden. Hadden de toestroom van bezoekers naar duizend steden stopgezet. Met de naaimachine gestikt of met de hand, hoe kon hij dat zien? Hij kon het vragen, maar had geen zin om het te vragen. Het stiksel reisde langs de revers van zijn vriend omhoog en verdween bij zijn hals. Fleming had zich die ochtend geschoren, maar onderaan zijn hals groeide dik grijs haar, waarvan Tom aannam dat het naar beneden doorliep, zijn hemd in. Stevig behaarde borst, waarschijnlijk. Had hij Fleming ooit naakt gezien? Hadden ze niet een keer gezwommen bij zwemvereniging Half Moon, bij de Great South Wall? Of was dat met Billy Drury? Het diepe, bedorven water van de Liffey, die tussen de oude achttiende-eeuwse zeedijken steeds breder werd. En aan de overkant van de oude verdedigingsmuur – de lange botergele stenen, door dwangarbeiders geplaatst maar liefst, nuttige criminelen, lang geleden, oneindig zwaar in het zonlicht van die verdwenen dag –, aan de overkant het uitgestrekte Dollymount Strand, als een natte woestijn, weglopend naar de verre glimp van de westpier bij Dunleary, waar hij met June had gewandeld. Voor June of na June. V.J. of n.J.? Hij wist het niet meer. Hij wist nog wel dat ze erheen waren gefietst op wat het verkeerde tijdstip bleek te zijn, langs de rioolverwerking, het Tide Hotel, de weg vol kuilen achter de muur van de elektriciteitscentrale, de stadskinderen in hun ondergoed bij de Shelly Banks, alle stadsgezinnen in volle glorie, de vaders als walrussen, de moeders als elegante zeehonden, de kinderen die met vrolijk gegil en geschreeuw de lucht doorkliefden. Om elkaar vervolgens uit te lachen om hun onnozelheid: geen vloed te bekennen bij de Half Moon! 'In niets kun je niet duiken,' zei Billy Drury, of was het nou Jack Fleming? Daarom waren ze teruggelopen naar het strand met de scherpe schelpen, en zwommen ze tot grote tevredenheid tussen de gezinnen, het water eigenaardig warm voor een Ierse badplaats. 'Omdat de kinderen erin pissen,' zei Billy, en ja, hij geloofde nu dat het Billy was, niet Fleming, dus hij was nog steeds niets wijzer over het borsthaar.

'Dus jij en rechercheur Drury waren de mannen ter plaatse. In de Dublin Mountains was het toch?'

'Nee, de Wicklow Mountains.'

'Wicklow, juist. Ik vroeg me af of jullie destijds een bloedanalyse hebben laten doen. Er is bijvoorbeeld geen monster van Byrne uit die tijd. Daar kunnen we nu makkelijk aan komen. Hebben jullie dat gedaan? Of is dat allemaal zoekgeraakt? Hebben jullie geen bloedmonsters bij de verdachten afgenomen en dergelijke?'

Tom voelde een steek door zijn professionele hart. Het antwoord was duidelijk 'nee'. Hij had het gevoel dat Fleming haast elk antwoord zwak zou vinden. Maar hij had hem een uitweggetje geboden. Spullen raakten zoek. Waren van meet af aan al niet fatsoenlijk opgeslagen. Maar Billy had ook bekendgestaan om zijn bewijsleverend vermogen. Betrouwbaar. Grondig. Raffelde niets af om als de sodemieter naar huis te kunnen. Etiketten die loslieten omdat de lijm slecht was gemengd, spullen die lukraak bij elkaar werden gegooid, waardoor goed bewijsmateriaal in slecht veranderde. Zo had Billy dat nooit gedaan. Hij wist niet wat hij moest zeggen. Hij was zo trots op het meeste van wat hij door de lange jaren heen had gedaan. Maar hij voelde een rivier van bijna vloeibare gêne door zich heen stromen.

'Billy bewaarde bloedmonsters altijd op van die kaarten,' zei Tom. 'Een speldenprik maar, daar had-ie dan een stapel van, als een pak speelkaarten.'

'O ja?' zei Fleming neutraal.

'Zeker weten. Dat hebben wij ook vaak samen gedaan, jij en ik, Jack. Bij andere moorden.'

'Ach, ja. Natuurlijk. Dat is ook zo.'

Jack Fleming wist zijn teleurstelling niet erg goed te verbergen. Tom wist niet of hij teleurgesteld was over zijn belabberde antwoord of over het algehele verzuim om bewijsmateriaal uit de jaren zestig te bewaren. Op ditzelfde moment lagen er op duizend politiebureaus ongetwijfeld objecten in duistere laden en kasten. Er was nooit één centrale plek waar je bewijsmateriaal kon deponeren. En administratief medewerkers en brigadiers gingen dood, en dan raakten de spullen net zo verborgen en vergeten als het graf van Toetanchamon.

'Oké, goed,' zei Fleming, 'het beste wat we kunnen doen is een monster bij jou afnemen. We kunnen Billy Drury moeilijk opgraven.'

'Hij is gecremeerd,' zei Tom, in een poging de lucht te klaren.

'God hebbe zijn ziel,' zei Fleming.

'Hij dacht dat Byrne het gedaan kon hebben, maar wist het niet.'

'Byrne? Zou kunnen. Misschien. Dat zou wat wezen. Jezus, een moordenaar én een kinderverkrachter. Herinner je je niets meer over het bloed op de soutane? Hebben jullie geen monster bij Byrne afgenomen?' zei Fleming, voor de tweede maal, zo scherp als een mes. Niet voor niets bevorderd. Hij wilde gewoon een antwoord, hardop, in woorden.

'O, dat lijkt me wel. Matthews gematcht met Matthews? Wat staat er in het dossier? Jezus, ik weet het niet meer. We hebben geen match voor Byrne gevonden, dat weet ik vrij zeker, anders hadden we hem meteen ingerekend.'

'Dat kunnen we nagaan, dat kunnen we nagaan,' zei

Fleming, en hij sloeg zijn handen ineen, haast in een biddend gebaar: 'Toen O'Casey en Wilson bij Byrne langsgingen, heeft die niets gezegd over het zwembad en de kinderen, daarover wou hij niets kwijt. Zei dat zijn advocaat erbij moest zijn. Daarom vroegen ze hem over de cold case van Matthews. Gewoon, om hem op te warmen. Wilson is zo pienter. En tot Wilsons grote verbazing zei Byrne dat hij de moordenaar eerder op de berg meende te hebben gezien. Had-ie destijds niets over gezegd. Had-ie zijn redenen voor, zegt-ie. Geheimhouding, z'n eigen rotmisdaden, zeg ik. Byrne liep een eind achter Matthews, die als een berggeit vooruit was gesneld. Dat vertelde hij de jongens. Maar hij had echt een man gezien, ja, en een poosje later, zei hij, maar wel in de verte, waardoor hij er niet zeker van kon zijn, het lawaai en tumult van een worsteling. En hij hoorde Matthews luid schreeuwen, keer op keer. Ja, dat deed-ie. Byrne deed het in z'n broek van angst. Hij is niet eens naar de plaats delict gegaan, zei hij. Hij wist gewoon dat het erg, heel erg was. Dacht dat het misschien een woedende vader, je weet wel... En toen liep hij omlaag naar de parkeerplaats om weg te komen, iets van drie kilometer, vooruitstrompelend over de hei, en kwam volgens hem de man die hij op de berg had gezien weer tegen op de parkeerplaats, en hij was stomverbaasd dat die man recht op hem afliep en zei dat hij van de politie was. Wat deed hij daar? Zijn zondagse wandeling maken, godsamme? Hij had geen idee. Hij was echt doodsbang, wist zeker dat hij de volgende was die voor de bijl ging. Misbruikers zijn lafbekken, Tom. Dezelfde man die hij godsamme boven op de berg had gezien, hij wist het bijna zeker, dus wat was hier aan de hand? Zijn hoofd tolde. Dus hij wist niet wat hij moest doen, maar hij zei de politieman dat zijn collega was gevallen op de berg. En in een boerderij heeft die rechercheur gebeld om te verzoeken om bijstand, Byrne moest met hem mee, een gewijd priester, respectabel, bewonderd, en een uur later, toen het ging schemeren, arriveerde de auto met twee mannen, van wie Drury er een was, neem ik aan. En wie was de man die hij op de berg zou hebben gezien? Wie was die rechercheur? Nou, dat hoef ik jou niet te zeggen, Tom.'

'Hij heeft er destijds nooit iets van gezegd,' zei Tom, hulpeloos, als een stomkop. 'Hij kon niet verrast zijn mij te zien. Ik bedoel, de man op de berg, die vermeende moordenaar, en dat die op hem afliep en zei dat hij van de politie was. Want hij kende mij. Billy en ik waren bij hem langs geweest.'

'Dat staat niet in Billy's aantekeningen. Zijn jullie bij hen thuis geweest om hen te verhoren?'

'Volgens mij zei je dat net.'

'Nee, ik zei dat Wilson en O'Casey naar zijn huidige woning zijn geweest.'

'O, Wilson en O'Casey.' Helemaal niet hetzelfde.

'Gaat het wel, Tom?'

'Nee, niet echt,' zei hij. 'Niet echt. Wat staat er in Billy's aantekeningen over het telefoontje naar de politie?'

'Die bevestigen wat je me steeds hebt verteld, maar Billy was je partner, Tom. Voor jou zou Billy door Death Valley zijn gelopen, met een driedelig pak en een overjas aan.'

'Jemig. Hij zou voor mij nooit een moord in de doofpot gestopt hebben. Ondenkbaar. En Byrne zou er een eeuwigheid geleden wat over hebben gezegd. Hij zou destijds iets hebben gezegd. Ik herinner me hem nog, een slijmerig mannetje met een chic Midlands-accent.'

'Misschien wou hij geen slapende honden wakker maken. Te zeer gehecht aan zijn hobby. Die heeft hij daarna toch nog twintig jaar beoefend? Wat je ook zegt, zeg niets. Maar nu wil hij onrust stoken, want hij weet dat zijn spel uit is. Dat weet-ie.'

'Dat is het precies. Tactiek. Verwarring stichten. Ze kunnen hem beter in Arbour Hill opbergen, want in de Joy maken ze gehakt van hem.'

Er viel weer een stilte. Uit de tuinen stegen de stemmen van spelende kinderen naar hen op.

'Als ik het vragen mag: heb jij die priester omgebracht?' zei Fleming.

'Ik heb nooit geen priester omgebracht,' zei hij. Zijn antwoord bevatte een zweem van humor, een echo van de dubbele ontkenning die priesters in de tijd van religieuze vervolging hanteerden wanneer ze gevangen werden genomen, om de zonde van het liegen te vermijden: 'Ik ben nooit geen priester geweest.' Als Fleming de grap doorhad, liet hij dat niet merken. Er liep nog wat meer lucht uit Tom weg. 'Ik was daar niet eens toen het gebeurde. Byrne heeft het alarmnummer gebeld, en de telefoniste herkende zijn naam, omdat ze een maatje van Billy was – niet zijn vriendin, want hij had geen vriendinnen – en wist hoe kwaad Billy en ik waren dat de hoofdcommissaris het onderzoek had gestaakt, veel jonge agenten waren daar kwaad over. Daarom verbond ze de beller door met ons, en dat was de eerste keer dat ik op die berg was, ik heb Billy er zelf naartoe gereden, en toen kwamen we Byrne tegen op de parkeerplaats, hij wachtte in grote ontreddering, en het schemerde, en hij bracht ons omhoog naar het ravijn, hij rebbelde als een kalkoen, en we klommen allebei omlaag naar het lijk, Billy en ik, en het was inderdaad een puinhoop. Bloedbad. Want de rotsen waren zo scherp als broodmessen en hadden hem overal gesneden. Hij heeft daar waarschijnlijk een hele tijd gelegen en is een langzame dood gestorven. En waarom was Byrne niet meteen naar beneden geklommen, om te zien of hij hem kon helpen? Zijn ellendige medesamenzweerder. De lafbek. We moesten door bramen en brandnetels en dergelijke heen, maar we klommen omlaag, en ik weet zeker dat we ons een paar keer hebben gesneden, wij alle twee, dus als mijn bloed of dat van Billy op die soutane zit, dan zou me dat niet verbazen. Niemand geloofde dat ik hem had vermoord, dat is bespottelijk. Is hij wel vermoord? Misschien is hij gewoon uitgegleden en gevallen.'

'Byrne heeft de worsteling gehoord, gezien. Híj zegt dat het moord was. Híj zegt dat jij het gedaan hebt. Waarom zou hij zoiets zeggen? Hoe komt hij daarbij? Dat detail baart me zorgen. Noem het de intuïtie van een politieman. Deze aantekeningen van Billy wijzen allemaal op moord. Hij noemt het een uitzinnige aanval. Hij schrijft heel duidelijk dat er steekwonden waren, en al in de jaren zestig heeft de politiearts dat bevestigd. Het staat allemaal in de aantekeningen. Onopgeloste moord.'

'Nou, dat zal dan wel. Ik weet niet waarom Byrne mij beschuldigt. Geen idee. Omdat hij Wilson en O'Casey op een verkeerd spoor probeert te zetten? Om ze weg te leiden van deze tijd, terug naar de jaren zestig? Waar hij zich beter thuis voelt? Die man heeft verschrikkelijke dingen gedaan, en Thaddeus Matthews was een slecht mens die mensen veel pijn heeft gedaan. Kleine meisjes. Hun gezinnen. Het kan me nog steeds enorm verbazen als ik hoor dat een priester heeft gelogen. Geen idee waarom.'

'En jij had geen eerdere connectie met Thaddeus Matthews?'

'Wat staat er in de aantekeningen?'

'Helemaal niets.'

'Zie je wel. Billy Drury's aantekeningen zullen me vrijpleiten. Jij hebt ze allemaal gelezen, dus dat weet je.

Ik heb het niet gedaan. Waarom zou ik Matthews vermoorden? Ik was kwaad op de commissaris, maar niet zó kwaad. De rechtsgang belemmeren? Nee. En ik was niet krankzinnig. Als ik zoiets had gedaan, zou ik nu nog steeds in Dundrum zitten. Godsamme, Jack.'

'Ik weet dat je een paar zware jaren achter de rug hebt, en dat het geen fijne tijd voor je geweest is, Tom. Dat weet ik. Maar als zo'n hufter zoiets zegt, moet ik dat natrekken. Geef ons een bloedmonster, kom een keer langs wanneer het uitkomt, dan zoeken we het wel uit.'

Dit was erger dan pensionering, dit was het vagevuur. Het waren de tien pijnen van de dood, het was de zevende cirkel van de hel.

'Prima, doe ik,' zei Tom, zo ontspannen, zo gladjes als hij wist op te brengen. 'Geen centje pijn.'

Toen vertrok Fleming, wat hij ondanks alles zeer joviaal wist te doen. Tot ziens, tot ziens. Tot over een paar dagen. Zeker, zeker. Bloedmonster, bloedmonster. We krijgen die priester nu te pakken, wat er ook gebeurt. De wereld een beter oord zonder hem. Nemen hem vast en zeker te grazen. Wacht maar af, Tom. Fijne avond, fijne avond. Vuile hufter. Achter slot en grendel ermee.

Hij bedacht hoe Fleming in zijn mooie auto stapte na een treffen zoals dit. Hij vroeg zich af wat hij dacht. Wat een ding om naar de deur van je oude vriend te brengen. Een nieuw gevaar van cold cases dat hij nooit had voorzien. Als er maar genoeg tijd verstrijkt, lijkt het of oude dingen nooit gebeurd zijn. Dingen die ooit nieuw, urgent en gruwelijk waren, verdwijnen langzaam naar de verre voortijd, net zoals wandelaars die zo ver lopen over het strand van Killiney dat die, terwijl je ze bekijkt, op een bepaald moment alleen nog een zwart stipje zijn, en dan verdwijnen. Misschien verlangt de verre voortijd naar de tijd dat hij louter tijd was, de materie van wijzerplaat en polshorloge. Maar dat betekende niet dat hij kon worden teruggehaald, of dat dat zou moeten. Hem was gevraagd in zijn geheugen te graven, alsof een mens dat werkelijk zou kunnen. Zou hij Jack Fleming ooit waarlijk kunnen vertellen wat op die berg was voorgevallen? Een van de redenen voor zijn gêne was geweest dat hij het evangelie volgens pater Joseph Byrne niet kende, maar ooit gekend moest hebben, en misschien nooit meer zou kennen. Het was iets wat thuishoorde, was opgesloten, dodelijk was geconserveerd in het grijze verleden, dat nu waar noch onwaar was. De echte antwoorden op Flemings vragen zaten niet in zijn schedel, ze bestonden elders, in de grote wolk van niet-weten waarin alle mensenverhalen samenschoolden. Een gemiddeld mensenleven duurde een half miljoen uur, dus wat was de optelsom van alle uren die alle mensen sinds het begin van de menselijke tijd hadden geleefd? En welk van die verloren verhalen was belangrijker dan alle andere? Hij zou flauwe vermoedens kunnen hebben omtrent het waarheidsgehalte van elke gedachte die hij had, elke gedachte. Wanneer hij het forensisch bekeek, zoals de bewoonsters van de forensische afdeling in hun vreselijke oude kantoorgebouw aan het eind van Harcourt Street deden, wist hij dat de herinnering aan de baby die aan zijn po was vastgesnoerd, met zijn aars eruit hangend, een herinnering moest zijn die niet van een ander kind was, van een andere lijdende baby, maar van hemzelf, niet langer in zijn hersenen opgeslagen als iets van hemzelf. Iets wat hij nu van buitenaf bekeek, om het af te zwakken, om het onschadelijk te maken, zoals een specialist van de explosievenopruimingsdienst deed met een gevaarlijke bom, om zichzelf buiten beeld te plaatsen, en het tragische kind een soort genade en anonimiteit te verlenen waarin het van de pijn verlost zou zijn, en weg, en voorbij.

Hij wist precies wat er was gebeurd, maar niets daarvan kon hij Fleming vertellen. Flemings begrip te boven. Zijn eigen begrip te boven, eerlijk gezegd. Niet omdat het incriminerend was, maar eerder omdat het het geloof te boven ging, Flemings geloof te boven ging. Er is meer in de hemel en op aarde. Toen June haar smartenkreet had uitgestoten, had ze Tom gesmeekt haar naar een plek te brengen waar ze een blik op Matthews kon werpen. Ze had hem gesmeekt. Haar diepe smart gold niet alleen het verleden dat naar haar terug kwam rennen, met al zijn tanden ontbloot, met blinkende snijtanden. Maar ook dat de commissaris het onderzoek had gestaakt. Jaren- en jarenlang was hij de adder geweest in het hoge gras dat zij was. Daarna haar huwelijk met Tom, daarna de kinderen, die bijna alles goedmaakten. Bijna. Als een helende genoegdoening. Niet helemaal, maar bijna, bijna. Ze had toch talent voor gewone dingen, de gewone dingen des levens? Ze zag het nut in van alles, hoe de kleinste dingen, scones bakken op zondagochtend, de uienbroodjes die ze hem vaak liet halen bij de Joodse bakker in Portobello Road, uiteindelijk de hoofdzaken waren. 'Niet zonder die broodjes naar huis komen, denk erom hè, Tom? Anders breek je mijn hart.' Willekeurige dingen, de kleine gebeurtenissen van een menselijke dag, het organiseren van de zorg voor de kinderen, hun bulten en blauwe plekken, hun mysterieuze pijntjes. Die keer dat Tom en zij Winnie naar het St. Michael's Hospital in Dunleary brachten, Tom met het kind in zijn armen, bang dat het kleine meisje hersenvliesontsteking zou hebben, die op haar kleuterschool was uitgebroken. Toen allebei van de plaats van handeling verbannen door de verpleegkundige, maar ze wisten door een kier in de deur naar binnen te kijken, terwijl de verpleegkundigen Winnie vastklemden op een bed en de arts de lumbaalpunctie uitvoerde. Haar kleine lijfje, en de reusachtige arts, en de reusachtige naald, en de vreemde, buitenaardse witte vloeistof die uit de ruggengraat werd gezogen, het hele ontmoedigende tafereel van achteren aangelicht door een groot metalen raam op de spartaanse afdeling. Goeie, genadige God. Maar het belang van die dingen, allemaal aaneengeregen in een rij van tijd, de kostbare halsketting van de gebeurtenissen van hun dagen. Deze oude naam, Thaddeus Matthews, deze oude demon, in de persoon van een priester van vierenvijftig jaar die nog steeds zijn ambt uitoefende, zo ongenaakbaar als het maar kon, brulde door de jaren heen naar June, brak iets, sneed iets door, alsof een krankzinnige een schaar zette in het tapijt van Bayeux en het in tweeën knipte. En hij had hun adres daar in het Tolka-bekken, hun grote, keurige pastorie, waar ze hun plannen smeedden, tegenwoordig schijnbaar onder één duister hoedje met elkaar, Matthews niet langer een solojager. Met een andere priester die geen priester was om hem te helpen zijn doelen dichterbij te brengen. 'Laten we erheen rijden om een kijkje te nemen,' zei ze, en het was dinsdag, nou ja, hij moest natuurlijk werken, dus hij zei dat ze het zaterdag konden doen, als ze het per se wilde, als ze het dan nog wilde.

In zijn herinnering verroerde ze zich in de periode tussen die dinsdag en die zaterdag verder nauwelijks. Ze zat in de huiskamer als een stuurs kind dat was gezegd dat ze moest blijven zitten, of een kind dat wachtte tot iemand haar mee naar buiten nam. Een verweesde blik. Hij had zelf geen enkele herinnering aan een moeder of vader, maar toen hij een jaar of drie was, als het ware bewustzijn kreeg, viel het hem op dat niet ieder kind in zijn omgeving een wees was. Soms kwam er toch een moeder bij een jongen op bezoek, soms zelfs een vader. Of een tante, of een oom. Dat zag hij met zijn ogen van een driejarig kind, en hij begon te wachten, hij begon ook te wachten tot er iemand voor hem kwam. Hij wachtte en wachtte, zat soms net zo stil als June nu. Stilzitten en wachten. Nadat hij het wachten eraan had gegeven, wachtte hij ergens diep vanbinnen nog steeds. Goeie genade, misschien wachtte hij nog steeds. Daarna was er vier avonden op rij gebakken vis met patat, die hij in de azijnige zakken naar huis bracht. Zout en azijn? De azijnfles in de aanslag, de grote roestvrijstalen zoutbus. Ja, ja. Op alles? O, alles. Bedankt, Luigi. En naar huis, naar June, zo onbeweeglijk als een zalm die zweefde in de stroming van de Moy.

Zaterdag kwam, en ze gingen op pad met hun Ford Escort, zeldzame tweedeursversie, naar de streek waar hij de priesters wist te wonen. Middels zorgvuldig luchthartige bevraging van mensen op de stoepen werd hem de weg gewezen naar het huis, het raampje omlaagdraaien, vragen, weer omhoogdraaien. Want het was een zomerdag, maar best fris. Een van die talloze Ierse zomerdagen die je na een veelbelovende ochtend teleurstellen, net als wedden op favorieten bij de paardenrennen. Hij had geen idee wat te doen, dit was geen politiewerk, maar hij stelde zich ermee tevreden, toen hij het juiste gebouw had geïdentificeerd, om op de stille straat te parkeren en naar de lege ramen te turen.

Toevallig hoefden ze niet lang te wachten. Om een uur of elf zwaaide de voordeur open en waagden twee priesters zich naar buiten op de granieten halve cirkel bovenaan de trap. Junes hoofd ging naar voren, als een hardloper voor het startschot, klaar om te vluchten, zou je denken, om zich op een of andere manier in een raket te veranderen. Tom keek strak naar haar gezicht, want ze zweeg en hij moest haar intentie lezen. De twee priesters daalden van de trap af, in hun zwarte soutanes gestoken, maar met regenponcho's van doorzichtig plastic eroverheen, en als hij zich niet vergiste – het was onder de soutanes moeilijk te zien – stevige zwarte schoenen. Die zag hij toen ze hun rokken koket optilden voor de afdaling, als kleine meisjes die voor koningin speelden. Als ze de Engelse koningin ooit ontmoetten, zouden ze dan buigen of een knicks maken? Ze liepen over hun onkruidvrije grindpad, zo onbezorgd als maar kon, en met slecht hoorbaar gepraat en gelach stapten ze in hun driewielige dwergauto, en weg waren ze.

'Herken je hem, June?'

'Tom, Tom, volg ze, volg ze.'

Hij nam aan dat dat 'ja' betekende.

'Zullen we dat nou wel doen, June? We weten niet waar ze heen gaan. Misschien gaan ze gewoon winkelen.' Nu werd hij vergiftigd, vergiftigd door paniek.

'Dacht je dat die klojo's hun eigen boodschappen doen? Volg ze, volg ze. Snel. Ze ontkomen... Toe nou, toe nou.'

Hij stuurde zijn bladgroene auto de nietsvermoedende, zonovergoten weg op en achter ze aan. Het kostte geen moeite om ze te volgen. Hij was er goed aan gewend. Om een of andere reden vroeg hij zich af of zijn Smith & Wesson in de kofferbak lag, hij had de slechte gewoonte die daar op te bergen. In de zin van onreglementair. Maar toch. En die zou hij trouwens vast niet nodig hebben. Maar verder was zijn hoofd wonderlijk leeg, als een raam in de verkeerde hoek ten opzichte van het daglicht. Dit doe ik voor June, bleef hij herhalen, mompelen, mompelen, als een boeddhistische mantra, dit doe ik voor June. En die klojo daar, wiens hoofd ik kan zien wiebelen terwijl hij in dat stomme autootje rijdt, die ziet eruit als het zwarte puntje in een bubbel kikkerdril, die figuur daar, dat rechts, en links, en rechts aangeeft, knipperende lampjes op stengels die openspringen en worden ingetrokken, nu op weg naar de buitenwijken van de stad en omhoog naar een hoger plan, op weg naar de bergen, zo te zien, is de waardeloze, smerige, ellendige, wrede, vuile hufter van een man die haar bijna vernietigd had, door haar heen was gescheurd, een klein meisje zonder verweer, week in, week uit, zijn eigendom en zijn speeltje. Iets van de wolf voer nu in hem, hij reed met veranderende intentie, ineengedoken op de plastic stoel, met iets van de luipaard, terwijl hij vakkundig afstand hield, ze zouden geen enkel vermoeden hebben dat hij hen schaduwde. Hoe terloops had hij dat honderdmaal gedaan, de gangen van boeven, drugsverslaafden en dieven nagaan, maar uiteraard was dit volslagen anders. Los van al het andere was hij het niet gewend dat June zo dicht bij zijn werk kwam. Altijd die tien kilometer tussen Deansgrange en Dublin, tussen haar en de gevaren waaraan hij dagelijks blootstond. Stoorden hem niet erg. Als oud-militair had hij genoeg bloedbaden meegemaakt. Zijn nek uitgestoken vanuit een soort principiële plicht om te beschermen, een sterk doorvoeld maar moeilijk in woorden uit te drukken principe, maar nooit terwijl zij met haar warmte en haar gestalte op de stoel naast hem zat. Nooit in de auto zelfs, hij nam zelfs nooit de auto. Het was overdonderend vreemd en grotendeels angstaanjagend. Pervers opwindend misschien ook. Was dit hoe het voelde om heroïne te spuiten? Kon haar iets ergs overkomen? Wat had ze in de zin? Lag het pistool in de kofferbak? Wat wilde ze dat hij deed?

12

Met gepast respect voor de dwingende eisen van politiewerkroosters, ook al bevond hij zich aan de verkeerde kant ervan, of in elk geval aan deze nieuwe, rare kant ervan, haastte hij zich de volgende dag weer naar de stad. Als ze zijn bloed wilden, moesten ze zijn bloed krijgen. Nu hij het leven aan de andere kant ervoer – de schemerwereld van de verdachte, min of meer, of in elk geval van iemand die volgens de vrij moordlustige terminologie in dit soort zaken geëlimineerd moet worden – voelde hij nog steeds de elektrische lading van de plicht. Fleming had om een monster gevraagd, Fleming zou er een krijgen. Er had net zo goed een knop op Toms overhemd kunnen zitten met de tekst DOE DIT NU die Fleming had kunnen indrukken. Zelfs DRINK MIJ uit *Alice in Wonderland* zou niet zo hard aan hem hebben getrokken. De stad belaagde hem zoals altijd met zijn grote spaken en draaikolken en verborgen verbindende draden, herinneringen vielen hem aan, hij liep erdoorheen als een wezen met honderd ogen en oren. Voor de zoveelste keer verlangde hij naar de informele gezapigheid van het normale leven, maar ja, wanneer was zijn leven normaal geweest? Of was abnormaliteit de maat van alle levens? Ongetwijfeld. Desondanks verkeerde hij half in een droom. Of dat wel zo gezond was, wist hij ook niet goed. De stad lag onder een enorme donkere wolkenbuik, als een kind dat zijn boek onder de dekens las, alleen had de stad erg slecht leeslicht.

Het was precies midden op de dag, hij kon de klok in de campanile van Trinity College twaalf horen slaan, die moest het zijn, dacht hij, of misschien ving hij de windloze lucht op van een van de andere kerken in Dublin, het karmelietenklooster helemaal in Grafton Street of de oude protestantse kapel in Dawson Street. Er waren tegenwoordig haast meer ontwijde kerken dan pubs. Ze waren dol geweest op kerken bouwen, die oude kooplieden van de stad. Moeilijker voor een rijke om de hemel binnen te gaan dan voor een kameel om door het oog van een naald te komen. Als hij aan dat gezegde dacht, dacht hij altijd aan de Naald van Cleopatra in Londen, hoewel die geen naald was en sowieso geen waarneembaar oog had. Het luiden van de klok ging het oog van zijn arme brein – of eerder oor – binnen. Maar hij was er niet helemaal bij. Welk ding, welke aanblik, welk straatbeeld had zijn gedachten teruggevoerd naar Maleisië? Misschien had hij heroïsche gedachten nodig. Hij was onderweg voor een afspraak met de lui van de forensische dienst, maar diep vanbinnen wist hij dat hij hen niet tevreden kon stellen. Misschien zouden ze een match vinden, met dubbelzinnige implicaties. Misschien zouden ze geen match vinden en teleurgesteld, gefrustreerd zijn. Forensisch medewerkers zwermden over plaatsen delict, trokken zich dan met hun buit terug op hun besloten, stille kamers. Natuurlijk waren ze ondergebracht in een mistroostig oud kantoorgebouw, dat weinig meer was dan een huls van betonblokken. Het was gemeen koud, zeiden ze altijd, wanneer het niet gemeen warm was op de weinige dagen dat de Ierse zon scheen. Dus hij was geneigd meelij met hen te hebben, omdat ze in zekere zin werden gescheiden van al het andere, van het veldwerk en de vragen, de plotselinge vlagen van inzicht. Ze waren nuchter, kalm, wetenschappelijk, vaak vrouwen die barstten van de diploma's. Maar daar dacht hij niet aan terwijl hij hen naderde. Hij liep door de straten en lanen en pleinen van zijn eigen stad, denkend aan Maleisië, aan de bedenkelijke oorlog waarvan hij in het grijze verleden deel had uitgemaakt. Geen plek verschilde sterker van deze granieten straten, van de lenteknoppen die zich verdrongen aan de esdoorns en de eiken op St Stephen's Green. Een aangename groene zweem die in de lucht verscheen, aangezien sommige bomen een voorsprong hadden op andere. De es zou de laatste zijn, wist hij. De es was een laatkomer qua groen worden. Misschien rukte het subtiele groen aan zijn brein. De reusachtige bladeren van Maleisië, de sombere schaduwen van de bossen, de verdoofde bungalows in de bonzende hitte. Eerst had je je kleed van zweet, daarna pas je uniform. Er was geen militair die niet zweette in Maleisië, zo'n schepsel bestond niet. Alle Chinezen de nieuwe dorpen in drijven, doodarme mannen in de nieuwe houten straten, terwijl ze vervolgens steen en been klaagden over de smerige dwang. Dat moest verhinderen dat de vreemde opstandelingen in die oorlog steun van hen kregen. Schimmige, vluchtige mannen die nu in de periferie honger zouden krijgen. In de schemering probeerden ze telkens naar binnen te sluipen, enkel om een kom rijst te krijgen. Zijn taak was om zich in een hoge boom te positioneren, zich met touw en blok omhoog te hijsen, en zijn geweer op de aanvoerweggetjes gericht te houden. Geen Lee-Enfield, verdomme, waarom had hij dat gezegd, nee, het was een Winchester Model 70. Een wapen zo fraai als een Amerikaanse auto. Zo effectief als de vloek van een pannenlapper. Wanneer hij iemand zag aankomen, onbekend, aarzelend, nerveus om zich heen kijkend, moest hij een besluit nemen. Doden of niet doden. Als hij er niet Chinees uitzag, was dat slecht nieuws voor die knakker. Als hij eruitzag als zo'n

Maleisische opstandeling, sloot je de grendel, en pang, en dan vloog die kogel vierhonderd meter en werd de patroonhuls uit het geweer gelanceerd als een slechterik in een Bondfilm uit de chique auto van James Bond, opvliegend in een boog, koperachtig, zijn arbeid gedaan, terwijl de kogel de afstand in een fractie van een seconde overbrugde, zo flitsend als een ijsvogel, alleen God kon zijn oog erop gericht houden, en ver weg, helemaal aan de rand van het dorp, zou de opstandeling het schot ongetwijfeld te laat horen, daar de kogel zich iets sneller verplaatste dan het geluid, waardoor dat hem onmogelijk kon redden. En volkomen geruisloos, met een haast komische tuimeling, viel het arme schepsel dan om, de harde aarde nauwelijks tot last, omdat Tom zo scherp schoot dat ze hem de vrolijke bijnaam Kraaloog hadden gegeven. Kraaloog Kettle. Een talent dat hem in eigen land had gered, de zegen dat hij tot de politie werd toegelaten. O ja. Rebellen doodschieten had hem zijn Ierse leven gegeven, weg van de schaamte en de wanorde van zijn jeugd.

Er zat die dag geen man tussen de forensische meisjes. Het was een koud kunstje voor ze om zijn bloed te prikken. Het was een koud kunstje om een praatje met ze te maken. Zou de IRA zich aan het staakt-het-vuren houden? Had hij *The Bridges of Madison County* al gezien? Dat leek een plagerijtje te zijn. Was er in Dalkey eigenlijk wel een bioscoop, hoe zat dat daar? Als er een bioscoop was, had hij hem nooit gezien. Hoop pubs. Ontiegelijk veel kastelen. Een van de vrouwen, Attracta Geary, zij zei dat Dalkey ooit een belangrijke havenstad was geweest, dat alles wat naar Ierland werd verscheept daardoorheen kwam. 'Dan heb je een hoop kastelen nodig,' zei ze. 'Volgens mij was dat in Howth,' zei Tom. 'Bij Howth is nooit een grote haven geweest.' 'Ik bedoel eigenlijk Dunleary,' zei hij. 'Dat zal het wezen,' zei

Attracta, 'de blinden leiden de blinden.' Toen schudde ze zijn bloedmonster een beetje in het buisje, en plakte er een etiketje op, en zong het een beetje toe, dacht hij, of neuriede ertegen, terwijl ze het dichter bij haar ogen bracht, alsof ze inderdaad slechtziend was. Maar het was gewoon haar manier om erin te kijken. 'Nou, je hebt erg mooi bloed, rechercheur,' zei ze. 'Hebben dan niet alle mensen hetzelfde bloed, zoals ze zeggen?' zei hij. 'Soms is bloed dat je tapt heel troebel,' zei ze.

Hij liep weer naar buiten, verliet het vervallen gebouw niet opgelucht maar dankbaar, een paar druppels bloed lichter. Hij had de demon in zijn gezicht gekeken. Zijn angst die bijna dertig jaar zijn metgezel was geweest. Het was net een bezoek aan de dokter, maar ook volslagen anders. Beide konden slecht nieuws betekenen, maar. Moord. Vroeger, zelfs in de jaren veertig nog, kon een veroordeling je de kop kosten. Tijdens de oorlog had De Valera twee IRA-leden laten ombrengen door niemand minder dan Pierrepoint. Executie door ophanging. Weggeleid uit deze zaal en opgehangen aan de nek tot de dood erop volgt. Dat was heel wat, om zulke woorden te horen in een tumultueuze rechtszaal. Je lichaam verschroeid door de schok. Weten dat je het gedaan had en dat het dubbel en dwars verdiend was, en niemand om daaraan te twijfelen of jou te redden. Een moment van volslagen eenzaamheid en gruwel, daar twijfelde hij niet aan. Gij zult niet doden. Gij zult niet, klojo. Helemaal niet, niet eens een klein beetje. Maar je kunt niet een klein beetje doden, doden is absoluut. D-o-d-e-n. Een klein woordje voor een daad zo groot als een planeet. Wie kon er bepalen dat de opstandelingen die hij vanaf vierhonderd meter had gedood, mannen met een knagend gevoel in hun buik, door doodgewone honger naar de dorpen gelokt, geen goede mensen waren? Het was zijn taak ze om te brengen. Eerst schieten, dan vragen stellen. Hij was een moordenaar, natuurlijk was hij dat. Hij had vele malen gedood. Op zijn geweerkolf waren 57 groeven gekerfd. Er was nauwelijks ruimte voor allemaal, en alleen zijn terugroeping naar Engeland had er een eind aan gemaakt. Deze vreemde oorlogen aan het eind van het lange verhaal van het Britse wereldrijk. De boel op orde brengen, dingen op de juiste plaats zetten, voor het definitieve vertrek. Schoonmaakacties. Elk probleem in het land in het grijze verleden door je eigen leger veroorzaakt. Een trots volk en een aanmatigend buitenlands leger. De arrogantie van zijn officieren. Eerst schieten, dan vragen stellen. Het zijn maar inlanders, Tom. Je bent erg handig met die proppenschieter. We zullen je naar de Olympische Spelen moeten sturen.

Moord.

Hij overdacht juist dat woord, probeerde het los te wrikken uit zijn keel, waarin het spreekwoordelijk was blijven steken, toen een man achter hem aan kwam rennen, alsof hij een Ronnie Delany'tje deed, bij een van de beheerdershuisjes in het park. De late voorjaarswind, die er genoegen in schepte om de knoppen en het prille groen, eveneens belast met vage herinneringen, door te bladeren, had Toms jas opengeblazen, en hij deed hem net goed en streek zijn revers met een gedachteloos gebaar glad toen deze man vrij krachtig een hand op zijn rechterschouder legde, zo krachtig dat Tom aanvankelijk dacht dat hij werd aangevallen. Volgens de letter van de wet werd hij aangevallen. Het was feitelijk verboden om je hand op iemand te leggen, tenzij – nou ja, het was geen gewelddadige onbekende, maar Wilson, in een ander pak gestoken dan bij hun vorige ontmoeting, ditmaal een mooi maatpak met een groene gloed. Grappig wat voor dingen je opmerkte.

'Jezus, Tom, ik was je de hele tijd aan het roepen.'

Maar achter hem scheurde het verkeer door, zoals gewoonlijk in een race tegen de verkeerslichten op de kruising van Harcourt Street en de zuidwesthoek. Af en toe werd daar een overstekende voetganger doodgereden. Berucht.

'Ik ben zeker doof geworden,' zei Tom, ondanks deze consternatie blij om Wilson te zien. Achter hem aan komen rennen was bijna een vriendschappelijk gebaar.

'Heb je een paar minuten voor me, makker?' zei Wilson wel heel erg joviaal, hoewel je zou kunnen zeggen dat uit het gebruik van dit vertrouwde, amicale woord onvoldoende respect voor hun verschil in anciënniteit sprak. Maar natuurlijk was er nu geen verschil in rang. 'Zullen we ergens neerploffen?' zei Wilson en hij leek hen allebei, zonder een antwoord af te wachten, te manoeuvreren naar een van de talloze houten bankjes, zo groen als brievenbussen. Op dat moment snakte Tom opeens naar een cigarillo, ook al was hij niet alleen een voormalig rechercheur maar ook een voormalig cigarilloman. Hij had een choquerende gewaarwording van de cigarillo in zijn mond, en de warme, scherpe, bijtende smaak die hem vulde. Heerlijk. Kalmerend. Zoals in die stomme tv-reclame. De man in een kuil en zijn rook die eruit opsteeg, was het toch? En een beetje stemmige muziek.

'Schijt, Tom,' zei Wilson. 'Ik word te oud om zo hard te lopen.'

Hij zweette inderdaad als een otter, hij spuugde bijna zweet uit zijn poriën. Een werkelijk bloedmooie jonge moeder kwam langslopen met een dubbele wandelwagen, een tweeling zo te zien, in elk stoeltje één. Wilson zweeg gedurende de tijd die nodig was om haar te bekijken, om haar te aanbidden, zich voor te stellen dat hij met haar getrouwd was, hij haar diende, haar nooit teleurstelde...

'En genadige Jezus, ik ben gisteren veertig geworden, en ik voel me eerder zeventig.'

Omdat Tom zesenzestig was, zweeg hij maar.

'Ik wilde je spreken over die ellendige priester.'

'Dat zei Fleming al,' zei Tom. Nu was hij angstig. Trillerig. Ze zaten op St Stephen's Green, een belangrijke locatie in de jeugd van iedere Dubliner. Hij had zelf weliswaar geen noemenswaardige jeugd gehad, maar als volwassen man, in actieve dienst zogezegd, had hij vaak de moeders met hun kinderen geobserveerd aan de rand van het grote meer, dat vele meters achter hen lag. Die een snee witbrood verkruimelden en aan de beroemde eenden voerden. De onsterflijke eenden. Hoe oud kon een eend worden? Hij had nog maar kort geleden ontdekt dat de roodborst, die allervriendelijkste vogel, maar twee jaar op aarde leefde. Dan weg was. Een beter lot dan dat van de libel, met zijn schamele ene dag, maar toch. Als je in Mr Tomelty's elegante tuin in het weldadige heggenprieel zat, was er altijd een roodborst bij je, misschien uit hoop dat je ging spitten. Met zijn mooie rode borst, eerlijk gezegd eerder bruin dan rood, als je goed keek. Het was zijn taak, of het was zijn taak geweest, om dingen van nabij te bekijken, zelfs de borst van een roodborst. Hield hij net zoveel van de roodborst als van Winnie en Joe? Waarom niet, was dat niet in orde in het document dat 'Gods plan' heette? Het beroemde ongeschreven ongeziene verborgen document.

'Het is echt een perfide kloothommel,' zei Wilson. In Toms herinnering had hij niet zo erg gevloekt toen hij bij hem thuis was. Misschien hadden ze nu een vloekband, oude vrienden, misschien niet. Maar dat was een duur woord, 'perfide', dat was een woord dat je alleen in boeken tegenkwam. Dus er school vriendschappelijkheid in het vloeken en een compliment in het gebruik van het woord. Misschien. 'Misschien' was een goed woord om bij Wilson in de buurt te houden. Toch kon je hem zijn eigenaardige charme niet ontzeggen. Tom had het gevoel dat hij hem echt leerde kennen. Heel onverwacht. Een mens kon zich maar langzaam blootgeven, wat de reden was dat het afnemen van meerdere verhoren werd aangeraden bij verdachten, om nog te zwijgen van slachtoffers, als die ertegen konden. Het trauma en leed van slachtoffers was bij sommige agenten maar een vage overweging. Ze vergaten het. Maar het was levensgevaarlijk om dat te vergeten. Dat was nou juist het doel van de hele onderneming. Om de wonden te helen.

'Ik weet dat je lang geleden met hem van doen hebt gehad. Ik weet dat je Fleming laatst hebt gesproken, maar ik wil graag jouw mening horen. Je weet toch wat hij over jou heeft gezegd?'

'Nee, nee, ja, Fleming heeft gezegd...'

'Ja, ja, een enorme hufter van een vent, met een grote bek. Flapt er van alles en nog wat uit. Een priester, Tom, een priester, godsamme. Kunnen we geen fatsoenlijke kerels als priesters hebben? Niet toegestaan?'

'Hij is niet echt een priester,' zei Tom en hij had een sterke aandrang daarover uit te weiden, maar slikte de woorden die hij wilde zeggen in. Hij slikte de woorden in, die hoofdzakelijk oprezen uit zijn liefde voor June en misschien, zo dacht hij, en dat was een nieuwe gedachte, uit zijn liefde voor zichzelf.

'Die kerels zijn jagers,' zei Wilson. 'Dat ben ik met je eens, Tom. O'Casey en ik zijn erheen geweest om hem te spreken. Hij deed poeslief. Zette thee voor ons, of zijn stomme huishoudster deed dat. Thee met mariakaakjes. Ik had in geen tijden een mariakaakje gehad.'

'Lust je die niet?' zei Tom, ondanks zijn plotse gelofte van zwijgzaamheid.

'Ik ben meer van de vijgenkoekjes,' zei Wilson, en hij lachte dat eigenaardige lachje van hem, waarmee hij een beetje uit zijn rol van overwegend harde bikkel viel, een tikkeltje hoog en breekbaar, vrouwelijk zelfs. Terwijl hij deze vreemde menselijke muziek aan de lucht offreerde, liepen er stomtoevallig twee nonnen van de oude stempel langs, die met ongeïnteresseerde en onleesbare uitdrukkingsloosheid op hem neerkeken.

Wilson hief zijn hand naar een denkbeeldige hoed en nam hem af, ook al was hij er niet, en zei bij wijze van respectvolle begroeting: 'Zusters.'

De nonnen reageerden niet. Op het hoofd van de oudste zat iets wat Tom op enkele lichaamsdelen van een zwaan vond lijken. Nog een vogel die van het park hield. Chagrijnige, prachtige vogels, net als die heerlijk valse actrices in het Shelbourne Hotel jaren geleden, toen hij daar was ingezet als bewaker voor beroemde bezoekers aan Dublin. Twee weken interessante hel.

Nu leek Wilson te verzinken in een lange beschouwing. Er zat iets teders in deze man, dacht Tom, en opnieuw was hij blij dat hij het voorrecht had gehad van hun nacht, met zijn drieën bij elkaar in Dalkey tijdens het onweer.

'Ik was jaren geleden van plan een poging te wagen om priester te worden,' zei Wilson plechtig, alsof plechtstatigheid als enige resteerde van die oude ambitie. 'Ik reed naar Maynooth met de bus uit Athlone, die ken je wel. Ik was pas zeventien. Ik zat nog op school. Bij de Broeders van de Christelijke Scholen. Ranselden ons allemaal ongenadig af. Maar toch dacht ik... voelde ik iets... Je weet hoe ze dat noemen, wat is het ook weer, een roeping. Een stem die je oproept om te dienen. Ik heb die stem gehoord, Tom.'

'Dat is... dat is verbazingwekkend,' zei Tom. 'Echt.'

En dat was het ook echt. Deze hoogstwaarachtige

bonk van een vent, Wilson, met zijn wellicht infame activiteiten in het noorden, en zijn eigenaardige onbehouwenheid, zijn blozende gezicht, wie weet – een heleboel wie-weets – een aardige mooie vrouw, wie weet een stel kinderen, zijn voorkeur voor fatsoenlijke pakken, zijn stropdas met de blauwe gloed van een merel, de paar haren onder zijn kaaklijn die hij die ochtend met zijn scheermes had overgeslagen – nou ja, hij had zich tenminste geschoren –, had ooit het idee gehad, een diepzinnig idee, precies in het binnenste, in de motor van zijn ziel, om geestelijke te worden.

'Weet je, het was de stomme architectuur waar ik op afknapte,' zei Wilson, opnieuw lachend. 'Niet te geloven, hè?'

'Was dat in Maynooth?'

'Ja, ja, die stomme instellingsgebouwen. Het leken wel gevangenissen, of gekkengestichten...'

En nu lachte Tom aimabel, ja, ja, hij snapte het. Wilson was niet in staat geweest zich in een van die gebouwen te wikkelen, laat staan in zo'n mistroostig pak dat priesters gedoemd waren te dragen.

'Hoe dan ook, die Byrne, als je me daar inlichtingen over kunt geven, broer, dan zal ik je dankbaar zijn. Hij zegt zulke rare dingen. Hij weet dat hij de lul is. We hebben hem te grazen, bij de kladden, geen twijfel mogelijk. Er zijn wel vijftien jongens die willen getuigen. Sommige daarvan zijn wilde jongens, zien er ook zo uit, andere lieve zachte jongens uit de buurt waar hij woont. Niet te geloven, toch?'

Lieve zachte jongens, wat een rare uitdrukking.

'Ik heb hem nooit ontmoet, weet je,' zei Tom. 'Ik heb die andere man gekend. Ik bedoel, die heb ik ook nooit echt ontmoet. Pater Thaddeus. Ik heb hem nooit gekend, maar ik wist van hem af.'

'Je wist van hem af, voor die affaire met de foto's?'

'Ja, ik had van hem gehoord, ik wist dat hij niet te vertrouwen was, niet echt, neem ik aan. Het is zo lang geleden dat...'

'Ja, lang geleden.' En Wilson zuchtte alsof er in alleen al die uitdrukking tragiek school. Lang geleden. Het verstrijken der tijd. Millennia. Menselijk leed. De dubieuze parade van de geschiedenis. Oorlogen, onderdrukking, wereldrijken. En het was een kwestie van wereldrijken, het wereldrijk van het Ierse priesterschap, met zijn vorsten en zijn legers. Die grote mannen, veelal zeer omvangrijk – niet McQuaid, die bleef zo mager als een greyhound, en net zo glad –, wier ring je werd verzocht te kussen wanneer je ze ontmoette. Om te knielen, als politieman, godsamme, en de poot van zo'n man te pakken, jou met een vreemd gebaar aangeboden, als een achttiende-eeuwse dandy, en je lippen op de grote robijn of granaat te drukken in de hoop dat je mond op dat moment droog genoeg was en je hem niet zou aflebberen. 'Maar die shit is niet van lang geleden. Die shit is van nu.'

'Daar hebben we het toch eerder over gehad?' zei Tom. Hij kon hem onmogelijk vertellen over Junes problemen. Dat zou niet een soortement verraad zijn, maar regelrecht verraad. Woorden die binnen de huwelijkse privacy waren gesproken. Een grotere biechtstoel bestond er niet. Niet van berouwvolle zondaar tot priester, maar rechtstreeks van de beminde tot het hart van de minnaar.

'Dat hebben we eigenlijk nooit echt gedaan,' zei Wilson. 'Dat is het verbazingwekkende. Als ik terugdenk aan alles waar we het over hebben gehad, vang ik bot.'

Dat werd niet helemaal zonder rancune gezegd, met een lichte zweem daarvan. Dit was voor het eerst dat Tom Wilson zo'n toon hoorde aanslaan. Hij meende er goed aan te doen dat zorgwekkend te vinden.

'Ik snap het,' zei hij, zonder er iets van te snappen.

'Hij uit beschuldigingen,' zei Wilson, met een plots air van hulpeloosheid. 'Ik moet het wel aan je vragen. Het spijt me godsamme zo erg dat ik het aan je moet vragen. Het is niet erg waardig.'

Dat was een nieuwe gedachte voor Tom. O, dacht hij. Wilson voelt zich opgelaten. Of zo niet opgelaten, dan toch respectvol. Misschien heel erg. Verbazingwekkend. Het bezorgde Tom een plotse vreugdeaanval. Hoffelijkheid!

'Als ik dit onderzoek doorzet, wordt het een puinzooi. Een enorme puinzooi.'

'Je moet het doorzetten,' zei Tom abrupt en hartstochtelijk. Het kon hem niet schelen, in de kern van de zaak gaf hij geen zier om zichzelf. Zijn oude last, 'rechtvaardigheidsbesef', een zwaar rotding dat de rug van een burger zou breken, was een last die hij nooit kon afleggen, zelfs nu niet, wist hij. Zelfs nu, terwijl er iets als een monsterlijke rat knaagde aan zijn eigen veiligheid, aan zijn rust, was uitgerekend dat het eerste liedje dat opprees naar zijn lippen. Achterhaal de waarheid en doorzie de misdaad. Sleep de boosdoeners voor de rechter.

'Ik wil niet...' begon Wilson, en hij viel stil, en tuurde recht voor zich uit. Er was inderdaad iets wat hij niet wilde. Tom meende te weten wat. Hij wilde hem niet naaien nu hij met pensioen was, zou Wilson misschien gezegd hebben. Hem wegsleuren uit zijn holletje en die penetrante, gerechtelijke schijnwerper op hem, een oud-politieman, richten. Een oud-politieman met de Scott-medaille! Hij nam aan dat Wilson dat ook wist. Het was er maar een van brons, maar toch. In '72 een kogel opgevangen van een krankzinnige. Nou ja, een arme gestoorde jongen met een grote storm en warboel in zijn kop. Krankzinnig van de levenspijn misschien.

Ging op zijn vrouw schieten, maar Tom stapte ertussen, onderschepte de kogel met zijn schouder. Kortstondige moed, God mag het weten. Geen idee waarom hij dat had gedaan, maar ja, hij had het gedaan. De reden interesseerde hem, maar hij kende haar niet. Roekeloosheid. Een gevoel van diepe diepe chaos in zijn ziel na de affaire met pater Thaddeus. Er waren momenten geweest dat hij domweg niet meer om zichzelf gaf. Dan voelde hij de verleiding om met zijn autootje door rood te rijden, wat echt stom was, en echt moorddadig, als hij er goed over nadacht. Af en toe maar. En toen die jongeman, hoe heette hij ook alweer, Purcell, iets met Purcell, Tim of zoiets, die met zijn legerpistool zwaaide – hij was in het leger monteur bij de logistieke dienst geweest, dus waarom had hij een wapen? –, Tom voelde niets wat zelfs maar in de verte op angst leek. Hij dacht alleen: je kunt beter niet je vrouw doodschieten. Schiet mij maar dood. Dus daarvoor hadden ze hem een medaille gegeven. De Walter Scott-medaille heette die, maar hij had niets met *Ivanhoe* te maken. Een of andere knakker uit de VS, ene kolonel Scott, had hem ingesteld, ter ere van de politie. *Valor* zonder 'u', Amerikaanse spelling. Hij wist uiteraard waar de medaille lag, maar het was niet iets waar hij vaak aan dacht, net als aan zijn vermeende 'moed'. Hij dacht er nu aan, en Wilson had hem niet genoemd. Maar als Tom geprest zou worden om te zeggen wat Wilson van hem vond, zou hij wellicht verklaren dat Wilson hem respecteerde, op zijn jongemannenmanier. Of middelbare, moest hij zeggen. Veertig! Hij zou geen veertig meer willen zijn. Hij wilde geen zesenzestig zijn. Jezusmina.

Wilson tuurde nog steeds recht voor zich uit. Tom had geen volledig zicht op zijn gezicht, maar het deel dat hij kon zien oogde best ernstig. De ogen, bruin en vochtig, strak gericht op die wonderlijke plek, de middellange afstand. Buiten zijn blikveld brulden de auto's van Dublin op de randweg. In vroeger tijden hoorde je het fijne geklepper van voermanspaarden die hun werk deden. Hm. Nu alleen het leeuwengegrom van de verbrandingsmotor. Een bende schalkse mussen spreidde zich opeens uit op het geasfalteerde pad voor hen, als grote uit een hand geworpen dobbelstenen. Ze zochten er naar wat kruimels, wat roekeloze insecten, piepkleine zaken die een mus zouden plezieren. Kleine wensen.

Wilson knikte, alsof hij in het allerdiepst van zijn gedachten een of andere conclusie trok, niet iets wat hij met Tom wilde delen.

'Ik zal je laten gaan,' zei hij, vrij ongepast, aangezien hijzelf degene was die opstond, een hand over zijn billen haalde om de orde van zijn broek te herstellen, en nogmaals knikte, ditmaal met een begeleidende glimlach. Hij liet zichzelf gaan. Hij was een knappe vent als hij glimlachte, wat hij waarschijnlijk wel wist, dacht Tom. Evengoed was Tom dankbaar voor die glimlach. 'Tot kijk,' zei Wilson. 'Succes.' En daar ging hij, naar wat die dag nog meer voor Wilson in petto had.

Hij schudde zich alsof hij ontwaakte uit een dagdroom. Of uit het gevoel dat hij vroeger in de bioscoop aan het eind van een film had, als hij merkte dat hij in zichzelf was weggezonken, een wakende dromer, en de landschappen van het oude Westen weer werden verruild voor de muffe stoelbekleding en het in beweging komende publiek, als verstoorde pissebedden. Moest dat van zich afschudden om de 'echte' wereld weer te kunnen betreden. De echte wereld. Die wereld waarin het zo sterk aan werkelijkheid ontbrak. De ellendige echte wereld, met al zijn lukrake hectiek, zijn welkome poelen van stilte, van schoonheid zelfs. Ja. Zoals dit park vol roofzuchtige mussen en de weg vol brullende auto's. Misschien was er een grens tussen die twee, maar wie waakte daarover? Raadsels. Waar hield de wereld op en begon de ruimte? Waar hield de Melkweg op en begon een ander groot melkwegstelsel? Als hij uit atomen bestond, zoals hij geloofde, en er enorm veel afstand tussen zijn brave atomen zat, waar hield hij dan op en begon het park? Misschien verloor hij een paar atomen door gewoon op te staan, zoals hij nu deed? Zijn vriendin van de forensische dienst kon hier later komen, een monster van dit bankje nemen en heel zeker weten, als onomstotelijk feit, aanvoerbaar voor de rechter, en leidend tot een veroordeling, dat hij en Wilson hier diep in gesprek hadden gezeten. Of kon je 'oppervlakkig in gesprek' zeggen? Lichtvoetig? Speels? Gevaarlijk?

Hoe was het nu om oud te zijn? Hoe zouden deze moeders en baby's nu naar hem kijken? En daar bij de eendenvijver hingen studenten van Trinity College op de bankjes, wist hij, als het niet te koud voor ze was, en keken buitenlandse types in hun reisgidsen, staarden niet wetend naar de gecompliceerde gebouwen van Dublin. Traitor's Gate en de lege ruimte in het midden van alles waar koning George II ooit blootstond aan de bespotting van voorbijgangers, opgeblazen toen Tom zeven was. Zelfs tijdens zijn noodlottige opsluiting ver weg in Connemara hadden de broeders daarover gesproken. Toeristen en studenten zouden niets van dat alles afweten, noch van alle zaken die hij zich, met zijn politieogen, op elke hoek herinnerde, en in elke straat opnieuw in gedachten voor zich zag: misdaden, schandalen, aanslagen, achtervolgingen, verhoren. Het kwam niet alleen doordat hij oud was, en in hun ogen oud leek, maar doordat hij een gepensioneerd spook uit het vreemde verleden was, een zinloze overlevende, een oud-strijder van vergeten oorlogen. Een reliek met een gescheurde trui in plaats van een ziel.

Desondanks kocht hij in Nassau Street, onderweg

naar de trein, een ijshoorntje met twee chocoladestengels, frambozensaus en discodip voor zichzelf. Het had hem verrast dat er ijsjes te koop waren en hij nam aan dat dit de ware voorbode van de zomer was. Het was heel heerlijk. Een erg mooi meisje maakte het voor hem met haar verchroomde machine. Als ware het een worstendraaier bij de slager. Hij deed met zijn ijsje tot aan Booterstown, en terwijl de trein tussen het vogelreservaat en het breder wordende strand door reed, beet hij het eind van het hoorntje op klassieke wijze af, zoog hij het laatste beetje ijs eruit tot het hoorntje hol was en verorberde toen genadeloos het hoorntje.

Dat was allemaal goed en wel. Maar terwijl hij zijn weg over de oude granieten stoep langs Coliemore Road vervolgde, en alle woningen aan Auld Dacency hem met hun donkere ramen bevroegen – wie loopt daar, vriend of vijand van de rijken? –, en hij opmerkte dat het grote wolkendeksel was opgetild, alsof alle land en zee eronder nu wel genoeg hadden gesudderd, en dat de aders worstelend zonlicht nu als lekkende watervallen neervielen uit de bovenste wolk, alsof het licht zelf een hemelse stroom was die alleen volgens de regels van de zwaartekracht kon vallen, zoals alles wat geschapen is, toen wist hij dat hij muizenissen in zijn kop had. Zijn bovenkamer. Zijn ellendige bovenkamer. Hij wist dat er indringers waren, en dat klopte. Het was een aangename avond. Dit was toch zeker weer om gelukkig bij te zijn. Om aan niets anders te denken dan het weldadige uitzicht. Maar misschien was hij nu verexcuseerd van dit soort geluk, zoals een schoolmeester een kind 's avonds vrijaf geeft van zijn lessen. Wat tijdens die negen stille maanden zo makkelijk, zo onverwacht was geweest, was niet langer van hem. Natuurlijk wist hij dat. Dat accepteerde hij nu. Maar op de acceptatie volgde een andere fase. Hij had de kogel nooit gevreesd, maar vreesde nu wel de pijl: dat zwevende pijltje dat op dit moment hoog in de hemel der dingen een boog maakte, zo hoog dat je bijna dacht dat het zich van je af bewoog. Maar dat was niet zo. Weldra zou zijn gewicht zijn opwaartse beweging afremmen en langzaam, langzaam, als de pijl van oude boogschutters in oeroude oorlogen, zou hij beginnen aan zijn reis naar beneden. Nog steeds in een boog, maar een die op zoek was naar zijn hart. Fleming en Wilson en O'Casey en hun vriendelijke bankschroef. Daartussen zaten zijn vingers klem. De bankschroef werd aangedraaid. Er was een goede kans dat hij eerdaags zou schreeuwen. Een plastic zak die hij zachtjes in zijn knuist zwaaide, bevatte een half pond worstjes en drie kilo piepers. Dat was in het belang van het voortgezette leven. De pijl klom en klom omhoog. Weldra zou hij op zijn hoogtepunt op adem komen, sierlijk, waarachtig stilvallen, en beginnen aan zijn befaamde afdaling. Als een pijl uit andere tijden. Uit de oude verhalen. Uit de oude oorlogen. Uit de reeds geleefde tijd, waarvan de inwoners waren afgereisd naar hun beloning. Waarvan de problemen niet langer bestonden. Waarvan de reizen waren afgelegd.

13

Wie zal de liturgie van de doden lezen? God doet je lot op de bus, de envelop wordt geopend en de bladzijde is blanco, maar alles staat daar geschreven. Hij nam aan dat dat waar was. Hij had opeens een groot verlangen om zijn verhaal aan iemand te vertellen, zolang het iemand zonder oren was. Zodat hij kon spreken maar die ander het niet hoorde. O, ja. Billy Drury had van de hele toestand geweten, maar slechts tot zijn eigen dood aan toe. Al het overige was onverteld. June kende het verhaal natuurlijk ook tot aan haar dood. Hoewel Billy en June verschillende versies zouden hebben. Het waren een soort onvoltooide hoofdstukken, en zelfs wanneer hij ze in zijn gedachten samenvoegde, kostte het hem moeite om te zien waar ze op elkaar aansloten. Om zelfs maar de helft ervan te geloven. Maar hij had de plicht om die te geloven. Want een getuige moest vooraleerst geloofd worden. Veel onheil en ongeluk was voortgekomen uit getuigen niet geloven. Bij voorbaat van de hand gewezen. Arme ziel staat voor je, stort gruwelijk zijn hart uit, en het klinkt niet aannemelijk. Maar vaak was het onwaarschijnlijke de waarheid, zoals je soms ontdekte, uiteindelijk, als het te laat was. Hij vond dat hij moest geloven, zichzelf moest geloven.

Dat alles dacht hij terwijl hij zich opmaakte om de poort van het kasteel in te draaien, zich zoals gewoonlijk verheugend op zijn toevlucht op de rieten stoel, met een fatsoenlijk opgebakken maaltje op schoot, toen de belendende cellist hem zag en begroette met iets wat bijna een vreugdekreet leek. Bijna. Of anders een onberedeneerde schreeuw. Of was die voor iemand anders bedoeld? Tom keek om zich heen, maar er was niemand. Het elegante huisje van zijn buurman was uit de victoriaanse tijd, maar het balkon was uiteraard nieuw, of nieuwachtig. De zilte zee stripte langzaam de vernis van de houten reling. Zijn Remington stond op zijn driepoot, maar hij klemde ook zijn cello tussen zijn benen. Ter ondersteuning van zijn schreeuw had hij de strijkstok opgestoken en ermee gezwaaid, in een poging Toms aandacht te trekken. Tom wist zich geen houding te geven. Was dit een uitnodiging? Na het bezoek van Wilson en O'Casey had hij zichzelf beloofd te proberen om productiever met andere mensen om te gaan. En op grond van wat hij van hem wist, mocht hij dit mannetje met zijn lange lokken wel. Hij was in de verleiding om ook een hand op te steken, dat een begroeting te noemen, en door te lopen naar huis. Maar dat was gewoon lafheid. Tom vond zichzelf vrij redelijk geschoold, maar een cellist, dat was toch wel een hoogverheven beroep. Een hoop obscure technische kennis. Rare muziek, rare componisten. Meer dan Bach kende Tom niet. Dat zou binnenkort vast uitkomen. Maar misschien – de gedachte verscheen ongevraagd, schijnbaar op eigen kracht – vond de cellist hém aardig. Toen ze elkaar eerder spraken, had Tom het Engelse accent opgemerkt, en de leuke sarcastische wijze waarop de man zelfs over het weer sprak. Alsof het Ierse weer zijn opponent was. Wat het in zekere zin ook was, het Ierse weer, dat zo zelden meewerkte met de plannen van burgers. Nationale feestdagen verregenden allemaal geheid, van voren tot achteren. Dat was een gegeven van het Ierse leven. Een dagje naar het strand dat begon met stralende zon, eindigde onvermijdelijk met rillende tranen, met plotseling onweer, met toedekkende wolken. Hoe vaak hadden Ieren van alle leeftijden en alle geslachten niet op hun handdoek gelegen, op een of ander strand in Ierland, terwijl hun lijf verstijfde door de aanvallende kou, wachtend tot het wolkendek vertrok en de zon weer vrolijk omlaagscheen? Algauw gaat het rillen over in stuiptrekkingen, een epilepsie van blootstelling. Het slachtoffer siddert, tuurt met toegeknepen ogen naar de lucht, want zelfs in de wolk zit een fel schijnsel, om een oordeel te vellen. Moet ik blijven of moet ik gaan? Heeft het enige zin om hier te liggen, terwijl de dood langzaamaan steeds verkieslijker lijkt?

Maar nu zette de cellist zijn instrument voorzichtig tegen de stoel waaruit hij zojuist was opgestaan en liep hij naar de rand van zijn balkon, naar de plek het dichtst bij Tom.

'Wat een mooie avond,' zei hij.

'Echt heerlijk,' zei Tom.

'Je zou er bijna in durven zwemmen,' zei de man. Nu pijnigde Tom zijn hersenen om te achterhalen of hij zijn naam wist, of zijn naam ooit was gevallen of geverifieerd, maar zijn pijniging was vergeefs.

'Kom boven een glaasje van het een of ander drinken,' zei de cellist.

Tom aarzelde natuurlijk. Hij had genoten van Wilson en O'Caseys gezelschap, maar dat had hem nog niet bekeerd tot gezelligheidsdier. Hij was danig in de verleiding. Het informele, ontspannen air van de man. Zijn buurman, tenslotte. Misschien zou hij hier nog een hele tijd wonen. Hoelang leefde een lichaam na pensionering door? Onbekend. En Tom was de hele Coliemore Road lang vervuld geweest van zijn gedachten. Hij was opeens bereid om te vertrouwen, om die politieachtige neiging om voor de zekerheid afstand tot de bevolking te bewaren los te laten. Voor welke zekerheid? Dat hij de cellist ooit zou moeten aanhouden? Ga toch weg, Tom. Niet waarschijnlijk. Maar in het onwaarschijnlijke geval...

'Jemig, dat doe ik,' zei Tom. 'Bedankt,' zei hij tot zijn eigen verbazing, terwijl zijn benen hem ook verbaasden door hem als ware het op eigen initiatief over het nieuwe betonnen trapje omhoog te dragen naar de rechterkant van de cottage. Er was even paniek toen hij het om wat voor reden dan ook niet verdroeg om belast met boodschappen aan te komen. Dat geneerde hem. Hij had de wilde gedachte om ze in de kloof tussen de twee panden te gooien, maar deed dat niet. Het elegante poortje sloeg achter hem dicht, liet hem bijna schrikken. Terra incognita. Ontkiemende vriendschap. Opeens zat zijn hoofd vol gedachten over toekomstige oogsten, dat dit kleine moment tot een litanie van mooie dingen leidde, met de cellist whiskey drinken op lange donkere winteravonden en misschien schaken – hij kon niet echt schaken, maar toch –, kletsen over oude zaken, zelfs naar muziek luisteren, zijn kennis uitbreiden tot buiten Johann Sebastian. Was dit de man zonder oren aan wie hij zijn droeve verhaal kon vertellen? Waarschijnlijk niet. Trouwens, hij had oren, hij had oren nodig, voor het cellospelen.

Toen hij het balkon bereikte, dat behoorlijk ruim was, misschien zelfs de vierkante meters van de cottage in herhaling, besefte hij dat hij er vanaf de weg maar een fractie van had gezien. Door zijn raam had hij alleen uitzicht op de rand aan de voorzijde, waar het geweer op het statief rustte, en telkens als hij de schoten hoorde en naar buiten keek zag hij alleen het hoofd en de borst van de cellist, en nooit de stabiliserende benen, hoewel hij die erbij had gedacht. Hij had ze erbij gedacht en daarom had hij ze in zekere zin gezien. Hij had de man een keer gesproken bij zijn sierlijke poort, of meende dat te hebben gedaan. Hij had in elk geval een duidelijke indruk van vriendelijkheid gekregen, ook al zaten de details achter een soort melkglas. Maar in werkelijkheid bleek de man totaal anders. Alsof hij bij Brown Thomas naar binnen was gelopen en zich een nieuwe persoonlijkheid had aangemeten. Tom had oog voor dure overhemden, want zulke dingen zou hij nooit aanschaffen. Hij muntte uit in geen goede kleren dragen. Zijn hele loopbaan was hij gewend om mensen te 'lezen' en nu las hij de kleine cellist. Zijde, als hij het goed zag. En een golvende broek, hoe moest hij die anders omschrijven, golvend, gemaakt van een of andere dunne stof, en daar een heleboel van, zoals de bekende Turkse broek, de galapantalon van een van de Franse regimenten, de naam was hem ontschoten. Nee, *zoeaaf*! Hij wist het toch nog. Bingo. Naast deze luisterrijke uitdossing voelde hij zich shabby in zijn oude pak en ondoordachte jas. Maar de cellist greep zowaar zijn rechterhand vast, raapte die zelfs op van Toms zij, waar hij hem dom genoeg had achtergelaten, als het ware in de steek had gelaten, vergetend om hem uit te steken, en met beide handen kneep en schudde de man zijn hand. De boodschappen werden hoffelijk genegeerd. Het deksel van Toms hersenpan kwam omhoog en rammelde, als een pan aardappels die aan de kook raakt. Hoe heette hij ook weer, hoe heette hij ook weer?

'Ronnie,' zei de cellist, en hij redde hem. 'Ronnie McGillicuddy.'

'O,' zei Tom, 'McGillicuddy van de Reeks-bergen.'

'Dezelfde.'

'Tom Kettle.'

'Ja,' zei hij, en hij masseerde de hand nog een klein beetje en liet hem zachtjes vallen. Hij had hem een heel klein beetje geplet. Door het cellospelen zat er vast veel kracht in zijn vingers, nam Tom aan.

'Ik dacht dat je...' zei Tom, en wilde toen niet 'Engels' zeggen, voor het geval deze Ronnie McGillicuddy er aanstoot aan zou nemen. Het zou opvatten als een verwijzing naar de miserabele Ierse geschiedenis. Het oude verhaal. De ijzeren greep van de kolonisator. Maar toen zei hij het toch maar. De stilte, de discretie van de stilte gaf hem permissie. '...Engels was, om een of andere reden.'

'Nee, nee, mijn familie woont daar al duizend jaar. Langer. In de Reeks.'

'Dat is een mooie streek.'

'Zeker.'

'Maar je woont hier?'

'Dit was het huis van mijn vrouw.'

'O.'

'Ik heb het aangehouden.'

'Ach, het doet me verdriet dat te horen.'

'Wat?'

'Is ze dan niet...?'

'Gescheiden. Ze is gedwongen opgenomen, om precies te zijn. Hm.' En hij schudde zijn hoofd, en zijn haar schudde 'nee', als om verder doorvragen te verbieden.

'Aha.'

'Ben je getrouwd, Tom?'

'Geweest. Nu weduwnaar.'

'Ach.'

Dus zo ver waren ze gekomen. Hij vroeg zich af of Ronnie spijt had dat hij hem naar boven had geroepen, of er misschien zelfs plezier in schepte. Als je naast zo'n kerel stond, voelde je je algauw een beetje onbehouwen. Hij geloofde niet dat hij erg onbehouwen was, maar toch... te hoog gegrepen? Aan de andere kant zouden ze geen verkering met elkaar krijgen. Dat zeiden ze vroeger altijd, hij en Billy, wanneer ze een godin zagen, een godin op straat. Te hoog gegrepen, Tom. Maar vervolgens was hij zowaar met een godin getrouwd. Zoveel te hoog gegrepen dat hij nog altijd stomverbaasd was dat ze met hem was getrouwd. Stomverbaasd.

Misschien stond dat alles op zijn gezicht te lezen of straalde hij het uit, want Ronnie zei: 'Ik kan zien dat je haar mist, Tom, en het spijt me te horen van je verlies.'

'Het was inderdaad een gigantisch verlies, godsamme,' zei hij, en hij had spijt van de vloek, maar toch was die naar buiten gehuppeld, welgemeend en intiem.

De cellist lachte. 'Ik snap precies wat je bedoelt. Mijn vrouw is nog steeds boven de grond, maar toch mis ik haar.'

Toen gebaarde de cellist Tom om plaats te nemen op een van de twee metalen stoelen. Dit was eigenlijk best genoeglijk, dacht hij. Ze hadden binnen vijf seconden zachtjes hun centrale waarheden aan elkaar gecommuniceerd, opmerkelijk. Terwijl Tom de driepoot passeerde om de stoel te bereiken, zei hij: 'Remington.'

'Zeker. Je hebt verstand van wapens. Nou ja, dat had ik wel verwacht.'

'Ja. Hoe ver is het van hier tot de aalscholvers?'

'Driehonderd meter of zoiets.'

'Ik hoor het schieten regelmatig.'

'O,' zei Ronnie, die de kreukels in zijn volumineuze broek gladstreek en iets in Toms stembuiging opving. 'O, dat keur je niet goed?'

'Ach, geeft niet. Ik ben er geen voorstander van. Je weet wel.'

'Wil je iets drinken? Koffie? Whiskey?'

'Whiskey zou ik wel lusten.'

'Puur, water?'

'Ja, doe er maar een bietje water in.'

'Een bietje?'

'Een beetje, beetje bedoel ik. Ach, ja.'

Tegen een avond als deze kon geen mens bezwaar

maken. Het lichte lengen van de dagen suggereerde de komst van het overvloedig durende daglicht in de zomer. Om elf uur donker. Nog niet zover, maar als je hem zou vragen wat hem in Ierland vasthield, kon de lange duur van een zomerdag wel als een van de redenen worden vermeld. Amerikanen verbaasden zich over zulke dingen. Hij had ze in O'Connell Street gehoord, wanneer het licht tegen middernacht op bijna bespottelijke wijze nableef, alsof ze op de Noordpool zaten. En als die langgerekte dagen met fatsoenlijke warmte gepaard gingen, kon er niets op tegen dat cadeau, waar dan ook. Weer en stille uren die van elke gangster een heilige zouden maken. Op een late zomeravond werden er geen roofovervallen of aanslagen gepleegd, in zijn weliswaar wrakke herinnering.

Er werden twee whiskeys gebracht in mooi gegraveerde glazen en de cellist hervatte zijn glimlachende beschouwing van de zee, het stralende eiland, de aalscholvers en af en toe, met heen en weer schietende ogen, zijn nieuwe vriend.

'Driehonderd meter,' zei Tom, en hij knikte, en zweeg daarna een volle minuut.

Toen de minuut voorbij was, zei Ronnie McGillicuddy: 'Driehonderd.'

'Geen probleem met dat geweer,' zei Tom.

'Wil jij het proberen, Tom?' zei Ronnie. 'Het is geladen.'

Tom keek Ronnie verrast aan, alsof dat nooit bij hem was opgekomen. Nou, dat was ook zo. De kleinst denkbare stukjes goud en zilver licht gingen overal piepklein tekeer. Heel even wist hij niet meer of de zon zich nou vóór hen moest bevinden – in dat geval had de kosmos hem helemaal opgeslokt – of achter hen. De zon wist het zelf wel en ging achter het glazen huis en de heuvel onder, volledig buiten hun blikveld aan de andere kant van het kasteel. Maar het licht doorboorde de bloemloze bladeren van een passiebloem die Ronnie in een grote pot gevangenhield. De klimplant werd overeind gehouden door een schriel hekwerk dat in de potaarde was gestoken. Ook de driepoot stond overeind, net als de muziekstandaard met bladmuziek, vlak bij Ronnies stoel, en het donkerroodbruin van de cello. Dat ding kostte vast wel een paar duiten, dacht Tom. De titel van de bladmuziek was *Kol Nidrei*, in duidelijke zwarte letters, een frase die hem een raadsel had kunnen zijn, die iedereen een raadsel had kunnen zijn, maar bij hem een gevoelige snaar raakte. Een herinnering van lang geleden. Nu leek het zilveren en gouden licht zijn ogen te hebben bereikt, en daar ging het naar binnen, en danste daar, zodat hij bijna verblind raakte. *Kol Nidrei.* Terwijl hij zich naar het geweer draaide en opstond, en Ronnie hem nauwlettend observeerde, nippend van zijn whiskey – Tom had geen druppel gedronken, omdat hij natuurlijk niet dronk, maar hij had het glas met plezier aangepakt en vastgehouden, in het belang van de hoffelijkheid –, vroeg hij zijn oude hoofd wat die frase betekende. Op zijn zeventiende, toen hij nog maar een paar maanden in het leger zat, kreeg hij te horen dat hij naar Palestina werd uitgezonden. Ja, dat herinnerde hij zich nu. Die stomme boekjes. Die zaten nog steeds ergens in de heilige dozen. Zou hij die ooit uitpakken? Dat wist hij niet. Zijn sergeant had hem een boekje gegeven over Arabische religieuze feestdagen en Joodse religieuze feestdagen, zodat hij de inwoners geen aanstoot zou geven. Alsof zijn geweer dat in zijn eentje niet al deed. En boekjes over eetgewoonten en tradities en geschiedenis en wat al niet. En een boek met praktische uitdrukkingen in het Arabisch en Hebreeuws. En hoe je moest praten tegen Joodse vrouwen en Arabische vrouwen, en tegen Joodse meisjes en Arabische meisjes, en dat je het niet in je hoofd moest halen dat je het met wat voor meisje dan ook kon aanleggen. Is dit de weg naar het station? Mag ik de sleutel van mijn kamer? Hoeveel broers en zussen heb je? En hij had die boekjes helemaal stukgelezen, omdat hij zeventien was en verder wilde komen in het leger. Hij was eindelijk vrijgelaten uit het weeshuis en zou nooit meer teruggaan, en als hij duizend boekjes uit zijn hoofd moest leren, dan deed hij dat met plezier. Toen vertrokken de Britten eind dat jaar uit Palestina, of was het kort daarna, in elk geval verraste het zijn sergeant om een of andere reden, en was al zijn leren voor niets geweest, en werd hij in plaats daarvan verscheept naar Maleisië, waar de zonden van het Britse imperium nog zouden voortduren. Maar ja, hij had heel wat verzameld waar hij uiteindelijk niets aan had, behalve nu, vijftig jaar later, op dit dure terras, bij deze wonderlijke man, en de frase *Kol Nidrei*, die hij kende omdat het relevante boekje hem had verteld dat die op de avond voor Grote Verzoendag werd gezongen. Verzoening. Een woord dat hem op zijn zeventiende weinig had gezegd, maar nu heel veel zei. Alle eden en beloften van het afgelopen jaar die je niet gestand had kunnen doen, werden weggelegd en nietig verklaard: *Kol Nidrei*. Nog iets wat hem vijftig jaar geleden niets had gezegd, en waar hij nu naar hunkerde.

Ronnie stelde de schroeven bij die het geweer op zijn plaats hielden, om het voor Tom gereed te maken, zo nam Tom aan.

'Wie rent daar rond, Tom?' zei hij, met hoofd en hand wijzend naar de tuin van de familie Tomelty. Tom keek naar beneden.

'O, dat is het zoontje van Miss McNulty.'

'Volgens mij is het een meisje, Tom.'

'O, een meisje?' Hij keek nog een keer. Hij was dus niet de enige die haar zag.

'Ik weet het niet,' zei hij langzaam. 'Ik weet het echt niet.'

'Misschien is het een spook,' zei Ronnie luchtig.

'Maar het spook van wie?' zei Tom, enigszins beducht voor het antwoord.

'Toen ze daar op het eiland aan het graven waren, in de jaren zestig, hebben ze de botten gevonden van een kind dat in een greppel was gegooid. Niet eens begraven. Een oude greppel, blijkbaar. Een oud kind. Misschien is zij dat wel. O, ze is weg.'

'Ach ja,' zei Tom.

'Geloof jij niet in spoken?'

'Zeker wel,' zei Tom stellig.

'Ik heb haar voor je gericht,' zei Ronnie, waarmee hij niet het meisje, maar het geweer bedoelde.

'Wat een geweldige kijker, Ronnie,' zei Tom, en hij tuurde erdoorheen waar hij langs de bovenkant van het geweer was bevestigd. 'Op het mijne zit een oude Weaver. Wat een prima kijker is. Maar deze is... deze is...'

Hij meende het oprecht. Er moest een revolutie op het gebied van richtkijkers hebben plaatsgevonden terwijl hij niet oplette. Hij had vele vele jaren niet met zijn geweer hoeven schieten. Deze kijker leek ook een component van licht te bevatten waarvan hij de herkomst niet kon zien. Het leek alsof de aalscholvers vlak voor zijn neus zaten, en ook de eendenmossels op de zwarte rotsen, en de zware rokken van donkerbruin zeewier, deinend in de late vloed. Het was een koude en wilde aanblik. De aalscholvers oogden alsof ze met geweld uit de donkere rotsen waren gehouwen. Hij vroeg zich af hoe het zou zijn om de trekker zachtjes over te halen, om zijn wijsvinger door het boogje te steken en een kogel in een borst te plaatsen, en de vogel te zien vallen, ver ver weg en toch zo dichtbij. Maar diep vanbinnen wist hij dat hij de trekker nooit zou overhalen.

Toen stapte hij weer naar achteren, glimlachte tegen Ronnie, knikte, een beetje onnozel, dacht hij, omdat er misschien van hem verwacht werd dat hij ging schieten. Hij zag dat het mannetje zijn cello tussen zijn benen had geklemd, en de strijkstok had opgeheven en op een snaar had gezet, heel ballet-achtig, heel elegant.

'Heb je bezwaar als ik wat speel?' zei hij.

'Nee, nee, ik zou het heerlijk vinden als je speelt. Ik hoor je voortdurend. Bach. Dat stuk van Bach ken ik.'

'Ken je dit? Van Bruch?'

'Van Bach?'

'Nee, nee, Bruch, Bruch. *Kol Nidrei.* Bruch was een ontzettend Duitse protestant, maar hij heeft dit prachtstuk Joodse muziek geschreven.'

Ja, ging hij zeggen, dat ken ik, Grote Verzoendag en de geloften en eden die we allemaal niet gestand hebben gedaan, en de zegen om daarvan verlost te zijn, maar hij zweeg. Laat Ronnie McGillicuddy maar denken dat hij een onbenul was. Hij had geen zin om te praten over Palestina en over toen hij zeventien was en pas een paar maanden weg uit het weeshuis. Hoe dan ook, Ronnie begon de eerste lange, losse noot te spelen voor hij iets kon zeggen. Tom nam weer plaats op zijn stoel. Was dit niet een van de aardigste dingen die hem ooit waren overkomen? Een glas whiskey – ook al raakte hij het nooit aan – en het laatste licht van een voorjaarsdag, een concertje krijgen van een man tegen wie je duidelijk domme dingen kon zeggen zonder dat hij het erg vond. Dat was een goede eigenschap voor een man. Hij zonk dieper weg in zijn stoel, steeds dieper, met zijn donkere jas aan, en de aalscholvers op driehonderd meter afstand hoorden de muziek ongetwijfeld ook, hun levens verlengd door Toms terughoudendheid, zijn liefde voor dingen die in zijn blikveld verschenen, zijn verwarring, zelfs zijn oude schuldgevoel, zijn hoofd gevuld met goud en zilver licht.

En waarschijnlijk hoorde de familie Tomelty het, en de jonge moeder, Miss McNulty, en haar zoontje, dat zijn tomaten met worstjes zat te eten. Want het was nog maar etenstijd. Als hij aan de worstjes van de jongen dacht, leken zijn eigen worstjes aan zijn voeten opeens gezellig.

Ronnie McGillicuddy leek de muziek zelf niet bepaald te horen, zijn gezicht was compleet veranderd, was serieus geworden, springerig van expressieve beweginkjes, met hard dichtgeknepen ogen, af en toe achterover geworpen hoofd, terwijl zijn lokken zich roerden en zwaaiden, en hij niet eens op de bladmuziek keek en niet zozeer luisterde als wel de noten uit zijn lichaam trok.

Dit was de man zonder oren die Tom nodig had gehad. Daar zat hij, steeds verder wegzinkend, zacht gemaakt, vervriendelijkt, en terwijl hij zelf zijn ogen dichthield zweefde Junes beminde gezicht door zijn gedachten. Het geliefde, geliefde gezicht. Voor het eerst in lange tijd kon hij het zonder angst aanzien. Zonder vrees. Als een doodsbange militair die toch het slagveld op rent en merkt dat zijn moed zijn angst van hem heeft afgespoeld. Het eerste gezicht, toen ze jong was, en alle andere gezichten, met het verstrijken der jaren. Junes zwevende gezicht, dat elke dag van haar leven met zich meedroeg. En na het heengaan van pater Thaddeus waren er vele goede dagen geweest. Dat geloofde hij echt. Vreugde zelfs, in de directe nasleep daarvan. Uitgelatenheid. Er viel iets van haar af, ze was als een vrouw die onder de spinnenwebben had gezeten. Een soort geschifte versie van Miss Havisham en de wees Estella ineen. Niet in haar trouwjurk weliswaar, maar in haar communiejurk, de vreemde trouwjurk van kleine Ierse meisjes. Tom had een verhaal gehoord dat Miss

Havisham gebaseerd was op een echte vrouw, die in een van de grote huizen aan St Stephen's Green had gewoond. Jemig, dat had Attracta Geary, die vol oude verhalen zat, zelf aan hem verteld. In welke context, dat wist hij niet meer. En de kinderen waren zo klein, er was zoveel om voor hen te doen, zoveel om je over te verbazen. Nu Matthews uit de weg was geruimd, voelde ze misschien dat er een cordon van veiligheid rond haar kinderen was gelegd. Rond hun kindertijd. Terwijl ze opgroeiden, doorliepen hij en June alle stadia van het ouderschap. De eerste schooldag, die Joseph diep choqueerde. Na de lange dag zei hij bij thuiskomst tegen June: 'Nou, mama, dat hoef ik nooit meer te doen...' Ze kon het haast niet over haar hart verkrijgen om te zeggen dat het elke dag zou zijn. Die twintig jaar of daaromtrent dat hun bezigheden het hele uitzicht, het enige uitzicht waren door de kier van je tankraampje, zoals je zou kunnen zeggen. Hun schoenen, de majestueuze reeksen schoenen, de galopperende maten, de kleren, de kleren aan hun lijf en de kleren op het houten droogrek in de huiskamer, aan de waslijn in de tuin, als de galante vlaggen van een middeleeuws leger in een kamp. En het huwelijk vaak net een steekspel, niet vrij van zware stormen, fameuze knallende ruzies, die de kinderen ogen op steeltjes van afschuw bezorgden. Daarna afkalvende razernij, bekoelende woede, de woordjes die ouders met elkaar wisselen in alle kortstondige privéruimte die ze kunnen krijgen. 'Het spijt me, June.' 'Het spijt me, Tom.' De heerlijke verzoening. De sleutel tot vrede in het huwelijk, en in Palestina helemaal, waarvan hij opmerkte dat die nog steeds niet was bereikt. Om gewoon stil vanbinnen te zijn, net als deze verstilling terwijl de noten van *Kol Nidrei* hem doorboorden, als deskundig gehanteerde naalden, zodat je geen pijn voelde, die eeuwige verpleegster van alle menselijke ervaringen, die de naald erin stak, voilà, voilà. Om gewoon stil te zijn en je excuses te maken. Om de wezenlijke problemen en oneerlijkheid te erkennen van zelfs de liefde, die hij in zijn diepste gedachten als groot beschouwde, de grote liefde waarvan hij oprecht geloofde dat hij die voor June had gevoeld. En op hun slaapkamer vormden haar magische kleren, haar 'spulletjes', haar juwelenkistje, de saffieren armband die hij voor een van haar verjaardagen bij Brereton in Capel Street had gekocht, de ivoren druppeloorbellen hetzelfde verhaal, al die door die jaren heen verzamelde stukjes en beetjes goud en zilver, een kleine oogst. Als vrouw zonder moeder zou zij zelf een moeder van moeders worden, alles opnieuw doen beginnen, en tegen Winnie zei ze altijd: 'Lieverd, als je groot bent en je arme oude moeder er niet meer is, dan zijn al die juwelen van jou. En jij zult ze aan je dochter geven, en zij...' En dan riep Winnie: 'Nee, mama, mama, niet waar, niet waar, want jij gaat nooit dood.' 'Dat klopt,' zei June dan met een lach, 'ik ga nooit dood.' Elke twee jaar, nadat ze als gekken hadden gespaard, stapten ze met zijn allen op de pont, die kon je nemen aan de oever van de Liffey, waar pakhuizen en hijskranen dreigend boven de rivier uittorenden, en voeren ze naar het Isle of Man, waar ze altijd op dezelfde plek logeerden, Gansey Cottage, gerund door de onschatbare (Junes woord) Herbert Quirke, en altijd dezelfde dingen deden, de obligate emmertjes en schepjes op het winderige strand, ontzagwekkende bergen gebakken vis met patat, en een paar avonden voor Tom en June, de luidruchtige danszaal, Junes idee van de hemel, twistend en kolkend op de hits van toen. Een essentieel apparaat dat ook op vakantie meeging was Junes radiootje, en hij herinnerde zich die vakanties met een soundtrack van Radio Caroline, het station dat ze van 's ochtends vroeg tot 's avonds laat aan had staan. In elk geval tot etenstijd. Ze nam het mee naar de wc, ze liet het aanstaan in de slaapkamer als ze hun twintig minuten liefde snaaiden, biddend dat de kinderen zo lang tevreden in de tuin van de cottage bleven. Als kleine jongen was Joes enige ambitie als mens om een nozem te zijn. Hij hield van hun elegantie en glamour in de stad, hij staarde rond met bewonderende blikken te midden van de ratelende muziek van alle accenten van Lanarkshire tot Lancashire, de gozers en meiden uit Noord-Ierland, een week lang bevrijd uit de dompers van hun oorlog. Op het Isle of Man kreeg Winnie haar eerste kus, op haar veertiende, van een Engelse jongen. Hij herinnerde zich de uitzonderlijke warmte van Junes lijf in de danszaal, de klamheid van haar kleren terwijl ze danste en danste, en ze had een ritmegevoel in zich dat hij ten enenmale ontbeerde, maar wat maakte dat uit, in die tijd raakten dansers elkaar niet aan, ze creëerden stuk voor stuk een solopleKje voor razernij en extase, uitgezonderd het schuifelen, het (door Tom) gewenste schuifelen, waarbij ze hem in haar armen sloot, in al haar zweterige lieflijkheid, met haar gloeiende, bijna rode gezicht, 'Jezus, is mijn gezicht rood geworden, Tom – niet zeggen!', en haar sterke armen bovendien, en haar zachte platte buik, zelfs na twee kinderen, en haar kussenachtige borst, o, wat was ze warm, ja, een kachel, die krankzinnige schoonheid, het woeste genieten, beter dan welke kermisattractie dan ook, beter zelfs dan elk uitzicht op verlaten zee, die vervolmaakte vrouw, zijn ideaal, ondanks alle ruzies en tumult en woordenwisselingen, de schoonheid waaraan hij alle andere schoonheden afmat, zijn maatstaf, zijn sjabloon, de eeuwigdurende stralendheid van June.

De muziek doorstak hem, de muziek kalmeerde hem. Noten die meneer Bach, nee, meneer Bruch, had gerangschikt hielden hem stil op de stoel. Terwijl zijn gedachten niet sprongen en renden en raasden. Als een ontembaar paard onder de hand van een fluisteraar. Het gedicht dat zijn vrouw was zweefde duidelijk voor zijn gesloten ogen. Alles wat hij was kwijtgeraakt. Moest hij razen of moest hij in stilte rouwen? Hij had het wilde gevoel dat zij aanwezig was, ondanks de tirannie van datums en tijd, niet als een herinnering maar echt, en hij lette erop dat hij die ogen niet opende. Hij wist dat ze weg zou zijn zodra hij dat deed. Maar Ronnie McGillicuddy zaagde zijn cello tot zoetheid, tot duizend zoetheden, een oude Joodse melodie werd in Tom geïnjecteerd, werd in Ronnie zelf geïnjecteerd, wiegend en zelfs stamelend als een krankzinnige, een arme geplaagde mens, zou je denken, die met de elfjes is vertrokken. Ze waren allebei met de elfjes vertrokken en June leefde, ze leefde, mooi en wijs, en ze zou er altijd zijn, barstend van het leven, zo kalm als een oude geschilderde madonna, zolang hij zijn ogen maar niet opende. Hij hief beide handen op en stak ze uit om dat gezicht waarnaar hij verlangde vast te houden. Het vast te houden, de zachte wangen, de gebruinde huid, het vast te houden, het vast te houden.

14

Dat was vriendschap, al was het maar een eigenaardige vriendschap die luchtig werd aangeboden. Het verbaasde hem om een of andere reden niet en deed hem enorm veel genoegen. Die McGillicuddy van hiernaast, die was... ja, wat was hij? De kleine god van de muziek? Tom had de ontmoeting overleefd, niet badend in vernedering en niet blozend van domheid. En had het kleine meisje opnieuw gezien. En het oude verhaal van het kind in de greppel. Het lijk onder in het ravijn. De steekwonden. Het tumult van de woestheid zelf. Beestachtige aanslag. Maalstroom. En June.

Ze waren het bergpad samen op geklommen, achter de twee priesters aan. Makkelijk gezegd. Maar was dat zo? In zijn rationele politiehart wist hij dat zijn hele herinnering aan deze gebeurtenis niet waar kon zijn. Toch zag hij het allemaal voor zijn geestesoog. Daarom herinnerde hij het zich, en in die zin was het waar. Niet waar genoeg, want daar kocht niemand wat voor, maar waar. Dus waar, maar niet waar. Hoe kon dat? Dat was de reden dat ze, na het gewicht van zich te hebben afgeworpen, iets anders had teruggelegd. Veel veel lichter, veel veel fataler. De kiem van haar uiteindelijke uiteenvallen? Het kleine vlekje van besmetting, van vergif. Ze waren samen het bergpad op geklommen. Absoluut samen, als een godvergeten sandwich. Hij het brood, zij de plak ham. Ze zat onder zijn jas als een plak ham, als een rat die zijn botten in elkaar had geklapt om door een piepkleine kier, zo dun als een vouw, binnen te komen, en ze lag op zijn rug, op zijn ruggengraat, haast alsof ze er niet was, en misschien was ze er ook niet. Ze waren zo onschuldig als de onschuldigste burgers, als pasgeboren kindjes, de parkeerplaats beneden op gereden. Ze waren met ongerepte onschuld uit hun auto gestapt. Tot zover onschuldig. Ver voor hen uit had hij de donkere rug gezien van wat Byrne bleek te zijn, in het kielzog van zijn collega, die schijnbaar vooruit was gestormd. Maar loop niet op de zaken vooruit, Tom, zei Tom nu tegen zichzelf, aanvankelijk wist je niet dat het Byrne was. Maar op de stoffige, met onkruid begroeide parkeerplaats stond geen andere auto buiten die van henzelf en de bespottelijke dwergauto. En ze zaten heel kort achter hem. Maar hij had gedacht: bergschoenen en dikke sokken, misschien verkleden ze zich, zittend op de dorpels van de dwergauto, dat zou kunnen, beter in de bladerrijke laan blijven hangen en ze ongezien laten wegkomen. Ongezien. En toen was hij de parkeerplaats op gereden en toen waren ze de auto uit gesprongen – zij was beslist gesprongen – en toen had hij de twee priesters ver voor hen uit gezien, verrassend ver voor hen uit, want ze zaten maar korte tijd achter ze, dus zijn politiebrein vertelde hem dat ze geen andere schoenen hadden aangedaan. Wat maakte het uit? Toen had hij het pad en de bossen die veel hoger lagen afgespeurd en een tweede pad gezien dat tussen de bomen door liep, en om een of andere reden, uit een of ander voorgevoel, dacht hij dat ze een voorsprong op hen moesten krijgen, en misschien liep dit andere pad in een bocht naar de top, had hij geschat, en dan konden ze hen boven opwachten. Waarvoor opwachten? Dat wist hij niet. Hij was oprecht geschokt toen June hun eenvoudige broodmes uit haar trui haalde. Ze haalde het uit haar trui en kroop toen onder zijn jas als een rat die zijn botten inklapte, probeerde daaronder te kruipen zoals geen mens dat ooit kon. En ze wriemelde langs zijn rug omhoog, gebruikte zijn ruggengraat als een grote beugel, en maakte zich zo plat als een reusachtige pleister, helemaal geen menselijk schepsel. Hij was duidelijk met een bosgeest getrouwd. En hij liep het bos in via het andere pad, en aangezien hij jong was en in de bloei van zijn leven, God mocht het weten, stapte hij daarlangs omhoog, inclusief kuilen, sprong waar nodig over gevallen hout, en omhoog liepen ze, hij en zijn geliefde, zijn dierbare June, nu in de gedaante van een rat, nee, nu met alle vermogens van een rat. En ze moesten Byrne hebben ingehaald, die zich op het lagere pad hijgend voortbewoog, met zijn zachte buik en ongetwijfeld de verkeerde schoenen en zijn foeilelijke wollen trui, zijn zwarte priestersokken, die allemaal tegen hem en zijn voortgang pleitten. En haalde zijn vriend in – was hij ooit een vriend? –, zijn medeplichtige, zijn medesamenzweerder, met hun gedeelde honger naar kinderlijven, waarbij de zielen van de kinderen door hen werden belaagd, aangevallen, besmeurd, met de ondergang bedreigd, en hun hele leven door hen werd veranderd, de ondergrondse stroom van hun leven afgebogen door die rampspoed, de bronnen van hun geluk verdord tot droogte. En ten slotte kwamen ze op de top weer uit het bos tevoorschijn, met heel Dublin op de vlakte onder hen uitgespreid, tussen de berg en de zee, en de vonken van de spatborden en opgewreven verf van auto's ver ver in de diepte, op zo'n dertig kilometer, blinkend op de vlakte, was dat mogelijk? En achter de bergtop de groene koninkrijkjes van Wicklow, gerangschikt als de postzegels van een kind op een bladzijde, zich vreugdevol, ruimhartig uitstrekkend om het hart van de wandelaar te verblijden, als die nog een hart had. En toen ze door een kaalslag weer omlaagliepen, liepen ze opeens op Matthews af, die bij zichzelf een melodie neuriede, zorgde dat zijn stevige benen zich snel voortbewogen, dat hij voldoende lichaamsbeweging kreeg, voor een gezond hart en een lang leven, en juist toen ze hem passeerden, bij de hoge rand van het lange ravijn, waar een steile helling met scherpe stenen wegtuimelde in de kloof, als een schorre keel, glipte June onder zijn jas vandaan, gleed ze glashard, en kwam ze tevoorschijn, vervaarlijk zwaaiend met het oude broodmes, dat ze in de eerste week van hun huwelijk hadden gekocht. Het had elk brood gesneden dat ze ooit hadden bezeten. Ze vlamde met blauw en groen licht als een ijsvogel, het vloog uit haar weg, spaken daarvan schoten alle kanten op, haar gezicht barstte van het licht, hetzelfde spul dat je in halo's zag, wit en stralend, en ze vloog op Matthews af, hij stootte een verwarde schreeuw uit, hij deinsde achteruit, en o, zij stak het mes in hem, met enorme snelheid, als een Japanse krijger, zo snel dat haar hand een waas was, ai, ai, ai, ze stak hem, hij snapte het niet, het ging zo snel, en ze schreeuwde het tegen hem uit, iets wat ze kwijt moest voor ze hem ombracht, Tom verstond het niet, het was reusachtig, woorden zo groot als zwerfkeien, en Matthews spreidde zijn armen, hij spreidde zijn armen, smekend, in doodsangst, in aanvaarding, Tom snapte het niet, ze hadden het hogere pad gevolgd, ze had haar botten in elkaar geklapt, het kon niet waar zijn, het kon niet zo gegaan zijn, hij leek geen schrammetje te hebben, waar was het bloed? Was hij dan toch gewoon een vampier? En toen viel Matthews om, als kaphout, om viel hij, zag de grond verdwijnen onder zijn voeten, niets dan lege ruimte onder zijn voetzolen, enkel de lege eerste centimeters van het ravijn, de leegte verzwolg hem, hij daalde er zo snel in af, Tom had nog nooit zoiets snels gezien, maar alle mensen vallen snel, omlaag omlaag, en Tom tuurde over de rand, en zag hoe Matthews tuimelde en tuimelde, terwijl hij het uitschreeuwde en tegen de verschrikkelijke rotsen stuiterde, en June naast Tom, het licht uit haar verdwenen als een gedoofde stormlantaarn, eenzaam, aan zijn zij, solitair, alleen, naast hem, en ze tuurde omlaag naar Matthews, die diep onder hen zijn eigen ledematen op de oneffen grond had gestrooid, dacht Tom, als een boerin die zaden voor de kippen strooit, een boog van zichzelf, op de grond gesmeten, en hij lag stil, en het was voorbij, en hij sloot zijn vrouw, zijn mooie vrouw, zijn June, in zijn armen, en ze liepen terug het bos in als wolven, als hazen, als gaaien, als wat voor dieren dan ook die niet gezien willen worden, menselijk gezelschap verafschuwen. Zag hij Byrne heel even, een snel verdwijnende glimp?

Dit was de waarheid, als de waarheid vereist was. Dit was wat er was gebeurd. Volgens Toms brein. Nu zocht hij naar een oud blikje cigarillo's in een la in zijn slaapkamer. Hij nam het mee naar de keuken en pakte de lucifers, die friemeldingetjes die te klein voor zijn vingers waren. Het was de dag na het magische cellospel van McGillicuddy, en aangezien hij weer solitair was, had hij niets beters te doen dan zijn rieten stoel bezet houden. Hij had niets beters te doen dan het uitzicht rubriceren. Als hij zich niet vergiste, was het eind mei, bijna juni, dus nu moest hij alle dingen die hij zag aan de zomer toeschrijven. Dit was de Ierse zomer. Een krijgszuchtige wind galoppeerde van rechts naar links door de smalle zeestraat. Hij kon de stroom met alle hartstocht van hoogwater zien opkomen. Miljoenen liters die zich naar binnen vochten, tussen de rotsen van het eiland en de rotsen van de kust door. Van gesprekjes met de bootjesverhuurders in de haven wist hij dat er bij de zuidpunt van het eiland een draaikolk was. Hij dacht aan het wildkoppige water daar, de kringen en kringen van draaiende kracht. Hoe zou het zijn om daar tijdens het zwemmen gegrepen te worden? Winnie had vanaf de rotsen onderaan de tuin gezwommen, maar nooit verder dan drie meter uit de wal, uit angst voor die stroom. Uit angst voor de draaikolk. De bootjesverhuurders, die hadden allemaal buitenboordmotoren aan hun sloepen. Aan riemen had je vast niet veel. Hij had een besef van de troebelheid van het water, die op een of andere manier ook in zijn eigen bloed zat. Ook door hem heen kolkte iets troebels. Hij hanneste met een lucifer, streek hem drie- of viermaal langs de zijkant van het doosje, maakte een vlam en stak uitgehongerd de cigarillo aan. Wat een zalige warmte. Wat een heerlijke rook. Ach, ach. Vulde zijn oude longen ermee, hield zijn adem even vast, stootte hem uit in een grote exhalatie, als een hippie met een joint. Als June met een joint! Ach, ja. Opluchting stroomde door hem heen. De medische zondaar. De man zonder onschuld. Maar terwijl de zee door de wind werd gegeseld en het eiland in een plonzende chaos gevangen leek te zijn, zat er warmte in de dag, die kon hij door het openstaande raam voelen, die heerlijke frisse warmte van de zomer, grondig gereinigd door zout en dartele lucht. Aardse genoegens. Waar hij woonde, op deze wonderlijke aarde. Uit wier atomenvoorraad hij slechts had geleend. Totdat zijn eigen ontbinding werd bevolen en de hypotheek volledig was afgelost.

Zo lang gelukkig. Gelukkig, had hij gedacht. Van blaam gezuiverd? Recht gedaan? Maar hij was een politieman. Zijn hersenen liepen altijd vast, zijn gedachten stopten met ronddraaien wanneer die de rand van het voorval in de bergen beroerden. Het voorval in de bergen, wat zei hij nou? Moord, met voorbedachten rade, zou je levenslange gevangenisstraf voor krijgen, wegens de ernstige en onboetvaardige aard van de daad, zonder recht op vervroegde vrijlating. Laten we zeggen dat hij Matthews had vermoord. Laten we zeggen dat hij uit liefde voor June, uit overdonderd respect voor haar en zijn afschuw over het leed uit haar jeugd, Matthews had vermoord. Wat zou dat voor een advocaat betekenen? Niets? Voor een sombere rechter? Voor een van die ernstige mannen en vrouwen uit de middenklasse die vanaf de estrade neerzagen op het chaotische gehannes van mindere zielen? Levenslang, zonder recht op vervroegde vrijlating. Een priester ombrengen, een man van God? Was dat nog steeds een volslagen misdaad? Als de man een moordenaar van kinderharten was? Een verslinder van hun geluk? Een plunderaar van hun essentie? Een verkrachter van hun lichamelijkheid? Een smerig duister boosaardig kil moordlustig goor schepsel met een penis in plaats van een ziel? Was dat volgens het wetboek nog moord? Kom tevoorschijn, O'Casey, en geef me je mening, je nuchtere oordeel over het relevante wetsartikel, je rustige woord erover, dat met wonderbaarlijke nauwkeurigheid naar de kern van de zaak zou vliegen. Kinderminnaars? De ergste misdaad van allemaal? Een *crimen pessimum* noemde de kerk dat. Een crimen pessimum moest aan Rome worden gemeld. Dat weigerde aartsbisschop McQuaid te doen. Maar zijn hulpbisschop had hem gezegd dat het een crimen pessimum was. De priester met de klotecamera. Byrne die zijn camera scherpstelt. Voor de juiste invalshoek. Wat zegt u daarvan, excellentie? Wilde geen schandaal veroorzaken. Het moment waarop het allemaal begon. De hel van June op dat moment verzwaard, dichtgemetseld, de hel van duizenden meisjes en jongens. De hoofdcommissaris aan de poort van het paleis. Zwaaiend met de foto's. U bent aan zet, excellentie. Crimen pessimum. Dat klopte. Een misdaad waarvoor geen straf te hoog is. Je zou kleine stukjes van zo iemand kunnen afsnijden, zoals bij lingchi, dan zijn ledematen roosteren, zoals de Spaanse inquisitie deed, dan hem ophangen tot hij haast geen lucht meer kreeg, dan zijn ingewanden eruit trekken terwijl hij nog ademde, daarna hem langzaam inzagen om zijn gore lijf te vierendelen. Zoals bij een Ierse executie. Het lot van Robert Emmet. Dan met de kruiwagen vol slachtafval naar de dierentuin en dat aan de leeuwen voeren. Volgens het Romeinse recht. Uitdoven, van de aarde wegvagen, misschien al zijn atomen splijten, zodat die hele atomen niet in andere dingen belandden. In sterren, konijnen, zeewater en gouden ringen. In welk deel van Gods kostbare schepping dan ook. Laat de kinderen tot mij komen. Geen misdaad die zwarter was, meer pessimum was, verdomme, verder verwijderd van de menselijke genade. Om dat te doen met het stofje dat June was in je oog, haar essentie zwevend op de Ierse wind. Alle kinderen zwaar misbruikt. Alle kinderen uit de smerige Ierse geschiedenis, zonder een klaroen die hun redding aankondigt, zonder liefhebbende armen die hen omvatten, zonder zachte hand die hun wonden wast. Priesters! Uitgerekend de klojo's die vroomheid en goedheid uitventen. Zo vroom en goed als – maar er was geen entiteit, geen beest, geen ding, om ze mee te vergelijken. Een haai was gemeen, maar het was allemaal erger dan de haai.

Tom pruttelde op de stoel als de steelpan met bonen van een cowboy. Hij had vele kwaden ingeroepen. Hij voelde zich doorkliefd door mysterieuze zwaarden. Zonder dat hij zijn belagers zag. Voor de moord op Matthews was ze niet vrijuit gegaan. Het had eruitgezien als vrijheid. Het had eruitgezien als een nieuwe tijd. Waarin alles opnieuw begon. Ze had meesterlijk gemoederd. Ze had geleefd als een toonbeeld van menselijkheid. Ze was een gewone vrouw geweest die de schepping sierde. Een vermoorde mens die op haar beurt gemoord had. Met een onwankelbaar besef van hoe rechtvaardig dat was. Zonder enig vertrouwen in rechters en gerechtshoven en gevangenissen. Haar eigen snelle gezwinde rechtvaardigheid. Ze had op Matthews neergezien en haar vonnis over hem uitgesproken. Weggeleid uit deze zaal. In een ravijn geworpen tot de dood erop volgt. Ze had gesproken, onherroepelijk, en het vonnis voltrokken zonder meelij of wroeging. Omdat het in Gods ogen gerechtvaardigd was. Zo niet in die van de mens. Nee. Niet in Wilsons ogen misschien, niet in die van O'Casey. Of toch wel? Arme Wilson, die zittend op een parkbankje het juiste probeerde te doen, overlopend van bezorgdheid om Tom. Ja. Een oude politieman na zijn pensioen lastigvallen, op het woord van een onverlaat. Een dreigement dat Byrne heel goed begreep. Om de leugen zelfs maar uit te spreken, hoe machtig was dat. Hoe wraakzuchtig. Hoe doeltreffend kon dat zijn. Wilson en O'Casey dwarsbomen door te zwijgen. Geen verdere stappen ondernemen. Crimen pessimum. Schande voor de kerk. McQuaid, niets gedaan. Niets. De hoofdcommissaris, niets gedaan. Kleine jongetjes wier edele delen waren gefotografeerd. Schande voor de politie. Schande voor Tom. Mogelijke voorgeleiding in de rechtbank. Als het OM dacht dat er bewijs was. En het bloedmonster dan? Zou dat genoeg zijn? Het woord van een slecht mens, zelf verdacht, veroordeeld, gevangengezet. Maar kon het Tom wat schelen? Nee. Hij had de enige ziel om wie hij gaf gediend, niet zijn eigen ziel, of zelfs niet de zielen van zijn kinderen, maar die van het meisje dat hij in de Wimpy had leren kennen, dat had gelachen om Billy Drury's keuze uit de jukebox, en door te lachen met haar stralende gezicht zijn onvergankelijke liefde had opgevist.

Hij rookte nu rustiger, hij was dieper weggezonken in de rieten stoel, hij loerde, hij voelde zich een overvaller, een struikrover. Hij liet een wind, en zelfs in zijn zwijgende lijden genoot hij van die geur, zoals altijd.

Terwijl hij zich de afgelopen paar minuten door zijn gedachten bewoog, had hij vagelijk een halfbekend geluid gehoord. Het was iets wat piepte, piepte. Terwijl hij weer boven kwam en de laatste halve centimeter van de cigarillo oprookte en die met vakkundige expertise doofde, stond hij op en keek hij omlaag de tuin in. De grote cyclus van het jaar was in volle gang, en daar was Mr Tomelty dan ook, met zijn kruiwagen, die dat gepiep voortbracht, chaf, chaf, chaf, als een hond die in het Grieks blafte. Hij harkte een lompe berg verlepte stengels die hij uit een bloemperk had weggesnoeid bij elkaar, om de nieuwe aanwas een kans te geven. Verse groene scheuten, als de tijd die steeds opnieuw begint of de tijd als het eeuwige nu. De eeuwige Mr Tomelty. Vanuit meer dan een gril bewoog Tom zich weg van het raam en doorkruiste hij zijn stille kamer, nu voorzien van de aangename nastank van de cigarillo, en opende zijn immer klaaglijke deur – zou hij die ooit repareren, nee – en liep om het kasteel heen om een praatje met Mr Tomelty te maken. Zijn vriend immers, een van zijn groep nieuwe vrienden. De schitterende automobiel zag hij nergens. Mr Tomelty had daarnet zoveel onkruid in de kruiwagen geladen als erin paste voor één rit naar zijn composthoop, en had er een lange vork in gestoken en het handvat achterwaarts langs het handvat van de kruiwagen gelegd.

'Hoe gaat het, Mr Tomelty.'

'Mr Kettle!'

'Wil u niet storen, maar.'

Hij vond Mr Tomelty er veel krommer uitzien dan laatst. Ouder, op een of andere manier. Misschien kwam het door de vodden, de lompen zou je zelfs kunnen zeggen, die hij tijdens zijn tuinierswerkzaamheden droeg. Een broek die zo vaak was opgelapt dat hij één en al lap was, als een kaart van de opgebroken gebiedsdelen van Joegoslavië. Hij droeg een trui die zo versleten was dat hij een spin had kunnen uitnodigen hem als web te gebruiken. Hij droeg kaplaarzen die een eerbetoon aan meneer Verhoef uit *Pieter Konijn* leken. Het nogal misprijzende gezicht was doortekend, gekreukeld, als een verfrommelde wegenkaart waar iemand op had gezeten. Het leek echt een ongerijmde verandering ten opzichte van de patent geklede man die hij in Dalkey had gesproken, en die hem naar huis had gereden.

'Ik zag de oude auto nergens,' zei Tom.

'Die heb ik jaren geleden weggedaan,' zei Mr Tomelty.

Een beweging trok Toms aandacht, en hij keek omhoog naar het deel van het kasteel dat de familie Tomelty bewoonde, en daar stond Mrs Tomelty achter haar panoramaraam. De Ierse autoriteit op het gebied van theerozen glimlachte op hem neer. Hij stond op het punt naar haar te zwaaien, maar om een of andere reden deed hij dat niet.

'Ik wilde u gewoon iets vragen, over iets wat Mrs Tomelty heeft gezegd.'

'Mrs Tomelty? Margaret?'

'Ja.'

'Wanneer gezegd, wat wanneer gezegd?'

Nu leek Mr Tomelty niet alleen twintig jaar ouder, maar vele graden vermoeider.

'Laatst,' zei Tom.

'Mr Kettle, mijn vrouw is in '88 overleden.'

'Nee toch, Mr Tomelty.'

'Jawel. Er was ingebroken. Een onverlaat heeft haar neergeslagen. De arme ziel is in het ziekenhuis gestorven.'

'Wat vreselijk, Mr Tomelty.'

'Daarom heb ik de auto weggedaan. Ze was dol op die auto. Ik kon niet instappen zonder de verwachting haar op de passagiersstoel te zien zitten. Met een glimlach. Ik zal haar nooit meer zien. Tenzij het waar is wat ze van de hemel zeggen.'

Mr Tomelty leek nu minder misprijzend, minder fronsend. Hij leek bedaard, misschien bedaard door de herinnering aan zijn vrouw.

'Ik zal u niet langer ophouden, Mr Tomelty,' zei Tom, volslagen ongewis hoe hij zich hieruit moest redden. Natuurlijk had hij hem over het kleine meisje willen vragen. Hoe Mrs Tomelty over het kleine meisje had kunnen praten alsof het leefde. Nou, dit was de verklaring. Toen hij nog eens naar het panoramaraam omhoogkeek, was er dan ook niemand. Er was niemand, maar er was iemand geweest. Dat wist hij honderd procent zeker. Dat zou hij in de rechtbank zweren. Deze ontdekkingen maakten hem duizelig.

'Prima,' zei Mr Tomelty. Tom was zich aan het omdraaien om weg te gaan. Om met zijn krankzinnige gedachten terug te gaan naar zijn appartement. 'U zei "laatst", Mr Kettle. Wat bedoelde u?'

'Weet u, Mr Tomelty, ik geloof dat ik begin te malen. Ik weet niet wat ik me in mijn hoofd haalde. Het spijt me heel erg. Ik... ik raak soms in de war.'

Mr Tomelty leek zich toen iets terug te trekken, misschien uit onwil, als iemand die niet veel ouder dan Tom was, om besmet te worden door deze verwardheid.

'Kan gebeuren,' zei hij. 'Alles goed in het appartement?'

'Pico bello, pico bello,' zei Tom.

'Mooi, mooi.'

Stop dat in je cigarillo en rook die op. Hij keerde terug naar zijn appartement, fladderend als een narcis, en kroop veel behoedzamer, veel omzichtiger weer terug op zijn stoel. Misschien had de cigarillo zijn hersenen vergiftigd. O, dat leek hem niet. Hij had opnieuw een indringend besef van alleen-zijn, niets meer en niets minder. Nu hoorde hij weer het kak, krak van de kruiwagen. Chaf, chaf, kak, krak. Stof dat tot stof wederkeerde, oude bloemen tot de mesthoop, gooi de waarheid er maar bovenop, daar kocht niemand wat voor.

De deurbel ging. Het geluid was als een kogelregen. Hij verliet bijna het leven zelf. Arme Mrs Tomelty. In '88 heengegaan, na plotseling geweld. Maar...

Het was Miss McNulty. Ze trilde. Van woede? Nee. Eerder van angst. Haar gemoedstoestand tekende een vreemde nederigheid op haar gezicht. Een smeekbede. Bijna met gebogen hoofd hield ze hem een envelop voor. Het was een schriel geval, met het adres van het kasteel erop in vette zwarte letters.

'Van?' zei hij.

'Hem,' zei ze.

'Zal ik het lezen?'

'Lees het, alstublieft.'

Bovenaan het ene velletje stond het gedeeltelijke adres van de afzender in Londen, en midden op de pagina stonden drie stippen, verder niets.

'Wat betekent dat?'

'Dat hij weet waar we zitten en dat hij eraan komt om ons iets aan te doen.'

Hij vond dat ze veel betekenis in drie stippen legde, maar dacht ook dat ze waarschijnlijk gelijk had. Je stuurt geen brief met drie stippen aan je vrouw. Het belangrijke detail was de envelop, met het adres.

'Hoe heeft hij je adres gevonden, vraag ik me af.'

'Hij heeft papa op zijn werk gebeld.'

'En je vader heeft het hem verteld?'

'Ik heb papa nooit verteld waarom ik ben weggegaan.

Niet het hele verhaal. Vraag me niet waarom.'

'Wat denk je?'

'Ik denk dat hij gevaarlijk is en dat hij eraan komt en ons iets heel ergs gaat aandoen.'

'Ben je langs geweest bij de politie in Dalkey?'

'Daar zeiden ze hetzelfde als u, dat ze niets kunnen doen. Ze kunnen pas iets doen als hij iets doet. Hij krijgt geen straatverbod omdat hij zich niet in dit rechtsgebied bevindt.'

'Had hij je nou maar bedreigd in de brief. Drie stippen.'

En Tom schudde zijn hoofd met de ergernis van de politieman over onattente criminelen.

'Hoe ziet hij eruit?' zei Tom.

'Hij is van mijn leeftijd, hij is slank, slungelig en heeft een rode baard. Ook ronde brillenglazen, zoals John Lennon had.'

'Wie heeft er tegenwoordig nog een baard?'

'Hij.'

'Als je iets hoort,' zei Tom, 'iets ziet, of zelfs maar het gevoel hebt dat er iets niet klopt, kom me dan halen, of bel me op. Hier, ik schrijf het nummer wel op.'

En hij liep naar binnen en schreef zijn nummer op een velletje papier en bracht dat naar buiten naar haar. Nu opeens stond het jongetje naast haar, en keek hem aan. Als een gematerialiseerd personage uit *Star Trek. Beam me up, Scotty*. Hij had kortgeknipt haar en was zo bruin als een Italiaan. Met een zeer ernstige blik. De jongen tuurde omlaag door de lens van de boxcamera die vanaf zijn hals omlaaghing, stopte een paar tellen met ademhalen en nam een kiekje. Fronsend, geconcentreerd. Nam het gewoon, als een forensisch wetenschapper die bewijs verzamelde.

'Dus je hebt toch je camera gekregen?' zei Tom.

De jongen wist niet wat hij bedoelde en zei niets. Hij

draaide het filmrolletje dat erin verborgen zat door, klaar voor de volgende foto. Tom lachte met een zacht geluid.

'Goed zo, jongen,' zei hij.

15

De paar weken daarna had het meeste wat er voorviel met het weer te maken. Het was officieel zomer, dus de inwoners van Dalkey deden hun jaarlijkse poging daarin te geloven, en zoals gewoonlijk solde het weer met hun geloof. Daadwerkelijke vogels, die de hele winter en lente wegbleven, begonnen terug te keren, om hun eigen onpeilbare redenen. De boerenzwaluwen en huiszwaluwen schoten als pijlpunten rond in de grenzeloze hemel boven Mr Tomelty's werkzaamheden. Meisjes liepen rillend in hun hippe topjes langs het kasteel. Overjassen werden zelfs bij bejaarden niet meer waargenomen, en toen een storm over Coliemore Road waaide, en in een voortijdige slachting de verse bladeren van de bomen rukte, en de wind tot wanhoop van de burgers ronddanste, hun vertrouwen ondermijnde, baden de mensen dat het morgen mooier weer zou zijn. Het Ierse volk. Arme achterblijvers die vastzaten op de rand van Europa. Die in een oeroud landschap de verkeerde afslag hadden genomen. Die niet verder konden en niet terug konden.

Wilson en O'Casey, ook met iets van de onpeilbaarheid van de trekvogels over zich, verschenen opnieuw aan zijn deur. Ze waren uitermate attent. Ze kwamen hem melden dat het bloedmonster geen match was met het bloed op de kleren in het oude bewijszakje, maar dat Byrne, in een poging aan zijn lot te ontkomen, volhardde in zijn aantijgingen. Het OM kon wel of niet menen dat die genoeg hout sneden om Tom aan te klagen. Het was zeer onwaarschijnlijk, maar de pers zou er in elk geval van smullen, als die er ooit lucht van kreeg. Ergens lucht van krijgen, zo wist Tom, zorgde ervoor dat de Ierse wereld draaide. Aan het weer ontleende uitdrukkingen wonnen altijd. Tom nam plaats met zijn nieuwe vrienden in het volle besef dat als het hun goed van pas kwam, om wat voor reden dan ook, Wilson of O'Casey zelf zou lekken, wat ze hem ook in zijn gezicht zeiden. Zo werkte dat nu eenmaal. Hij had het zelf tienmaal gedaan. Maar hij zag niet in waarom zij dat zouden doen. Toch was hij ervaren genoeg om te weten dat vriendschap binnen het strafrecht een wegwerpartikel was. Je moest de veroordeling voor elkaar krijgen, goedschiks of kwaadschiks, op eerlijke of oneerlijke wijze. Niet de zijne, misschien, maar die van Byrne. Ze wilden Byrne in het beklaagdenbankje, in paniek en in de bak hebben. Ze wilden bij Neary's in de kroeg zitten en bier drinken om het te vieren. Daar snakten ze naar. Dat stond allemaal op hun stralende, joviale gezichten geschreven, zag hij.

Was hij opgelucht? Dat wist hij niet echt. Wat er nu met hem gebeurde liet hem koud. Wat er met andere mensen zou gebeuren liet hem niet koud. Het liet hem niet koud wat het jongetje en Miss McNulty kon overkomen. En hij schetste dat specifieke dilemma voor Wilson en O'Casey, die hetzelfde treurige liedje zongen als de agenten in het dorp. Wat konden ze doen? Vliegvelden, havens laten observeren? Nee. Die kwelgeest van een echtgenoot kon gaan en staan waar hij wilde, aankomen waar hij wilde. Zo beschikte het recht, het geschreven recht en het gewoonterecht. Er stond niets in de boeken waar de jonge actrice iets aan had. Hoe mooi ze ook was, zei O'Casey, niet relevant. Hij was eigenlijk nogal happig om haar in het echt te zien. Had hij haar mooie smoeltje niet geëtaleerd gezien op het enorme reclamebord op de Ambassador-bioscoop, nou en of, nou en of, zei hij. Het was de eeuwenoude alertheid op vrouwen van vrouwloze politiemannen. Maar O'Casey was toch getrouwd, dat hadden ze hem toch allemaal verteld? Maar het was hem ontschoten. En hij wilde niet graag tentoonspreiden dat het hem ontschoten was.

De afgelopen tijd had Tom het gevoel gehad dat hij zichzelf min of meer had geschaduwd, en zichzelf in een ander licht had bekeken. Op een heel eigenaardige manier was hij niet angstig meer. Hij was minder verward, zelfs wanneer hij in de war was. Tegen dat waar hij aan leed was geen kruid gewassen. Hij verlangde enkel naar de aanwezigheid van zijn vrouw en kinderen. Hij wilde dat ze bij hem waren, en dat waren ze niet. Dat kon hij maar niet verstouwen. Hij kon alleen hunkeren. Maar hij was minder verward dan hij was geweest. Hij had zichzelf het verhaal van hemzelf verteld, en hij begon te denken dat hij nieuwe dingen over zichzelf wist. Hij begon een beetje afstand tot zichzelf te nemen, boven zichzelf te zweven, van buitenaf omlaag te kijken, en nieuwe dingen te zien. Hij vond ze niet prettig of onprettig. Ze waren gewoon helder. Zijn hele leven had hij het gevoel gehad dat hij de jongste in de kamer was, los van zijn leeftijd, maar nu voelde hij zich de oudste. Bij Wilson en O'Casey was hij de oudste. Maar ooit zou hij dat bepaald niet zo gevoeld hebben.

Wilson en O'Casey namen afscheid. Om een of andere reden had O'Casey de ingeving om Tom te omhelzen, heel even maar, als mannen onder elkaar. Het leek sterk op een afscheid, alsof hij hun vader was en ze vaarwel zeiden. Wilson greep zijn hand en schudde die, en knikte raadselachtig. Tom keurde hen volledig goed. Ze hoopten enkel op het beste resultaat. Byrne was een onverbeterlijke schurk. Als hij een ziel had, welde die in een pot zuur. Alleen al de manier waarop Wilson tijdens het praten met zijn hand had gezwaaid wees op een woest verlangen om Byrne te vangen, om de handen van de bedrieglijke priester achter zijn rug te trekken en hem de handboeien om te doen. Om hem weg te voeren naar berechting en vergelding. Naar het specifieke leed dat mannen in gevangeniscellen leden, veelal subtiel en ongezien. De onverbiddelijke straffen van de eigen gedachten. Was het allemaal maar zo.

Hij had het gevoel dat hij verdween in dat laatste stipje licht op een ouderwets tv-scherm. De uitknop omdraaien en naar bed. Hij was even naar het dorp geweest voor een voorraadje cigarillo's en rookte die aandachtig, een tiental per dag, in een soort sfeer uit de oorlogstijd. Overal om hem heen voelde hij de druk van de vreemdheid, van mysteriën, die hij niet alleen niet kon doorgronden, maar die hij net begon toe te laten. Om zijn leven niet meer te overpeinzen. Wat had het voor zin? De energie in June, het licht, de schoonheid, waar was die? Tien lange jaren had hij het zonder haar gesteld en het leek wel alsof hij het nu pas voor het eerst zonder haar stelde. Hij voelde het niet zo intens als vroeger, in de volheid van de eerste schok, in de oven van de tegenslag, maar op een manier die hij niet kon beschrijven. Hij was als de valk die losbreekt uit de bezwering van de valkenier, steeds hoger vliegt, in de ether verdwijnt, de niet-bestaande draad die hen had verbonden verbreekt. Gewoonte en honger. Geen van beide meer nodig. Hij zat zónder, iets was hem ontnómen, maar was ook vrijgelaten, ja, als een vogel. Voor wat hem bezielde bestond geen diagnose. Geen arts of filosoof kon een lamp van inzicht ontsteken. Dat liet hij achter zich, heel hoog in de dunner wordende lucht van de blauwe hemel. June-loos, gewichtsloos, Winnie-loos, Joe-loos.

Er brandde een vuur van vrijheid in. Er was een eigenaardige spoeling van iets wat ronduit geluk heette.

Het was een verhaal vol wreedheden, zeker. Het tartte haast alle beschrijving, en hij had jarenlang gezwoegd om het niet te beschrijven, niet aan anderen en vooral niet aan zichzelf. Om nooit toe te staan dat de reeks gruwelen in zijn brein zou worden afgespeeld. Om al het overige te denken eer hij aan die dingen dacht. Om te denken aan niet-bestaande dingen, te praten met de *tumbleweeds* van niet-bestaande zielen. Om spoken te zien eer hij dat verhaal vertelde. Om zijn geest te sluiten met zware victoriaanse metalen beugels. Nu niet meer. Het was niet langer mogelijk om in de rouw te wonen, zijn paspoort naar de rouw was ongeldig verklaard, hij kon daar niet binnenkomen. Nu moest hij moed tonen. Natuurlijk had hij zonder het te beseffen zijn hele leven moed getoond. Dat was waar, maar niet waar voor hem. De voornaamste grondtoon van de doedelzak die hij zestig jaar en langer onder alles had gehoord, was alarm en verwarring, als de kwintessens van strijd. Nu was dat niet zo, niet zo erg. Hij vroeg zich af: was God erbij betrokken? Was hij bevrijd uit zijn beproeving? Hij wist het niet. Hij was in staat de verlichting in hemzelf, in zijn ledematen, in zijn bijna-extase te wantrouwen, alsof een medicinale god hem stiekem iets toediende, als een injectienaald met een vaccin. Hij wist het niet. Iets anders wist het. Het had hem net zo goed met de telefoon kunnen bellen. Kom binnen, kom binnen, je kunt die boot niet langer roeien. Je had de stroom tegen. Hier is een haventje. Rust daar maar uit.

Want. Na de jaren van schijnbare normaliteit ging June op een dag, terwijl hij op zijn werk was, in haar eentje met de bus de stad in. Joe zat in de zesde klas van de middelbare school, Winnie op de universiteit – beiden gingen als een speer, allebei schijnbaar gelukkige kinderen, in grote lijnen. Hun overwinning! Veiligheid, de vrijplaats van een fatsoenlijke kindertijd. Waarom die dag, midden jaren tachtig, niets ongewoons aan, Winnie op kamers op University College, Joe een weekendje op pad met vrienden. Het stille huis. Ze was vijfenveertig. Ze nam bus 115 – hij heeft het later allemaal uitgezocht, verklaringen opgenomen, naar getuigen gezocht, uit de behoefte om de details te weten, forensisch – en stapte in O'Connell Street op. Ze reed naar Lenehans in Capel Street – het bonnetje bleef in haar vetleren handtas behouden, ze had met een briefje van één pond betaald, en het briefje van tien shilling wisselgeld en wat munten waren keurig in de vakjes gestopt. Toen nam ze haar aanschaf mee terug naar O'Connell Street, liep waarschijnlijk langs Belvedere College en Mountjoy Square, en stak Dorset Street over, op weg naar Phibsborough. Bij de garage daar op de hoek vulde ze haar benzineblik van vier liter, waarschijnlijk vergetend of onwetend dat er een garage in Parkgate Street was, wat haar de moeite zou hebben bespaard om het volle benzineblik helemaal naar het park te zeulen, een kleine drie kilometer lopen. De jongen die de avondbladen verkocht bij Bakers Corner herinnerde zich dat ze voorbijkwam, omdat hij de vrouw die het groene blik torste had opgemerkt, dat had gewoon zijn aandacht getrokken. Ze was algauw in het park en passeerde waarschijnlijk de kinderspeelplaats aan haar linkerzijde, en koerste naar de hoofdweg die het grote grasveld doorkliefde. Ze stak die weg over en betrad het deel dat de *nineteen acres* werd genoemd, een uitgestrekt grasveld met herten en leegte, en liep naar de overkant, ongetwijfeld op zoek naar afzondering en privacy. Ze bereikte een valleitje dat werd omringd door honderden lage bomen, doornstruiken en hazelaars. Daar overgoot ze zich met haar mooie zomerjurk aan met de benzine en stak die aan.

Niemand zag haar meteen. De zwarte rook bracht drie parkwachters in een fourwheeldrive. Toen ze aankwamen, was het vuur uitgeraasd en rookte het lichaam. Het weidegras om haar heen was verbrand in een straal van ongeveer zes meter en toen gestopt. Het kostte een hele dag om te achterhalen wie ze was, in welke tijd Tom in zijn eentje, onwetend, heel Dunleary en Deansgrange en Monkstown uitkamde, totaal op de verkeerde plaats. Ze had een briefje achtergelaten waarop stond dat ze van hem en Winnie en Joseph hield. Toen Tom in de *Evening Herald* las over een lijk in Phoenix Park, wist hij het meteen. Hij wist het gewoon. Inmiddels lag ze in het lijkenhuis op Griffith Avenue. Hij hoefde geen herkenbaar gezicht te zien om te weten dat zij het was. Hij zou haar aan haar vingerbotje hebben herkend, als dat als enige was overgebleven. Hoe dan ook vertelde het verkoolde handtasje zijn verhaal. De hippe schoenen die ze nog maar een week geleden bij Penneys had gekocht. De paar verkoolde draden van de zomerjurk. De gouden trouwring met hun namen aan de binnenkant gegraveerd, June♡Tom, en haar saffieren armband.

Het was vreemd en duister om je vrouw te begraven op een begraafplaats die tot dan toe op driehonderd veilige meters afstand van je huis had gelegen. Werd die nu deel van je huis? Fleming in gala-uniform, net zoals laatst. Tientallen vrouwen uit heel Deansgrange met wie ze bevriend was geraakt en die Tom nooit had ontmoet. Een hele lange rij daarvan, die hem een hand gaven en een of twee die hem stevig omhelsden. Hun zachte warmte in hun mooie jassen. Onbekenden die hem troostten. Winnie en Joe aan weerszijden, als de presidentiële garde, hij merkte dat hun ogen heen en weer schoten, alsof ze steeds sluipmoordenaars verwachtten. Maar de dood had zijn werk al gedaan. Het waren zijn kinderen, en het verhaal van hun moeder en hem had hen hierheen gebracht. Het rare ijskoude weer op een hoogzomerdag, het lichaam in de afschuwelijke kist – zij zou dit model nooit hebben goedgekeurd –, de mooie sombere gezichten van haar vriendinnen, en Fleming die stil in tranen uitbarstte toen Tom bij het open graf een paar woorden sprak. Goedgunstige aanwezigheden. Mrs Carr was inmiddels dood, maar hij had min of meer verwacht dat ze zich daardoor niet zou laten weerhouden. Met kolkende zwarte vegen keerden de roeken terug naar hun kolonie, juist toen de humanistische pastor, Mr Grene van de kruidenierswinkel bij de rotonde, ware en lieve dingen over haar zei, de roeken deden ra, ra, ra, ra ten antwoord, verbaasd over en behoorlijk geïrriteerd door deze omwoeling van de grond onder hun berkenbomen. Winnie huilde niet, alsof tranen aan de kredietzijde van de rouw stonden, en zij ergens in het rood stond, diep in het rood. Ze was een fabelachtige moeder geweest, geen twijfel mogelijk. En toen de pastor dat zei, was dat niet bij wijze van overdreven gulle preek. Winnie zag er net zo uit als June vijfentwintig jaar geleden, alsof June op haar eigen begrafenis kwam. Joe oogde aangeslagen maar verward, als een man aan wie belangrijke en rampen verhinderende informatie werd verstrekt in een vreemde taal. Simon, zijn schoolvriend, met een arm om Joes schouders geslagen. Allemaal rillend van verdriet. Trillend als geschrokken honden. Als pasgeboren veulens, die bloot, in een verwarrende nieuwe wereld, hun benen onder zich trachtten te krijgen. De wereld waarin June onvindbaar was. Nog maar een paar jaar geleden zou de parochiepriester haar niet in gewijde grond hebben laten begraven. Niet meer, verdomme. In plaats daarvan geen klotepriesters meer toegestaan. De optocht van ogen, die herinnerde hij zich, haar vriendinnen met hun elegante, schrandere zielen, en de verrassende robuustheid van Winnie, die robuustheid ten overstaan van rampspoed als een stil gebed dat aan haar moeder was gericht. En toen trage, wrede dagen daarna, toen de hersenen moesten verstouwen wat er was gebeurd. Het nieuws moest hen ten slotte bereiken. Hun moeder. Zijn vrouw. De epische vrouw. Die alles had overleefd behalve overleving. Terwijl Winnies hart niet zozeer was gebroken als wel aan haar ontglipt. Theezetten in de donkergroene theepot toen ze weer thuis waren en de grappige kleine sandwiches serveren, die ze zo klein had gesneden dat ze als dingen waren waarmee je een kind dat een moeilijke eter was kon verleiden. Piepkleine driehoekjes met ham. Als een rekensom die is teruggebracht tot zijn oervergelijking. De kleinste sandwiches ter wereld. En de hete thee die je lippen brandde. In de kopjes die June rond 1968 bij Woolworths in Dunleary had gekocht. Min of meer modieuze popart-kleurenrijkdom uit de sixties. Geroerd met de theelepeltjes die ze bij Totterdells had gekocht. Op de borden die ze bij Arnotts had gekocht – was daarvoor helemaal de stad in gegaan, en trof hem na werktijd met de zware doos op de hoek van O'Connell Bridge en Bachelors Walk. Hij wist nog hoe bang hij was dat ze het verkeer ophielden (politiemannenangst) en hoe zij ze als een zending kakelverse eieren in de kofferbak legde. En dat de vrachtwagenchauffeur erachter toeterde en breed tegen haar glimlachte. En dat zij hem met haar rechterhand het V-teken van de hippies gaf. Vrede. Alles goed met de wereld. In de kamer waarin werkelijk alles, elke kleur, elk meubelstuk, elke foto aan de muur, van Bette Davis, van Bob Dylan, hun favoriete strandje op het Isle of Man, de oude vuurtoren in Dungeness waar ze ooit hadden geëxperimenteerd met een andere vakantiebestemming, alles door haar was gekozen en op zijn plaats gezet. Die nacht in bed, in het bed dat hij altijd als haar bed had beschouwd. Haar veilige plek in de donkere nacht. Waar hij haar waakhond was, haar Hercules. In het uur van de uilen, in het uur van de maan. Zonder haar. De kinderen in de bedden uit hun jeugd. Zij op de zomerkoude begraafplaats. Haar resten in de afgrijselijke kist. Terwijl haar hart niet klopte. Haar geest niet dacht. Haar gezicht niet opklaarde en dan betrok. Niet langer haar duizend wisselende stemmingen, haar denkwijzen, haar bevliegingen, haar aversies. En in de keuken, op de broodplank, kil en donker, het heilige broodmes. Dat dodend niet had gedood. Straf opleggend niet had gestraft. Met zijn poging om het werktuig van verlossing te zijn niet had verlost.

16

Droeve staties van de herinnering, maar nu had hij er de kracht voor. Die moest uit de diepe aarde van Dalkey zijn opgerezen. Een zegen voor hem, een weldaad. Het stof bood hem een geschenk aan. En nu was hij genegen het aan te nemen. Er kroop iets in zijn oude kop, een soort verwonderde trots.

Winnie. Droeve staties van Winnie. Hun mooie meisje. Dat de sandwiches steeds kleiner sneed, met het onschuldige mes. De moeilijkheden van haar tweede studiejaar oneindig uitvergroot.

Ze bewoog zich met de theepot en de sandwiches tussen de rouwenden door en als dat niet hoefde, ging ze weer naast haar vader staan. Ze stak zijn arm door de hare, schraagde hem, hield zichzelf overeind. Om de tien minuten vleide ze zich in zijn armen en sloeg hij zijn armen om haar heen. Dat herhaalde ze als een alzheimerpatiënt. Telkens alsof het voor het eerst was. De volgende dag namen zij en Joe hem mee uit eten, naar dat Japanse tentje achter in Blackrock. Joe nog altijd niet meer dan een scholier, maar schrander over hoe rouw werkte. Ze waren nooit zo close als op die dag, en ze waren altijd close. Alleen maar goede dingen tussen hen. Een paar jaar later zou Joe weggaan, maar het was niet zo dat hij niets had om mee te nemen. Voor hem was er in eigen land domweg te veel verdriet om er te kunnen wonen, en bovendien waren er andere dingen die hem terneersloegen. Winnie bestelde buiten het menu om, als een scheepskapitein. Het jaar ervoor was ze de beste van haar jaar geweest, maar dit jaar zou ze bijna als laatste eindigen.

'Gaat het wel?' vroeg hij haar ontelbare malen en 'Gut, ja hoor, papa,' zei ze dan. Kwam nooit bij haar op om de waarheid te spreken. Dat haar hersenen gekookte kool waren door het verdriet. De afschuw over haar moeders besluit bleef als een gewicht op haar liggen. Daarna raakte ze uitgerekend aan de drank, dat vermoedde hij althans, want op haar studentenkamer nam ze geen moeite om de flessen weg te bergen. Haar kleine huiskamer leek wel de locatie van een doorlopend en onvrolijk feest, waar niemand zijn of haar toekomstige geliefde leerde kennen en de kater aan het eerste drankje voorafging. Zijn politiebrein wist alles op te merken, de verdachte jointpeuken op schoteltjes en – het meest verwarrend van alles – in de nadagen een injectiespuit die zomaar in de uitpuilende pedaalemmer was achtergelaten. Een spuit. Van een vriendin met diabetes, zei ze. Dankbaar geloofde hij haar toen. Hij kon haar leed opmerken en het zich voorstellen, maar schijnbaar ontbrak het hem aan woorden om het te ontsluiten. Hij ging plichtmatig bij haar langs om haar een pond worstjes of iets dergelijks te brengen, vers brood van de bakker. Eenvoudige vaderlijke dingen konden gezegd worden: 'Hoe gaat het, lieve Winnie?' 'Geweldig, papa, geweldig.' Het gebeurde allemaal zo langzaam. Met hangen en wurgen haalde ze haar tentamens, ze woonde de obligate juristenetentjes bij, ze studeerde uiteindelijk af, dat wel, maar allemaal in de nabijheid van die andere muziek. Hij kon zien dat het niet goed met haar ging. Om haar zo te bewonderen en in één adem zo voor haar te vrezen... En tegen het eind had ze zelfs een vriendje, een mooie jongen toevallig, uit het protserige deel van Monkstown, met een krachtig, somber gezicht, alsof hij haar tweelingbroer was. Haar handlanger? In haar diepe wanhoop? De verhoopte echtgenoot? Met gierende zenuwen had ze de jongen meegenomen om kennis te maken, één keertje maar. Hij was als een paniekerige pony. Tom had hem gemogen, hun allebei echt het beste gewenst, o lieve hemel, ja. Mensenliefde. Ze waren een mooi stel, ze zagen er zo goed uit terwijl ze dankbaar de deur uit liepen.

'Tot kijk, papa,' zei ze, omkijkend met haar lieve gezicht, alsof ze van plan waren langdurig weg te blijven. Ze had een goede baan bij de Four Courts, ja, ze was een mens in opkomst. Hij zag zoveel van zichzelf in haar terug. Gerechtigheid, de rechten van de burger. De trots die hij voelde, de trots. Maar. Tom wist die moeilijke sommen nooit op te lossen. Alle getallen in een rommeltje op de vloer. Breimand met verwarde wol, vislijn vol knopen. De schaamteloze wreedheid van de schikgodinnen.

O, maar toen kwam hij wel in actie, reken maar. Dat zou elke dwaas of wijze gedaan hebben. Hij ging naar de goede mensen in Stanhope Street, kreeg van hen wat adviezen. Er zat daar een mannetje, 'een vluchteling uit New York' noemde hij zich, met een klein snorretje en een groot idee. Terwijl hij hem aanhoorde, vroeg Tom zich af hoeveel vaders en moeders van jongens of meisjes die hij in de ontnuchteringscel had gegooid hier binnen waren komen lopen, net zo wanhopig als hij. 'Ze drinkt gewoon een beetje,' hoorde Tom zichzelf zeggen, wat een grote stommeling. 'Ze is verslaafd aan heroïne, Tom,' zei de kleine Yankee. 'Interventie' heette de strategie. Tegen Winnie zeggen dat hij en Joe haar nooit meer wilden zien als ze niet naar een afkickcentrum ging. Het Rutland. Was elk gebouw in Dublin naar een Engelse generaal vernoemd? Dus dat deed hij. Hoog opvlammende ruzie. Toen was haar geest als gebroken. Naar binnen ging ze. Na een maand in haar eentje daar, vechtend met haar engelen en haar demonen, kwam het goed. Toen mocht hij haar weer zien en spreken, haar zeggen dat hij van haar hield, haar stevig omhelzen, en stiekem tranen plengen, in een soort behoedzaam gejubel. Op een van de laatste dagen dat ze daar verbleef, zat ze een uur lang zwijgend tegenover hem. Geen woord gesproken. Met zijn tweeën, met gebogen hoofd, zo dik als de dikste vrienden. Hij viel bijna uit elkaar van het gevoel van liefde dat hij voor haar had. Viel bijna flauw. Toen kwam ze eruit en volgden er een paar goede maanden. 'Dit gaat me allemaal van pas komen, papa. Ik word er een betere strafpleiter van, wacht maar af.' Schitterende Winnie. Maanden en maanden. Plannen, het vriendje, lagen er kinderen in het verschiet? Zou dat hen redden? Vast wel. Kleinkinderen van June. Hij was wild van zulke gedachten, lange, brandende gedachten in de nacht. Iets wat uit de vlammen gered kon worden. Hart en ziel van zijn dierbare dochter. Toen was het voorbij. Plotseling. Een terugval, zoals verslaafden die hebben. In de donkere winter. In een roes viel ze achterover tegen haar eigen radiator. Lag daar uren voor ze werd gevonden. Het ding had één hele kant van haar verbrand. 'Ze was al vertrokken, Tom,' zei de lijkschouwer van dienst, met uitzonderlijk zachte stem, uitzonderlijk vriendelijk. Tom had zichzelf helemaal naar haar kamer gedwongen. Staarde het onthutst aan. De jonge agenten van Store Street spraken zachtjes. Toen alles naar behoren was vastgelegd, bracht hij haar naar het uitvaartcentrum bij de Five Lamps, zat naast haar in de politielijkwagen.

Daarna Fleming met zijn vlam van vriendschap. Al háár talloze vrienden aan het graf, die haar – of in elk geval haar as – bij haar moeder instopten.

'We zullen doen wat we kunnen,' zei Fleming. Wat

hij kon, deed hij. Maar hoe kon hij haar terugbrengen uit de dood? Dat had Tom nodig. En June terug. In zekere zin snapte hij wat June was overkomen veel beter dan wat Winnie was overkomen. Daarom vroeg hij God om Winnie aan hem terug te geven tot hij in staat was het te begrijpen. En God had haar min of meer teruggegeven, maar niets leek tot inzicht te leiden. Nu was het aan hem om minder te weten van tijden en details, en meer van de kolkende mysteriën van het menselijk hart. Dingen overkwamen mensen, en sommige mensen kregen zware lasten te dragen die je zouden verpletteren als je ook maar heel even wankelde. Aan hem de taak om niet te wankelen. Maar hij wankelde elke dag. Elke dag werd hij verpletterd en de ochtend erna stond hij als een cartoonpersonage weer op. Road Runner, Bugs Bunny – verpletterd en toch weer in elkaar gezet. Nooit de geur van de dood in een tekenfilm.

Hij bezag het hele gebeuren opeens vanuit de optiek van Fleming, uit die van Wilson en O'Casey. Want Fleming had hun vast alles verteld, als ze het niet al wisten. En vervolgens moesten ze onder ogen zien dat zo'n man met zo'n lot de bijkomende marteling van een rechtszaak wordt aangedaan. Een oude, gepensioneerde man met zijn stomme Scott-medaille. Zijn negen maanden rust. Wat een stuitende overwinning was het geweest. Het had hem niet mogen verrassen dat die zou eindigen. En niet eindigen met de geboorte van een kind, maar met de geboorte van nog meer ellende. Wie waren de kameraden van Job? Wie waren de vrienden van Jona? Was dit de buik van de walvis, deze donkere zomernacht? Was dit nu zijn lot, om in de blanco nacht te liggen en de glimwormen in de buik van de walvis voor sterren aan te zien? Maar er wáren sterren, oneindig veel, die boven het ruwe oude eiland en het nepkasteel hingen. Democratisch, vriendelijk, zachtmakend sterrenlicht. Dat door de grenzeloze inktzwarte lucht heen straalde. Gods ongehaaste berichten? De centen die er op de kermis in werden geduwd om de centen te doen vallen.

En toen zijn Joe. Stiekeme, stiekeme Joe. Hoe zat het met hem? Kon hij zichzelf ook dat verhaal vertellen? Ja, langs kronkelige wegen en onder bemoste bomen. Een vervallen huis van een verhaal. Ook al waren Joes lange brieven naar huis hoofdstukken uit een florissante vertelling geweest. Als Tom die nu opnieuw zou doorlezen, zou hij misschien kleine aanwijzingen van ongeluk opmerken. Maar dat verdroeg hij niet. Het eigenaardig kinderlijke handschrift, de letters nooit aan elkaar vast geschreven. Alsof hij zijn woorden in blokschrift schreef voor een officieel document. En hij had zijn zoon zo zien schrijven, aan de keukentafel in het huiswerktijdperk, even snel en vloeiend als welk schuinschrift dan ook. Zou heel handig zijn geweest voor een brigadier, wiens hanenpoten net zo irritant als die van een arts konden zijn. Billy Drury's mooie handschrift, dat herinnerde hij zich nog. Die goeie ouwe Billy Drury met zijn warrige blonde haren, alles gedaan naar de letter van de wet, uitgezonderd wanneer er vriendschap in het spel was. Hij was overtuigender als hij loog dan wanneer hij de waarheid sprak. Met zijn sappige accent uit Roscommon. Zijn mond helemaal naar één kant zoals het stadje Loughglynn. Maar Joe schreef zoals de ijsvogel vliegt, recht, snel, met een stralend gezicht, flitsend met zijn slimheid. Afgestudeerd in de geneeskunde. Zijn brieven naar huis besloegen soms wel twintig kantjes. Kronieken van Albuquerque, waar hij een flat had, en van Zuni, waar hij werkte. Mensen die hij ontmoette in de kroegen, op de vreemde, smetteloze boulevards van imperialistisch Amerika. Allemaal zo schoon, schreef hij, als de foto's van Engeland in de jaren twintig. Uitgezonderd de gebieden van de inheemse bewoners, kluitjes ontheemde mensen in de pueblo, daar was alles rafelig en uitgestorven. Verder alles precies goed, voor eeuwig, zou je denken, maar balancerend op de rand van het niets. Verwoestende stormen en tornado's die de oren van de burgers deden klapperen. Je kon twintig tornado's per jaar verwachten. Tom had iets van dat alles gezien toen hij op bezoek kwam. In de lange brieven zocht hij altijd naar nieuws over een bijzonder iemand. Hij dacht dat Joe daar behoefte aan had. Misschien had hij dat mis. Misschien had hij één of twee keer een hint opgevangen? Hij durfde het niet te vragen. Hij stelde zich Joe graag verliefd voor. Verward, overdonderd, met een deuk in dat serieuze gezicht van hem. Laatbloeier. Geen vaste vriendinnetjes op school, daarna de kleine openbaring. De jongen die van jongens hield. Maar waar waren die jongens dan? Was er een jongeman, daarbuiten in dat woestijnlandschap? In elk geval niemand over wie hij de moeite nam zijn vader te berichten. Vertelde hij zulke dingen vroeger aan zijn moeder? In alle dagen die hij met zijn zoon had doorgebracht, in de mooie Buick, rondrijdend als vrienden, had Joe de liefde nooit genoemd. In al zijn brieven evenmin. Mooie brieven overigens, vol opmerkingen over stadjes langs de oude weg naar Santa Fe. Daar reed hij op zijn vrije dagen naartoe om een kijkje te nemen. Handelsposten, oude grotten waar voetreizigers hadden geschuild. De pueblo's die nog steeds standhielden op de woestijnvlakten. Zijn eigen pueblo in het bijzonder, daarover leerde hij alles wat hij kon, en de tribale broederschappen, en de oude orden van de geneeskunde. Hij besefte heel goed dat de mensen eerst naar hun eigen dokters gingen, en pas bij hem kwamen als al het andere niets uitrichtte. Hij was goed in wonden hechten, maar niet zo goed in het uitdrijven van het stekende vergif van heksen. Dat vond hij niet erg. Hij hield van zijn werk. Hij had daar vrienden onder de indianen, die hij 'zijn inheemse maatjes' noemde. Na een poos lieten ze hem de eeuwenoude muurschilderingen en -tekeningen zien, aangebracht op de vooruitstekende gedeelten van kliffen, die geen storm of regen ooit had uitgewist. En de slangen en andere beestjes, en wat je moet doen, papa, als een ratelslang je bijt. Vergewis je ervan dat de beet onder het hart is. Of was het erboven? En Tom had de brieven plichtsgetrouw, somber gelezen, de vreemde triestheid erin soms opgepikt en de grapjes niet gesnapt. Om zo ver weg te zijn, voor zulke zaken, belangrijke zaken ongetwijfeld. Zijn salaris was niet het salaris van een echte stadsdokter, met een wit patiëntenbestand, maar een salaris dat hem in staat stelde in Amerika te wonen en te ademen. Weg van Ierland. Van dingen die zijn draagvermogen te boven gingen. Te midden van de Zuni, waar hij zijn werk deed, was hij omringd door iets ouds. Dat het tijdsbesef van een Ier te boven ging. Minstens tweeduizend jaar zaten ze daar al, in het dorp dat ze de Tussenplaats noemden. Problemen te over, drankmisbruik, drugs, maar ook overstelpende momenten van zuivere schoonheid, wanneer de ceremoniële dansers met zwalkende kostuums het dorp in kwamen, als de teruggekeerde doden van de Zuni. Lange uren vol dansen, zingen. Oprecht, vol geloof. Er was geen Ier die enig idee had wat zijn volk in de tijd van Christus deed. De Zuni wisten het wel: dit deden ze. En Joe zei dat hij het voorrecht had om hen te dienen, zo goed als hij kon. Goedhartige, slimme Joe.

Argeloze Joe, misschien... Want het was zijn dood geworden. Wat hij ook was, en hoe hij ook dacht, en hoe hij zich ook presenteerde, wat zijn geheimen ook waren, het leek zijn dood te zijn geworden.

Toen Tom het telegram kreeg, gaf Fleming hem onmiddellijk verlof. Ze hadden tot hun oksels in een zaak gezeten, twee heroïnedealers, kleine vissen, die dood waren gevonden. Vermoedens van boze opzet. Mannen, zelf verslaafd, in Dolphin's Barn, die amok maakten en harten in hun gemeenschap braken door aan kinderen te dealen. Nieuwe klanten werven bij de schoolpoort. Maar Fleming zei dat hij het zou afhandelen, geen punt, Tom, stap jij nou maar op het eerstvolgende vliegtuig. Tom wilde niets liever, maar toen Fleming het zei was hij opeens ontroerd. Ontroerd, in zijn diepe rouw. Wat raar was. Het viel hem op. Maar hij was zo bang voor wat hij zou aantreffen. Nou, hij wist wat hij zou aantreffen. Het lichaam van zijn zoon, ongetwijfeld in een lijkenhuis. Dat wilde hij niet, maar een zeer diepliggend instinct vroeg hem te gaan. Ga snel. Als hij niet ging, zouden de lange brieven dan blijven komen? De eerlijk gezegd ietwat langdradige brieven? Daar zou hij nu naar verlangen, naar verlangen, altijd. Blijf die brieven sturen, Joe, en wees alsjeblieft niet dood.

Maleisië was verder dan Albuquerque, maar Tom had nooit zo ver gereisd. Wie waren die mensen op al die eendere vliegvelden? Te veel om te eten en veel te nieuwe en te schone kleren. Het ontmoedigde hem. Hij was al gespannen toen hij in Dublin op het eerste vliegtuig stapte. Hij bleef maar denken, keer op keer, aan Joe en Winnie in bed stoppen toen ze klein waren. Keer op keer. Als een vastgelopen spoel in de bioscoop in Glasthule. *A Fistful of Dollars*, de kamerhoge gordijnen rond alle muren verbrand door duizenden sigarettengaten. Winnie en Joe. Hij was hun beschermer geweest. De heilige opdracht. Hij stapte driemaal over en bij elke overstap etterde hij op een plastic stoel, at hij niets, dronk hij niets, staarde hij voor zich uit naar de vertrekborden. Toen hij in Albuquerque aankwam, knipperend van de jetlag en bijna doof en blind, was hij niet langer verliefd op Amerika. Maar op al het andere evenmin. Op de levenden. Op ademhalen. De reis was zo afmattend dat hij haast vergat waarom hij die had ondernomen. Pas toen hij de volgende dag om vijf uur 's ochtends in zijn hotel wakker werd, zonder enig idee waar hij was, en hij zich dwong de waardeloze jus d'orange te drinken en wat eieren met spek te eten, keerde dat besef en inzicht langzaam tot hem terug, en het was geen welkome terugkeer. Zijn zoon, zijn zoon. Hij was zo diep in droefheid weggezakt dat hij nauwelijks kon praten. Hij kon niets proeven. Niets leek echt. Als hij een rat met zijn buik vol blauw vergif was geweest, had hij zich niet beroerder kunnen voelen. Op een of andere manier had hij na de optelsom van de eerste twee sterfgevallen gedacht dat het behoud van Joe een soort vreemde compensatie was. Alsof je kon worden betaald met geld dat al van jou was, je eigen goud als loon in je zak gestopt. Maar nu was dat niet langer waar. Hij was niet alleen bedroefd, hij was ook bijtend boos. Boos op de receptionist, boos op de aardige serveerster tijdens het ontbijt. Een grote, omvangrijke, chagrijnige oude man uit Ierland. Nachtmerrie. Er zit godsamme een nachtmerrie aan tafel zeven. Terwijl hij opstond om terug te gaan naar zijn kamer, bood hij hun allebei excuses aan. 'Mijn zoon...' begon hij, en zweeg vervolgens.

Hij belde het nummer dat hem was opgegeven en een afspraak werd gemaakt op het kantoor van de sheriff in de pueblo van de Zuni. Tom kende de weg van zijn bezoek aan Joe. Hij dacht in elk geval dat hij die zich vaag zou herinneren. Soms hadden ze zo hard gelachen dat hij niet altijd op de weg had gelet. Joe was een van de weinige mensen op Gods aarde die hem aan het lachen kreeg. Hij was een ontzettend geestige jongen, echt waar. Hij wist hoe hij Toms roestige gevoel voor humor moest kietelen. De plaats lag op tweehonderdveertig kilometer van Albuquerque en zestien kilometer van de rivieroever waar Joe was gevonden. Ze vertelden hem dat Joe in zijn flat in de stad was omgebracht. Daar hadden ze bloed aangetroffen. Maar vervolgens was zijn lijk verplaatst naar een drooggevallen rivier, op land van de Zuni, en daar achtergelaten. Een drooggevallen rivier onder een grote klif. Met die oeroude rotstekeningen. Dat vermoedden ze. En hadden hem verder niets te melden. 'De sheriff zal u bijpraten, Mr Kettle. Toon alstublieft respect in de pueblo.'

Tom had een autootje gehuurd en reed nu door die kilometers uitgestorven land die hij zich inderdaad maar vaag herinnerde, langs toegangswegen naar andere pueblo's, oceanen van armzalig grasland. Zuni was een strooisel van nieuwere huizen, een gefragmenteerde hoofdstraat, met oudere gebouwen in de kern van het geheel, en een reusachtige, heel oude kerk. Terwijl hij het dorp in reed, passeerde hij de kleine medische hulppost. Hij dacht dat hij Sean, de andere arts, graag zou spreken, gewoon om te zien hoe hij zich hield. Hij maakte een mentale aantekening om dat te doen. Vergat die vrijwel meteen.

Het kantoor van de sheriff was een elegante kleine ruimte, niet oud, met betonnen muren en een onbeweeglijke ventilator aan het plafond. De sheriff zat op zijn zwenkstoel achter een metalen bureau. Hij had zweetvlekken onder zijn armen, maar zijn uniform was gestreken en gestoomd, en een airconditioner brulde ergens als een kooi tijgers, maar alsof die ver weg was.

De sheriff was uitermate beleefd. Een vermoeid soort man misschien. Een ernstig gezicht, maar met een glimlach. Hij had een wapen dat in een holster stak, maar het lag achter hem op een archiefkast. Had de tribale politie volledige bevoegdheden? Dat wist Tom niet. In New Mexico wist hij helemaal niet waar hij stond. Hij wist nergens waar hij stond. De sheriff zag er indiaans uit. Toms hoofd zat vol met alles wat Joe in zijn brieven over inheemse mensen had geschreven. Dat hij ze echt bewonderde en respecteerde, ook hun levenswijze. Tom had het met eigen ogen gezien toen Joe met Sean sprak. Je hoorde de bewondering in zijn stem. Maar een of ander voorgevoel weerhield hem ervan dat tegen de sheriff te zeggen. Hij dacht niet dat de sheriff geïnteresseerd zou zijn in clichés over indianen. Terughoudendheid hing in de lucht.

'Mr Kettle, goed om u te ontmoeten, sir. Het spijt me dat het onder deze treurige omstandigheden is.'

'Ik weet het. Nou ja, insgelijks,' zei Tom, 'en, nou ja, fijn dat u me kunt ontvangen. U zult het wel druk hebben.'

'U bent in eigen land rechercheur, is mij verteld. In Ierland?'

'Dat klopt, dat klopt.'

'Uw zoon ligt in ons lijkenhuisje. Ik heb alle formulieren ingevuld. We kunnen hem morgen verzenden. U wilt hem vast naar huis brengen.'

'Inderdaad.'

Morgen verzenden? Hadden ze zijn lijk niet nodig als bewijsmateriaal? Wie had zijn zoon vermoord? Ze hadden gezegd dat hij vermoord was, tweemaal door zijn achterhoofd geschoten, dus wie had hem vermoord?

'U zult wel willen weten wat hem is overkomen,' zei de sheriff, alsof hij hem antwoord gaf.

De sheriff vertelde dat ze Joe wellicht nooit gevonden zouden hebben als de moordenaar niet de volgende ochtend zichzelf was komen aangeven. Jazeker. Bekend. Die ging naar de gevangenis, honderd procent. De sheriff zei dat het een man uit de pueblo was. Een vader, net als Tom. Tom vroeg de sheriff waarom Joe door deze man was vermoord. De sheriff zei dat het moeilijk uit te leggen zou zijn. En wie was hij? Een doodgewone man, zei de sheriff, net als u of ik. Ik ken hem al mijn hele leven. Tom zat daar te proberen een betere vraag te verzinnen, te denken als een politieman, het enige soort echt denken dat hem resteerde. Het was een verschrikking om überhaupt te denken. Om in welke vorm dan ook na te denken over de moord op zijn eigen zoon voelde als een marteling die hij zichzelf aandeed.

Buiten op de parkeerplaats was het warm geweest, maar deze kamer leek wel een koelkast. Hij voelde het zweet binnen zijn overhemd verkillen. Het huurautotje buiten oogde verweesd. Het bevond zich in zijn blikveld, door de glazen deur. Hij wilde Joe naar huis brengen. Hij zou hem nooit naar huis brengen. Niet Joe zelf.

'Komt u maar met me mee naar huis, Mr Kettle, dan geven we u wat te eten. Goed?' zei de sheriff terwijl hij opstond.

Dat verraste Tom. Hij had in Ierland kunnen zijn, maar dan vijftig jaar geleden. Hoffelijkheid.

'Kom maar, Mr Kettle,' zei de sheriff, die nu de deur voor hem openhield. De hitte van New Mexico stormde naar binnen. 'Komt u maar met mij mee. En dan zal ik het proberen uit te leggen. Het is niet eenvoudig om zulke dingen tegen een vader te zeggen.'

In de pick-up van de sheriff reden ze naar een van de nieuwe huizen, met een handjevol kleine bomen. Zijn echtgenote was een jonge vrouw die in de keuken stond te koken. Algauw werd het eten naar binnen gebracht en Tom nam plaats aan hun plastic tafel, maar de sheriff leek geen honger te hebben. Hij had een pakje sigaretten in zijn ene hand en hij draaide het keer op keer om. Parliament. Er leek geen enkele intentie te zijn om er een uit te halen en op te steken. Tom smulde van de bonen. De honger van de terdoodveroordeelde.

Na afloop bleven ze aan tafel zitten en de sheriff sprak zacht.

'Deze man, die uw zoon heeft gedood, was zelf de vader van een jongetje. Het kind was erg ziek en er waren grote inspanningen gedaan om hem te redden. Zijn vader dacht dat een machtige heks zijn kind had vervloekt. Daar was uw zoon het niet mee eens. Hij zei dat het acute bloedarmoede was en dat het kind naar het grote ziekenhuis in Albuquerque moest. De jongen werd aan de zorg van de sjamaan onttrokken. De vader had daar bezwaar tegen. Hij was erg kwaad. En toen de jongen in het ziekenhuis overleed, gaf hij uw zoon de schuld. Ik weet niet of u dat ergens op vindt slaan.'

'En daarom heeft hij hem vermoord?' zei Tom. Zijn hersenen werden overstroomd door een soort ongewenst begrip. Het viel in een vurige vlam dwars door zijn hoofd heen. Het was echt ongewenst. Hij had behoefte om die man te haten. Hij verdiende zijn haat. Als hij hem tegenkwam, zou hij hem allicht proberen te doden, dacht hij. In gedachten zag hij zich dat doen, de keel van de man dichtknijpen, een man die hij nooit had gezien.

'Daar lijkt het op. Het spijt me, Tom. Het is een doodgewone man. Ken hem al mijn hele leven,' zei hij, herhalend wat hij eerder had gezegd. 'Hij is een toonbeeld van berouw. Hij krijgt twintig jaar in een federale gevangenis.'

Die nacht sliep Tom op de bank van de sheriff en 's ochtends gingen ze naar het lijkenhuis. Het had maar twee koelruimtes, in een kale ruimte waar een autopsietafel in was gepropt.

De sheriff was diep in zijn eigen gedachten verzonken en zei haast niets. Tom kon zich niet inbeelden wat hij dacht. Een deel van hem wilde de moordenaar zien, met hem praten, maar waarover, dat kon hij nauwelijks zeggen. Terwijl hij die nacht op de bank had liggen piekeren, had hij overdacht wat deze man ertoe had gebracht om Joe te doden. Hij kende die woede, de razernij van Hercules. Iemand moest de schuld krijgen en hij nam aan dat het makkelijker was de buitenstaander de schuld te geven. Maar hij twijfelde. Aan zo'n moord kleefde een soort onschuld. Er was een jongetje gestorven. Van zulk verdriet raak je op drift. De sheriff wilde hem zijn eigen zoon tonen, meende dat dat de juiste gang van zaken was, en Tom moest hem sowieso zien. Moest dat, ook al zat hij in een storm van rouw. De sheriff trok de lange lade uit en daar lag het lange, tengere lichaam onder een laken. Tom tilde het laken voorzichtig van het gezicht. Joe, en niet Joe, maar toch Joe. Het was een gruwel om de wonden in zijn achterhoofd te zien. De kogels zaten vast nog in hem. Klein kaliber waarschijnlijk. Nu niet als een politieman denken. Het leek alsof Tom hem ergens was verloren en hij nu was gevonden. Het gezicht – gesloten ogen, alsof Joe ze dichtkneep, deed alsof hij sliep, wat hij vroeger als kind deed – was donker en eigenaardig sereen. Als een dodenmasker. Maar dit was echt het gezicht van zijn zoon. Joe. Hij hield van hem. In gedachten herhaalde hij keer op keer het Onzevader, een reflexmatige handeling, en toen hij zijn twee handen op de stijve schouders legde, dacht hij aan hun laatste afscheid op het vliegveld van Dublin, toen hij bijna zijn voorhoofd had gekust. Bijna. Zijn hart voelde te groot voor zijn eigen lichaam en zijn zoon was dood. Zijn zoon was dood en toch wilde Tom hem nog steeds troosten, zeggen dat alles goed zou komen, dat wilde hij zeggen, maar natuurlijk kon hij dat niet. Buiten de sheriff was er niemand bij hem. De tranen die op Joes gezicht vielen maakten kleine vlekjes terwijl ze de ijskoude huid kortstondig ontdooiden. Daarna verdwenen ze.

Toen hij het lichaam terug naar Dublin had gehaald, nam Fleming het van hem over. Hij had niet voorkomender kunnen zijn. De crematie. De korte ceremonie aan het graf. De Scott-medaille bij de as gestopt.

Hij worstelde zich door zijn laatste paar jaar politiewerk heen. In zekere zin nauwgezetter, zelfs geïnspireerder, dan ooit tevoren. Zelfs zijn hoogste superieur vond dat hij met vervroegd pensioen moest, maar iets diep in zijn binnenste moest tot het einde doorgaan. Toen het feestje en de sombere woorden en de blije woorden. Toen zijn hoekje in Queenstown Castle. Zijn rieten stoel, de karaktervolle zee en het onverstoorbare eiland. En daarna die negen stille maanden, niet alleen vol nieuwe stilte, maar ook met – hoe moest hij dat noemen? – misschien een soort opbloeiend gevoel van opluchting, dat de ellendige schikgodinnen klaar met hem waren. Hadden zijn grote geluk lang geleden opgemerkt, en dat embleem voor embleem van hem afgepakt. En toen de dag dat Wilson en O'Casey aan hem verschenen als mormonen, met de oude rododendron vlammend achter hun rug. Het gekrijs van de deur en het hele gedoe opnieuw aangezwengeld, als een T-Ford.

17

Zijn verhaal was uit en hij had het aan niemand verteld.

Hoeveel lichter voelde hij zich. Hij stond ervan versteld. Normaal gesproken zou hij nog bedrukter moeten zijn. Maar nee, iets aan deze diepe zomerdagen vond hij verrukkelijk. De zee leek onaangedaan door de hitte, en hoeveel daarvan de lucht in was gebrand viel niet te zeggen. De tuin van Mr Tomelty bloeide, zijn planten in hun perken werden groter, en hun bloemen openden zich tot een ideale wereld. Elke avond deed Mr Tomelty zijn rondje met de tuinslang. Je zou kunnen denken dat het het geluid van regen was, maar er was geen regen. Dit was een zeldzame zomer en Tom onderging die dankbaar. Als Fleming hem een honorarium als adviseur had toegekend, had hij dat niet op zijn bankrekening gezien. Op andere gedachten, ongetwijfeld. Na ampel beraad. Alleen zijn pensioen kroop daarop, week in, week uit, in een aangename opeenstapeling. Hij merkte dat hij minder at en spaarzaam dronk, zelfs water. Hij zag zijn oude gezicht in de spiegel bij het scheren, maar hij ervoer geen ouderdom, niet echt. Hij dacht dat hij wat kapitaal politiewerk kon doen als hij daarvoor gevraagd werd. Hij wist dat het nu niet kon gebeuren, maar hij was paraat. Als een padvinder. Wilson en O'Casey lieten hem met rust, en in zijn beroepsmatige gedachten wist hij dat ze munitie tegen Byrne aan het verzamelen waren. Hij bad de hemel dat ze zich niet omwille van hem zouden inhouden. Hij wist negenennegentig procent zeker dat ze dat niet zouden doen. Laat iedere man mettertijd boeten voor zijn misdaden. Elke vrouw. De aard der zaken vereiste het. Dat geloofde hij.

Een paar weken later ging hij de stad in en vroeg hij Mr Prendergast of die een goede timmerman wist.

'Nou, u wilt in elk geval geen slechte,' zei Mr Prendergast, zijn vrouw zoals gewoonlijk als een donkere maan in de schaduwen. En beval zijn zwager aan, die prompt naar het kasteel kwam en het beschot eraf rukte – met spijt, inmiddels een stuk antiek, noemde hij het – en installeerde wat hij een 'suite' van planken noemde. Dat was drie dagen werk, Tom betaalde hem, ruimde achter hem op, en opende eindelijk de dozen met boeken en zette ze op hun nieuwe roestplaats. Terwijl hij op de stoel stond te wiebelen ervoer hij een eigenaardige opwinding, alsof hij twintig was en er net was komen wonen. Hij was een oude man en dat was niet zo. Maar toch.

Hoe moest hij het luisterrijke paradijs van de tuin naar behoren prijzen? Mr Tomelty had zichzelf overtroffen en het weer had uiteraard met hem samengespannen, maar om daar te zitten, om zijn aanbouwappartement te verlaten en daar te zitten, op het wiebelige metalen bankje, terwijl hommels zo groot als luchtschepen zich op vingerhoedskruid, lupines en vlambloem stortten, en de geur van de zee zijn zintuigen deed bruisen, en de zoete bedaardheid die het licht over alles heen drapeerde – wat een simpel genoegen. Om een of andere reden, dacht hij, was de mens hiervoor geschapen. De rechtvaardigheid van de zomer, de genade van de planeet. Iets geweldigers kon er niet zijn. Zijn gele zwembroek werd intensief gebruikt en hij ging niet naar Killiney of White Rock, of zelfs de Vico Rock, de dichtstbijzijnde zwemplaats, maar dompelde zich behoedzaam, centimeter voor koude centimeter, in het water bij het huis. Drie meter verderop kon je het water dieper zien worden en de beweging van de stroom zien verstijven, als een enorme spier die door een ongeziene hamer wordt platgeslagen. Je zag de sporen van de slagen op het oppervlak, pokputten die even oplichtten en dan verdwenen, sprankelingen die een milliseconde opvlamden en dan doofden. Ja, zelfs onbekenden kwamen in de zomer helemaal naar Dalkey. De hele dag reden er auto's over Coliemore Road. Hij nam het hun niet kwalijk. Hij dompelde zich erin onder. Het gevoel dat het kanaal episch was, en het zware eiland als bekroning van het uitzicht, daaruit putte hij zo veel genoegen dat hij stiekem moest lachen. Een forse man, ja, een gezette man, met sterke armen, zijn gehavende oude gezicht, zijn uitgedunde kuif, maar in de privacy van het zwemmen, de privacy, had hij net zo goed Johnny Weissmuller kunnen zijn.

Toen hij op een van die bijzondere dagen uit de tuin tevoorschijn kwam en langs de gevel van het huis liep – niet heel fijngevoelig, dacht hij, en hij hoopte dat wijlen Mrs Tomelty geen bezwaar zou hebben, aangezien hij slechts een handdoek om zijn middel had geslagen en zijn 'zomerkleren' over een natte arm hingen – verscheen er een onbekende in de poort. Hij zag er tegelijkertijd aarzelend en doortastend uit. De man was behoorlijk lang, met donker haar en een baard. Ongeveer één meter tachtig. Dertig, vijfendertig. Toms politiebrein zoemde. Nu hij weer onnatuurlijk jeugdig was, al was het maar in zijn eigen beleving, draaide dat des te efficiënter. Geremd door zijn uitdossing liet Tom de man voorgaan, maar de man zelf bleef stilstaan, en leek in verwarring te raken door de twee aanwezige deuren. Tom loste dat raadsel enigszins voor hem op door zijn appartement binnen te gaan, en de man liep door naar de andere deur.

De basisschool in het dorp was dicht in de zomer en Tom zag het jongetje dan ook vaak door de tuin dwalen, opgaand in zijn eigen gedachten. Hij leek geen enkel speelkameraadje te hebben. Voor zover Tom zich bewust was kreeg Miss McNulty nooit bezoek, maar dat wist hij niet helemaal zeker. Wanneer ze repeteerde, ging ze om acht uur de deur uit en hij nam aan dat de grootvader dan op het jongetje paste. Hij had die man niet eens een tweede keer gezien: hij leek de gave van onzichtbaarheid te bezitten. Luttele malen had hij hem op de rug gezien terwijl hij naar het dorp liep, ook al geloofde hij dat de man de eigenaar was van de witte Mini die op de weg geparkeerd stond. Hij dacht dat Miss McNulty hem had verteld dat haar vader ingenieur was en voor zijn werk vaak de provincie in moest, maar hij kon zich niet herinneren wanneer ze hem dat had verteld, of zelfs maar waar.

Hij verkleedde zich zo rap als hij kon en nam niet eens de moeite om zich fatsoenlijk af te drogen. Nu was hij angstig en ongerust. Hij had nogal haast en natuurlijk bezorgde hij zichzelf daarmee aanzienlijke vertraging. Hij speelde het klaar onhandig in een broekspijp te stappen en donderde luidruchtig op de houten vloer. Hij vloekte en maakte het werk zittend af, als een sukkel, als iemand die nog nooit zijn eigen broek had aangetrokken. Een klein kind. Toen trok hij zijn voordeur open zodat hij een soort uitkijkpost had, liep weer de huiskamer in en keek naar beneden, de tuin in. Niets bewoog. De planten waren zo onbeweeglijk als een schilderij. Er lag een prachtig glazig grijs licht op het water, maar ook daar had hij nu geen oog voor. Hij dacht dat hij, om zijn opdracht van Miss McNulty te vervullen, gewoon het centrale huis in moest lopen om te controleren wat er gebeurde. Hij had geen officiële status, dat besefte hij, maar ze had hem haar zorgen toevertrouwd. Dat was een mensenzaak, ook al was het geen politiezaak. Op dat moment besefte hij dat hij de jongen zelfs nog nooit had horen spreken, althans niet tegen hem. Hij had de jongen vaak horen zingen terwijl hij in de tuin speelde. 'Weela Weela Walya' was een van zijn liedjes, een oeroud liedje dat Tom zelf mooi vond. *There was an old woman that lived in the woods, weela weela walya. She stuck her penknife in the babby's back, weela weela walya.* Al had hij er slechts flarden van gehoord, hij kende de tekst al.

Maar toen hij zijn hoofd door de voordeur stak, was er niets dan stilte in het halletje en dode bromvliegen op de vensterbanken. Een onmiskenbaar teken dat Mrs Tomelty echt was overleden, dacht hij. Op het plafond zaten spinnenwebben en de bladeren van de afgelopen herfst lagen nog in een hoek, zo droog als crinolinestof. Een paar verwaarloosde enveloppen op de vloer. Het leek echt een uitgestorven huis.

Het was erg frustrerend. Het oude kasteel leek mensen te absorberen, hen te begraven in stiltes. Hij voelde zich nogal onnozel en wandelde terug naar zijn flat. Maar juist op dat moment hoorde hij beroering op de weg, zoals Billy Drury zou hebben geschreven. Zachte kreten van 'Nee, nee', met de schrille klanken van een jongen die de baard nog niet in de keel heeft, en een norsere stem die bevelen gaf, en een dichtgeslagen autoportier, en daarna nog een. Toen Tom de poort bereikte en naar buiten keek, trok een auto in vliegende haast op. Het jongetje had vindingrijk het driehoekige zijraampje geopend, en hoewel het te klein voor zijn hoofd was, meende Tom het eeuwenoude woord te horen, met daarin een eeuwenoude angst: help.

'Stop, stop!' riep Tom als een voorbeeldige politieman en hij wierp zichzelf naar de auto. En hij zag hoe het gezicht van de man met de baard zich omdraaide, en hem één tel aankeek, met een uitdrukking van pure verdorvenheid op het knappe gezicht. De doorgang tussen alle geparkeerde auto's aan weerszijden van Coliemore Road was ongeveer honderd meter vrij – Toms hersenen rekenden – en de weg van de man was alleen geblokkeerd bij Coliemore Harbour, waar een heleboel mensen rondwandelden en de weg tjokvol was. Daarom zette Tom het op een lopen dat zijn lijf niet heel welgevallig was, maar hij voelde opeens een eigenaardige levendigheid, alsof hij een jonge politieman was. Zijn benen leken onder hem voort te razen.

Nu moest de auto in de verte remmen, wilde de chauffeur niet door een tiental voertuigen heen ploegen. En daar vloog Miss McNulty – het was vrij duidelijk dat zij het was, zelfs uit de verte, ongetwijfeld onderweg naar huis van haar werk – met wapperende zwarte haren over de stoep aan de andere kant en probeerde het portier open te rukken. Goed gedaan, dacht hij. Daarna minder goed, want hij zag hoe de man het kind de auto uit sleurde en terwijl Miss McNulty zich op hem leek te storten, sloeg hij haar met een gemene klap neer op het asfalt. De arm zonder enige terughoudendheid. Wat een stomme man, al dat geweld. Tegen zijn vrouw! Tom was hogelijk verbaasd, maar waarom? Verder rende hij, en zijn borst zwoegde om adem ondanks zijn aanvankelijke gevoel van kracht. Zijn voeten brandden in hun schoenen en de zon maakte de lucht werkelijk zo dik als honing. Zijn ogen werden belemmerd door het zweet dat van zijn voorhoofd neerstroomde. Jezus christus, hij was toch echt een oud lijk. Maar verder liep hij. Misschien zou hij een hartaanval krijgen en aan een beschamend en bespottelijk eind komen.

De ingeving van de echtgenoot leek nu te zijn om zijn vrouw te laten liggen waar ze lag en het kind met hem mee omlaag te sleuren, de diepte van Coliemore Harbour in. De weg bevond zich zeven meter boven het water, dus het stenen paadje tussen de vissershuisjes was steil en kwam uit bij de havenmuur. Nu had Tom in elk geval de achtergelaten auto bereikt en schoot hij Miss McNulty te hulp. Hij wist niet of ze dood was of leefde. Ze was in elk geval buiten bewustzijn. Hij tilde haar naar een grazig talud aan de overkant van de weg en legde haar zo zacht mogelijk neer. Twee vrouwen haastten zich om hem te helpen en knielden bij haar neer. Meer kon hij op dat moment niet doen. Hij zei de dames om een ambulance te gaan bellen in het Coliemore Hotel, zei dat hij een oud-politieman was, hoewel ze dat eigenlijk niet hadden gevraagd, en haastte zich naar de zeewering en keek omlaag. De eenhoorn van Mrs Tomelty stond op het strandje. Niet op letten. Daar was de man al in het bootje van de veerman, zonder dat de veerman ergens was te bekennen, en hij rukte aan het startkoord om de buitenboordmotor aan de praat te krijgen. Het jongetje zat te huilen op de doft naast hem en klampte zich aan de doft vast alsof hij daar iets aan had. Nu kwam de motor grommend tot leven, en bij dat geluid stormde de echte veerman zijn huisje uit, dringend om zich heen kijkend, als een veeboer die een veedief vermoedde, maar het was te laat. Het sloepje, niet meer dan een roeiboot eigenlijk, stoof de haven uit, het open kanaal op.

Maar waar ging die idioot naartoe? Wat ging hij doen? Zijn kind ombrengen in een roeiboot? Hem verdrinken? Hem in de stroming werpen? Kon een vader zijn eigen kind ombrengen? Natuurlijk kon hij dat, dacht Tom. Dus hoe moest hij hem tegenhouden? Er lag daar geen ander vaartuig gereed, en niets met een buitenboordmotor. Nu was het bootje halverwege de oversteek naar het eiland. Ging hij daarheen? O, hij snakte naar helikopters, speedboten, kustwachten, maar er was niets dan de weldadige kalmte van een zomerdag in Dalkey.

Na een wanhopige ingeving rende hij weer terug naar huis. Coliemore Road liep een beetje omhoog, en de schijnbaar flauwe helling werkte hem tegen. Het was een kwelling, een marteling, zijn oude lichaam werd nu door pijn geradbraakt. Het leek een eeuwigheid te duren, deze gepijnigde voortbeweging door de plakkerige lucht. Dit was echte pijn, duistere pijn, pijn die je kracht wegnam. Maar hij was onaangedaan, onaangedaan, laat hem maar lijden, waarom zou hij niet lijden? Na twee minuten van deze ongenadige Olympische Spelen bereikte hij de bescheiden cottage van McGillicuddy en beklom hij de trap naar het balkon in een schuimlaag van ellende. Daar was hij bijna opgelucht om bij het geweer en zijn statief te staan, en de eersteklas kijker te richten op de man en het jongetje. Ze hadden het eiland bereikt en door de kijker zag hij hoe de man de boot probeerde aan te meren. Het jongetje zat nog steeds op zijn plaats op de doft. Tom moest een afweging maken. Als rechercheur had hij dat heel vaak moeten doen. Dit kind in gevaar. Tom controleerde of McGillicuddy het geweer had geladen. Hij trok de grendel naar achteren en een lege patroonhuls vloog eruit als een kolibrie. De man had de boot aangemeerd, hij draaide zich frontaal om, om de jongen te halen. Een vrij schot. Driehonderd meter. Rustig blijven, Tom. Je hebt één kans om te schieten. Rustig nu, als een ballerina *en pointe*. Niet bewegen. Het gebed van de scherpschutter zeggen, uitademen, niet ademen. En schieten.

O, Thomas Kettle. Hij liep terug naar zijn flat, nam plaats op zijn stoel, met zijn blik de hele tijd gericht op het eiland. Nadat er een halfuur of iets dergelijks was verstreken, zag hij hoe de nobele reddingsboot uit Dunleary door het kanaal stoomde en het jongetje aan boord nam. Hij had verwacht de kustwacht te zien of, beter nog, een reddingshelikopter van de politie of hulpdiensten. Het zou vast verschrikkelijk zijn om nu dat jongetje te zijn, wiens eigen vader voor zijn ogen was doodgeschoten. Het zou vast verschrikkelijk zijn. Dat overdacht Tom. Terwijl hij dat overdacht, kwam niemand hem halen. Miss McNulty niet en niemand anders. De grootvader, en McGillicuddy, en zijn collega's van de politie evenmin. Niemand. In zekere zin ben ik niemand, dacht hij. Niemand komt naar niemand toe. Het zij zo. Maar hij wist absoluut zeker dat ze zouden komen. Alleen nu nog niet. De rieten stoel voelde wonderlijk zacht aan onder hem. Zat hem als gegoten. Hij stak zijn laatste cigarillo aan en rookte die bijna spelenderwijs op. De dag brandde verder tot avond en toen de zon achter hem onderging, werden er op het gulle oppervlak dat voor hem lag brede velden van gedempt licht geschapen. De vuurtoren achter het eiland oogde als een stoombootje dat voortdurend uitvaart. Een eeuwigheid lang nergens heen gaat. De aalscholvers zaten trouw, vol vertrouwen, op hun rotsen. Nu was er meer commotie rond het eiland, terwijl er een brandweerauto arriveerde, en ongetwijfeld zou de plaatselijke politie om bijstand verzoeken, misschien zou zelfs Harcourt Street erbij betrokken raken. Misschien ook niet. Er zaten mannen in Wexford, Wicklow, Zuid-Dublin die het net zo goed konden. Dan zouden ze op zoek gaan naar schootshoeken, en iemand zou scherpe ogen hebben, daar twijfelde hij niet aan, en op een bepaald moment zouden ze het terras van McGillicuddy in de peiling krijgen, en hij hoopte oprecht dat ze hem niet zouden aanhouden. Het was een zaak van dubieuze wijsheid om daar een geladen, onbeheerd wapen te hebben staan. Het jongetje leefde. Dat was zijn onuitgesproken belofte aan Miss McNulty geweest, dat hij zou trachten hem te behoeden voor het gevaar dat hem bedreigde. Niet alleen als ambtelijk principe, maar als een geheim privéprincipe dat alle kinderen beschermd moesten worden. Ze moesten veilig zijn en als er ook nog van hen gehouden kon worden, des te beter. Een kind bedreigen, een kind pijn doen, was de grootste misdaad in de ogen van God en de mens. Die mocht nooit onbestraft blijven. Een kind was per definitie iets kleins. Wie spreekt er namens het kind? Wie handelt er in zijn of haar belang? In de grote duisternis der menselijke aangelegenheden meende Tom te mogen zeggen dat hij dat zou doen. En hij had het gedaan. Het was een helder moment. Zo helder als deze zee en dit eiland in het zonlicht. Hij had zijn moment beantwoord met een nauwgezette daad. De jongen was gered. En op dat moment wist hij dat dat de kiem bevatte van zijn eigen redding.

Het was nu elf uur 's avonds. Het had niemand hoeven verbazen, en het verbaasde hem niet – hij deed het alsof hij zichzelf van bovenaf beschouwde – dat hij omlaagliep naar het betonnen plateau achter Mr Tomelty's tuin en met zijn rare gele zwembroek de zee in ging. Deze keer, en alleen deze keer, zwom hij echt het kanaal op en liet hij Winnies driemeterregel los. Het water was warm en fel. Het zout stuwde hem omhoog, zodat hij gek genoeg op het water lag en niet erin. Alsof de zee onder hem een eeuwenoud luchtbed was. Opeens werd zijn hart gevuld door alle dingen die hij mooi had gevonden aan zijn leven, in tegenstelling tot de dingen die hem hadden gekwetst en bedrukt. Ze vulden zijn ledematen met kracht. Hij wist dat de draaikolk zich ten zuiden van het eiland bevond en hij wist dat hij dwars door de stroom heen moest zwemmen om daar te komen. Dat zou vastberaden en onophoudelijk zwemmen vereisen, hij zou geen seconde kunnen rusten. Alle gevoelens die hij over June had gehad, voeren in hem als een menigte luidruchtige boodschappers die goed nieuws brachten. Dat lawaai en die drukte vulden hem. Zijn liefde voor Winnie, die over de dood heen had standgehouden, en zijn liefde voor Joe vulden zijn hart met een gevoel van immense voltooiing. Hij zwom onder de aanhoudende betovering van het verkwikkende maanlicht. Er was geen wolk in deze late hemel. Overal om hem heen kabbelde het water met zilveren flitsen maanlicht. Als de sprot die in augustus de makreel zou aanlokken. En de jongens met hun hengels op de pier. Het zou allemaal doorgaan, voor eeuwig, de kleine heerlijkheden van het leven. Zijn slagen waren ferm en ongebroken. Hij voelde geen enkele vermoeidheid. Hij ervoer alleen een gevoel van zuivere doelgerichtheid. En overwinning. Als hij de draaikolk eenmaal had bereikt, kon hij niet meer terug. Hij verzocht om diens genade. Zijn hele leven was hij failliet geweest door iets waarvoor hij nauwelijks woorden had. Hij had gevraagd of hij June mocht hebben, en had daarmee voor zijn gevoel een hoge schuld opgebouwd. Al zijn vriendschappen en al zijn bewondering voor mensen hadden in zijn ogen op bepaalde berekenbare voorwaarden berust. Hij had geleden, zoals alle mensen, maar hem was ook onmetelijk geluk toebedeeld. Dit was het moment van een eenvoudige afrekening. Hij had van de draaikolk geleend en ging zijn schuld inlossen.

Toen hij de ronddraaiende stromen bereikte, verbaasde het hem hoe zachtjes ze hem rond en rond meenamen, steeds met een kleinere omtrek, terwijl hij naar het midden werd gezogen. Toen werd hij naar beneden geplukt, ver naar beneden. Zelfs onder water merkte hij tot zijn verbazing dat hij kon ademhalen. Zijn lichaam voelde stralend, dolfijnachtig, aanpasbaar. Hij werd verder naar beneden gezogen en toen steeg hij weer, steeg hij en toen verrees hij in zijn eigen bed uit zijn slaap.

Niet dat hij in de war was. Het ene moment lag hij in het water, het moment daarop was hij wakker. Kwam hij bij, schoot hij wakker. O, had hij gedroomd dat het jongetje in gevaar verkeerde, had hij dat krachtige zwemmen gedroomd? Had een mens het kanaal kunnen overzwemmen zoals hij zojuist had gedaan? Misschien was dat niet mogelijk.

Kol Nidrei sloop naar binnen van het huis ernaast... Maar het geweerschot was heel goed mogelijk, dat leed geen twijfel. Hij was trots op dat schot. Driehonderd meter. Hem omgelegd als een aalscholver! Zijn kamer was donker, hoewel het naar de fonkelingen in het raam te oordelen 's ochtends vroeg moest zijn, de allereerste vonken van de dageraad, de zon die aan de verre horizon ontwaakte, zijn oeroude hoofd opstak. Hij schudde zijn hoofd om zichzelf en zijn domheid, plukte de korrelige slaap uit zijn ogen, en besefte toen dat op de stoel naast het bed een vrouw zat. Ze zat op de stoel en keek hem aan. Nou, haar kende hij. Haar handen lagen op haar benen volgens de oude manier die ze had om te zitten, die was onmiskenbaar. Ze zat maar een meter bij hem vandaan. Waarom had hij haar niet meteen gezien? Hij merkte dat hij geen behoefte had om te spreken, of dat zij sprak. Het voelde allemaal volkomen natuurlijk, normaal. Hij zag dat ze een passende jurk had aangetrokken ter ere van de zomer, de vreemde zomer. Hij zag er net zo fris en mooi uit als op de dag dat ze hem voor het eerst had gedragen. Terwijl de kamer langzaam lichter werd, in de loop van vele minuten, kwam haar gezicht scherper in beeld. Het gezicht waarvan de contouren en kleuren hem meer ontroerden dan enig ander gezicht in de schepping. Het absolute gevoel van zorgeloos geluk dat het hem bezorgde. Daar had hij geen woorden voor. Hij was zo dankbaar. Hij prees alles wat er geprezen moest worden, onder goden en mensen. Aangezien ze zo dicht bij hem was hoefde ze maar vijftien centimeter naar voren te leunen om haar hand op de deken te leggen. Ze glimlachte met de oude glimlach, o goede genade, en het voelde alsof hij vol morfine werd gepompt. De hand was delicaat en donker, en hij vroeg zich af: als hij zijn linkerhand naar de hare uitstak, kon hij haar dan aanraken? En als hij haar kon aanraken, wat betekende dat dan? Hij was bang zich te verroeren voor het geval ze zou verdwijnen, maar tegelijkertijd was hij dapper genoeg om het erop te wagen en hij stak zijn arm een paar centimeter uit en voor hij het wist beroerde hij haar warme vingers. Nu wilde hij wel iets tegen haar zeggen, maar in zekere zin zei de aanraking van de handen alles wat hij te zeggen had. Het was alsof hij haar nog maar net had ontmoet, precies hetzelfde gevoel als vroeger in de verdwenen snackbar, maar natuurlijk wist hij op precies hetzelfde moment alles wat over haar te weten viel. Wat een wonderlijk voorrecht. Wat een beeldschone wildheid.

MIX
Papier van verantwoorde herkomst
FSC® C004472
FSC
www.fsc.org